—————— 阅读之前 没有真相

午夜文库

再见，安息岛

王稼骏 著

新 星 出 版 社　NEW STAR PRESS

序 章

碧绿色的海面上，烟波浩渺，远处顽皮的浪涛向船头跳跃而来。

赵文海站在驾驶舱内，单手扶着船舵，常年打鱼而晒得黝黑的脸上布满了皱纹，虽然是四十岁的年纪，可看起来比实际年龄老了不少，只有浑身健硕的肌肉看起来和年轻人一样充满活力，无愧于"渔老大"的称号。

嘴角的烟几乎烧到过滤嘴，他神情警觉地望向远处。

像在寻找什么，又像是在等待什么。

扭动插在电源上的钥匙，关掉了发动机，失去动力的捕鱼船减缓速度，开始在海面上漂浮。赵文海看了眼GPS上的坐标后，走出驾驶舱，粗鲁地朝海里吐掉了嘴里燃尽的烟。拾梯而下，经过整齐码放的一排捕捞梭子蟹的笼子，他用布满老茧的粗糙手掌摩挲着栏杆，往甲板走去。

来到甲板，赵文海用高筒雨靴的鞋跟用力跺了两下，船舱的门打开，一张稚气未脱的脸探了出来。

海上的阳光略有些刺眼，赵昆揉揉惺忪的睡眼："爸，到了吗？"

"上去把旗子收起来。"赵文海用大拇指朝身后指了指。

这是父亲头一次带他出海捕鱼，为了节省体力，父亲让他在船舱里休息。

赵昆快步走向船尾,鲜艳的国旗在风中猎猎作响,他不太熟练地收拢旗帜,松开固定的活卡,取下了旗杆。

清爽而又潮湿的海风,带着淡淡的海腥味,无孔不入的风钻进衣服空隙里,仿佛想要吹遍身体的每一处。

赵昆抬头眺望,这蔚蓝壮阔的大海就在眼前。他扬起脑袋,朝着几只白色的海鸟挥舞双臂,尽情享受来自汪洋的海风和阳光,丝毫不在意自己身上的鱼腥味和柴油味。

他并不知道自己正冒着违法的风险,这片海域尚处于禁海期内,禁止捕捞以及灯光围网作业,他们的捕鱼船随时有被海洋巡警发现的可能。

赵文海展开黑色的帆布,将船首两舷以及船尾的外部遮盖起来,那上面用白色油漆写着捕鱼船的名字——海王号。如此一来,就算远处船只发现,也无法分辨是来自哪里的捕鱼船。

临近中秋,八月的阳光依旧灼人,赵文海斜坐在锈迹斑斑的船头,掏出烟盒。只剩下最后一根烟了,他叼起烟,试着打了几次火,都被风吹灭了,于是他转过身,拢手挡住风,这一次终于点燃了。

赵文海吸了一口,吐出的青烟还没来得及吐干净,就在嘴边消散了。他顺手将烟盒扔进海里,烟盒转眼卷入船底。

赵文海平静地看着海浪,一起一伏的海面正契合着他呼吸的节奏,血液中有某种基因正在慢慢苏醒。

近海圈建的人工养殖场,不仅压缩了捕捞的海域,还严重破坏了生态系统,令捕鱼为生的渔民收成每况愈下。年富力强的渔民纷纷转行,年轻人不再愿意继承先辈的祖业,原本壮大的捕鱼队伍,如今只剩下老弱病残,对于有着二十几年捕鱼经验的赵文海来说，他这个曾经可以呼风唤雨的渔老大，已是今不如昔。

不露几手给这些兔崽子看看，他们不会明白什么叫姜还是老的辣。

先不急着撒网。赵文海手搭凉棚，观察着海水颜色的深浅以及流速，以选择最佳的下网时机。

不远处，一个黑点出现在海面上，赵文海习惯性地眯起眼睛，距离有点远，看不清是废弃的零件还是海洋动物的尸体。

"水娃子，把我望远镜拿来！"赵文海朝船尾的赵昆喊道。

赵昆从驾驶舱取了望远镜，走到船头递给赵文海。那个黑点不时被波浪拍下水面，淹没在海面之下。

"会不会是海豹？"赵昆曾经听说附近海上有海豹救人的故事。

"现在哪还有海豹！"赵文海说道。

终于，赵文海在镜头里锁定了黑点。

能看见脑袋和双手。

是一个人。

"水娃子，救人！"

听到父亲的指令，赵昆毫不犹豫，一个猛子扎了下去。出生在海岛上的赵昆，可以说是泡在海水里长大的，别看他身形稍胖，可水性极佳，一眨眼工夫已经游出一大截。赵文海拿过一个救生圈扎上绳子，朝赵昆的方向用力一掷，救生圈准确地落在了他前行的路线上。赵昆双手搭在救生圈上，双脚奋力拍水。赵文海咬着烟头，凝望着赵昆慢慢缩小的身影，成了一个黑点。

终于，两个黑点重合到了一起，赵昆开始往回游。

赵文海不敢发动船，生怕他们靠近时被卷入发动机的旋涡中。他迅速放下软梯，静静地等着。

虽说在沙滩上演练过无数遍，可毕竟是第一次在海上，没有实际经验的缘故，赵昆体力消耗得很快，双脚打水的幅度越来越小，游泳的速度慢了下来。赵文海拉回救生圈的绳子，将绳子一圈圈绕在甲板的立柱上，手掌上勒出了红印，鼓起的肌肉在衣服下若隐若现。

被救起的是一个男人，赵昆把他绑在软梯上，赵文海将他拉上了甲板。待浑身湿漉漉的赵昆爬上来后，父子二人累得气喘吁吁。

男人的长发如海草一样拧成了一股，不断有水流下来。他胡子拉碴，嘴唇干燥，眼窝凹陷，稍微靠近一点都能感觉到他身上很重的湿气，整个人干瘪得像具骷髅。

"还有呼吸。"

赵文海测了男人的脉搏，立刻展开心肺复苏的救助。男人的胸口、前臂和小腿上都绑着木板，这才让他在失去意识的情况下仍能漂浮在海上。

救助对男人没有起任何作用，情况不容乐观。

"爸，要不要用对讲机呼叫救援？"着急的赵昆问道。

"不用！"

赵文海加重了手里的力度，一下、两下、三下，男人的嘴里喷出水花，他缩起身子，吐了一地的水，散发出难闻的腥臭味。

直射的阳光让男人睁不开眼，他发出羸弱的呻吟声。

这时，赵昆惊讶地发现，男人脸上的表情很奇怪，和普通人有些不一样。赵昆不由自主地朝父亲的身后挪了挪。

赵昆好奇地问父亲：

"他是不是被人扔下海的？"

"不是。"赵文海斩钉截铁地答道。他皱起眉头，脸上浮现出更多的褶皱，充满了忧虑的情绪，仿佛见到了什么不该见的东西。

"他到底是什么人?"赵昆环顾四周。从太阳的位置可以大致知道方向,在这片海域的一百公里范围内没有任何岛屿或陆地,也看不见任何的船只,如果他不是从经过的船只上掉进海里,那会是随着洋流,从某个地方漂过来的吗?如此虚弱的他到底是怎么活下来的呢?

"难道是……遇上了鲸鱼怪?"赵昆说完,惊恐地往船外的海面望去。蓝澄澄的大海苍茫无垠,水天一色,波澜不惊。

"别胡说八道,去给他喂点水。"

赵文海回到驾驶舱,启动捕鱼船,顾不得颗粒无收的渔网,打满舵掉转船头。

等到捕鱼船进入安全海域,赵文海松了一口气,从驾驶舱俯视着甲板上的男人,看着他艰难地喝着水,干涩的喉咙让他把喝进去的水剧烈地咳出来。赵昆脱掉了自己湿透的T恤,赤裸的身体上有背心形状的晒痕,远远看起来就像是穿了一件背心似的。赵昆替男人不停抚着后背,不时用凉水浸透的毛巾替他敷额头。

赵文海瞟了眼坐标,才拿起仪表台上的对讲机,按下通话键:"海王号呼叫调度台,海王号呼叫调度台……"

"调度台收到,请讲!"

"海王号在海上救起一个男人,请速派救援队前来支援。"

"请给出你现在所在位置。"

赵文海将坐标数字报给了调度台。

调度人员沉默了几秒钟,确认道:"你确定坐标没错吗?那片海可是……"

"没错。"赵文海打断了他,又重复了一遍自己的坐标。

"知道了。救援队会立刻向你所在的海域出发,请保持联系畅通。"

赵文海咂着嘴,摸遍了全身口袋,才发现烟已经抽完。

赵文海用力捶了下船舵,像在生自己的气。而当他将目光再度投向甲板上的男人时,脸上露出了某种微妙的表情,呢喃道:

"这都是劫数,劫数来了谁都跑不了!"

第一章

二〇一六年八月十七日。

上海。

由上海棋院举办的中日高校围棋交流大赛正在进行中,经过一个多月的比赛角逐,团体赛进入决赛阶段。

团体赛由中日双方的高校各派出三名棋手参加。首先双方各派出一名选手,以擂台赛的形式一对一较量,胜者留下继续接受对方下一位选手的挑战,直至某一方三名棋手全部败北,比赛宣告结束。

比赛地点设在位于繁华市中心的上海棋院内,棋院是一座五层的楼房,入口处的裙房装修成了红色外墙,不搭调的风格有明显改造过的痕迹。楼上的四层使用了玻璃幕墙,绿色的玻璃上映出周边恢宏的建筑,整个棋院有种夹缝中生存的局促感。尽管拥有极佳的地理位置,但像是刻意要给棋手们一个不被打扰的环境,若不是门口挂着的牌匾,哪怕是从门前经过的行人,也鲜少知道这里就是上海棋院的大楼。

江元面带愠色快步走进棋院大楼,门卫保安大叔刚要阻止,一眼认出了他,又重新低头将视线投回手里的报纸。

向大堂右手边拐去是一部老旧的电梯,电梯门慢吞吞地打开,他一个箭步迈了进去,按下四层的按钮后,又焦急地连按了几下关门按钮。

江元抬腕看了看手表,已经是下午二点三十分了,因为地铁意外发生故障,他足足迟到了一个小时。作为中方高校的主将,江元在两天前的第一场比赛中不敌日方主将武宫秀利。次日,副将章磊中盘投子认输,武宫秀利几乎以压倒性的优势连下两城。

与武宫秀利的初次交手,战况出乎意料地激烈,从开局双方就陷入绞杀。江元只觉得胸膛里沸腾的血液直冲大脑,在厮杀后的收官阶段,被冷静的武宫秀利占据微弱优势,最终以一又四分之三子惜败。现在想来,开局时的激战是武宫秀利故意的挑衅战法,在计时的快棋战中,尽可能地让江元在后程战斗中失去冷静判断。

江元一走出电梯,就听见了喧闹的讨论声,这声音比起昨天副将章磊那盘棋,反应热烈了不少。

"阿元,你怎么才来呀!"章磊在观察室的门口用力朝江元挥着手。烫着卷发的章磊,鼻梁上挂着几滴汗水,已站在此处等候多时了。

江元小声说了句抱歉,走进观察室。

观察室是一间大约三十平方米的房间,白炽灯将室内照得通明,墙面上的乳胶漆已有些泛黄。房间的正中间和四个角摆着五张棋桌,坐着摆棋的几位都是棋院的职业棋手,每个棋盘旁边都挤满了人,热火朝天地研究着棋局。

虽然有空调,但室内看不见的炙热温度丝毫不亚于外面的艳阳。江元问章磊:"情况怎么样了?"

"你还是自己来看看这局棋。"章磊把江元带到了靠窗的棋盘旁。围观者们看见是团体赛的比赛选手,自觉腾出了一小块空隙,让他们俩站到了最接近棋盘的位置。

"谁是黑棋?"阿元迅速扫了眼棋盘。

"沈括。"一位留着长发的中年大叔替章磊回答道。

江元不由得暗暗吃惊。

黑棋从一开始就摆出力战的架势,双方短兵相接,棋还未到中盘,已是杀得天昏地暗,这符合武宫秀利的一贯风格。

可扫到棋盘的右下角,一片白棋陷入重重包围,几乎要被全歼。

"没想到沈括这小子还真有一套。"章磊眉飞色舞地说。

以江元首战后的判断,日方主将的棋力至少在职业五段以上。而相反,江元对于队员沈括的实力却知之甚少。在看到团体赛的名单时,原本江元熟悉的三将选手,被选拔的老师替换成了一个陌生人,这是他第一次知道沈括这个名字。

消息灵光的章磊很快摸清了沈括的底细。

"据说这小子一直在棋馆里下棋。"

"棋馆?"虽然江元从没去过,但他知道那里是给围棋业余爱好者提供下棋的场所,按小时收费。通常棋馆老板也具备一定的水准,会根据来客的水平匹配对手。

"据说沈括在棋馆里从来不下没有赌注的棋。"

"原来是个赌徒。老师怎么会让这样的人来参加比赛。"江元对这样的安排不解。

"好像是老师和棋馆的老板是同学,有一天去棋馆玩,和沈括下了一局,居然输了。后来知道沈括是即将毕业的大五学生,就招募他来了这次比赛。"

"你说老师输给了沈括?"江元有点意外,对此表示怀疑。负责选拔的老师虽然年事已高,可曾经是职业九段的顶级选手,在路边的棋馆里输棋简直是天方夜谭。

"我听老师亲口说的。"章磊说,"参加比赛的事情,一开始沈括拒绝了老师,还是老师亲自上门邀请他,告诉他赢得比赛就有成为职业棋手的可能,他才答应来比赛的。"

在江元看来,沈括赢了老师一定另有原因,只下有赌注的棋局,如此唯利是图的人,简直是糟蹋了围棋这项运动。

比赛之前的备战阶段,沈括从没有来过棋院练棋,直到比赛开始的当天,江元才第一次遇见他。沈括留给江元的第一印象,是他立体的五官,细长眉毛下那双目光深邃的眼睛,透着几分忧郁和迷离,似乎总也无法聚焦,让江元很担心他在下棋时是否能够集中注意力。

第一天有比赛在身,全神贯注的江元并没有和沈括交流。沈括和棋院里的其他人也不熟悉,和章磊互相点头致意后,独自一人坐到了观察室的角落里,一副拒人于千里之外的姿态。他埋头摆了一下午的棋谱,在江元和武宫秀利的棋局还没结束时就离开了。

只有在昨天观战章磊的比赛时,江元才和沈括简单打了个招呼,之后沈括依然自顾自地摆棋,再没有和江元说过一句话。不知是不是自己的游思妄想,江元觉得对方的嘴角流露出对自己这位主将败北的嘲讽笑意。

在章磊输掉比赛之后,气馁的江元对比赛已经不抱任何希望了,一个混迹于棋馆里的业余棋手,怎么可能赢得过以进军职业棋手为目标的武宫秀利,他对自己首战的冲动感到懊悔不已。可是令他始料不及,如今自己却要将全部希望寄托在自己嗤之以鼻的这个人身上。

抛开个人成见,沈括还是一个不错的队友。他显然从前两局棋中吸取了教训,找到了克敌的办法,比对方更加胡搅蛮缠的战术打乱了整盘棋的布局,战火在棋盘的每一处燃烧,几步带有明显藐视的棋,彻底将武宫秀利激怒,棋局从而被引向了不可控的混乱局面。

这一战术十分奏效,从盘面来看,沈括的黑棋暂时领先,白棋迟迟没有落子。以此局势发展下去,观察室里一致看好黑棋能够胜出。

房间里围观人数最少的那个棋桌,几位日本棋手低语着什么,他们皱着眉头不时咂着嘴,不厌其烦地一遍遍摆着局部的棋形,可最后又摇着头收起棋子。

一名身着黑色西装的工作人员拿着一张纸冲进观察室,脸色凝重地递到了房间正中的棋桌上。

"新的棋谱来了!"章磊拉着江元围了过去。

对局室位于五楼,也就是观察室的正上方。因为只是高校级别的大赛,没有电视台的现场转播画面,为了不影响选手的比赛,除了裁判和记录员,无关人员、记者以及转播器材都不允许进入对局室,实时的棋谱则由记录员亲自送到观察室来。

观察室一下子安静下来,只听见摆棋棋手从棋盒里抓起棋子,发出玻璃互相摩擦的"沙沙"声。

一颗白子落在了棋盘上。

这是武宫秀利长考后的一步棋,直接杀入了黑棋的阵营,瞄准了黑棋急于进攻而略显松散的阵形弱点,瞬间充满了危险。

这步棋虽然不是直接切中要害,但将黑棋原本没有暴露的弱点,全都放大了十倍。

"真不愧是日本的主将。"有人发出赞叹。

众人又开始展开新一轮的讨论,江元和章磊也借了一个棋盘,两人快速落子,研究着对策。

半个小时过去了，黑棋一步未下。

对于日本主将凌驾于自己之上的大局观，江元和章磊也没有好的对策。

"这样下去，沈括的时间要耗光了。"

经章磊提醒，江元粗略计算了一下比赛时间。

比赛规定两位棋手各有两个小时的时间，用完自己的时间后，进入一分钟的读秒阶段，超时未落子即判负。沈括对于这步棋的预判不足，而棋馆里下棋又缺乏计时赛的经验，两个小时的比赛时间仅剩下不足半个小时，面对收官阶段鲜少失误的武宫秀利，一旦用时耗尽，进入读秒，沈括输棋的概率将会成几何倍数地增加。

整个观察室里暂时也没有讨论出更好的应对之手，大家闷头看着线条交错的棋盘，猜测沈括可能下在哪几个地方。相对而言，那桌日本棋手说话的语气，较之五分钟前轻松了不少，但依然对沈括保持警觉。

"败局已定。"留着长发的中年大叔摇头叹气，似乎失去了关注棋盘的兴趣。

"不！还有机会。"江元正襟危坐，凝视着棋局。

"就算现在匆忙下出应手，目数上也是亏定了，对方的官子实力太强，收盘基本没有机会了。"大叔已经放弃了，准备离开。

"大叔，你可能不知道，团体赛的赛制里各队都拥有一次打挂的机会，我们两个之前都没有使用。"

"都什么年代了，比我都要老的规则居然还在用吗？"大叔质疑道。

"这次比赛的举办地虽然在我国，但日方为了让棋手向前辈致意，所以特别要求加入打挂的规则。"江元解释道，"这次打挂的时间是三天,可以在棋局开始后的任意时间暂停比赛,给棋手三天的时间考虑下一步棋,所以我们并不是完全没有机会翻盘。"

不知不觉间,江元已经把沈括称为"我们"。

大叔又重新坐回了棋盘旁,眉头紧锁,双手绞在胸口,思索起来。

在时间仅剩十分钟的时候,沈括不出意料地提出打挂,将此盘棋封存。

这也是目前劣势下最好的对策了,打挂虽然给了沈括喘息的时间,对方也同样可以调整状态。

江元和章磊没有继续在观察室里待下去,他们来到一楼大堂,已经有几位报社记者守在门外,保安大叔列队站在他们面前,形成了一条人肉警戒线。

满载的电梯打开,在五楼对局室里的相关人员一行鱼贯而出。记者一看见武宫秀利走出电梯,就用日语大喊着他的名字,举着录音笔围了上去,踊跃向他提问,场面一下子热闹起来。

沈括双手插在裤兜里,耸着肩最后一个走出电梯,受到冷落的他神情轻松,完全看不出激战一下午的疲态。

江元和章磊走近他,这个临时拼凑的高校围棋团体,一时间彼此不知道该说些什么。

沈括似乎看出了他们俩在等他说些什么的心思,故意视而不见,问道:

"有烟吗?"

江元和章磊面面相觑,看了一眼墙上的禁烟标志:"这里不让吸烟。"

"真是个无趣的地方。"

江元对沈括的态度表现出强烈的不满:"这里可不是让你下

注的棋馆，请你全力以赴去对待这盘棋。"

"都已经输到三将了，就别再抱太大的希望了，我可没法背负这么大的压力下棋。"沈括语气轻快地说道。

"是不是要下点赌注才能提起你的斗志？"江元讥讽道。

"那倒不用，赢了比赛不是会有十万元的奖金吗？"

"你果然是为了钱才来比赛的。"

沈括并不生气，开玩笑道："照现在的形势，你可以押我赢。"

"哪里来的自信。"

沈括浅笑道："别担心，这局棋的胜负才刚刚开始。"

江元和章磊如此紧张这盘棋，除了沈括是他们赢得比赛的最后机会之外，还有另一个原因。这次比赛所选拔的选手，都是高校中的顶尖棋手，他们和职业棋手之间的差距微小，以成为职业棋手为梦想，可是都已经过了规定年龄。这次的比赛深受两国棋界的关注，如果他们三个人能够赢下本次比赛，将会破格进入职业棋手的行列，实现自己的梦想。

或许正是背上了这个思想包袱，江元并没有发挥出自己真正的实力，再加上章磊溃败，三人成为职业棋手的梦想就都寄托在沈括的身上了。

"如果需要商讨棋局，尽管找我们，这两天我和江元都没别的事。"章磊说。

"谁说我没事干的？"江元赌气道。

"都这个时候了，还有什么事比帮助沈括赢下比赛还重要？难道你忘了我们来这里是干什么的吗？"章磊激动地说道。

江元被一语惊醒，不再争辩，婉转地表态愿意帮忙研究对策。

章磊对沈括说道："三个人讨论总比一个人强吧。"

"请你们俩放心把这局棋交给我吧。"虽然运用了打挂的规则，但沈括并不想就此运用众人的头脑风暴来研究对策。

"真的不用我们帮忙吗？"章磊追问道。

沈括看着江元突然说道："你住得这么远，不用特意赶过来了，我能应付得来。"

江元以为沈括在自己身上看见了什么，也低头看了看，却发现并无异样，有点意外："你怎么知道我住在郊区的？"

"这个很好猜啊！"沈括说，"这两天你穿的T恤衫胸口图案磨损得厉害，应该是平时乘坐公共交通，经常将书包背在前面所造成的。你右脚鞋子的外部边缘有明显擦痕，而左边鞋子却没有，应该是在地铁站内乘坐自动扶梯奉行'左行右立'规范时，鞋子经常摩擦自动扶梯扶手下的不锈钢挡板所导致。前天你比赛当日，我看见你带了雨伞，那天市区没有下雨，天气预报说全市只有东郊有雨，棋院这里的地铁二号线恰巧可以换乘前往东郊的地铁十一号线，所以我猜你是住在东郊附近。"

沈括的语速很快，说完以后过了两三秒，章磊才反应过来问江元：

"他说得对吗？"

江元摆摆手，对沈括说道："行了，把你的聪明才智用在比赛上吧！"

沈括歪了歪嘴角，露出一个玩世不恭的笑容。

一个眼神的交会，江元有了一种奇怪的感觉，这是可以将自己职业棋手生涯托付给这个人的信任感。

临别前，他们彼此留了手机号码。

沈括刚打开比赛时关机的手机，屏幕里就接连跳出好几条短信。沈括扫了一眼，面色一沉，迅速收起了手机。

"这两天我手机二十四小时开着,就算从东郊来一次棋院,也算不上太远的路程,有事尽管打给我们。"江元叮嘱道。

"行了,我得去买包烟。"沈括匆匆道别,疾步从不认识他的报社记者旁边走出了棋院。

已是傍晚六点多,天还没有完全黑下来,江元和章磊这才想起来今天是中秋节。分别后,两人可以各自赶回家吃一顿团圆饭。

沈括走进超市,指着收银台后的货架说道:
"来一包红双喜。"
双颊满是粉刺的年轻收银员熟练地扫了条形码后,对沈括说:
"欢迎光临,一共七块五。"
沈括掏出一把硬币,放在超市的收银台上。
收银员眉头微微一皱,数了起来。
"不用数了,正好。"沈括顺手拿起收银台上售贩的打火机,"借用一下。"

没等收银员回答,他点燃一根烟,将打火机还回原处,离开了超市。

再次查看收到的消息,沈括面色渐渐凝重。他把烟叼在嘴上,十指跃动,开始打字回复。

小行星2027(07:01:01)人现在在哪。

一路向北(07:01:21)在医院里,还没有清醒。

一路向北(07:02:01)你什么时候到?

小行星2027(07:03:45)尽量明天。

一路向北(07:04:04)臭小子,终于要见面了。

沈括收起手机，走到垃圾桶旁，在烟缸里摁灭了还没抽完的烟。

"一路向北"是沈括家乡的小学同学项北为自己起的昵称，项北算得上是沈括儿时的死党了。小学三年级时，外婆因病去世，沈括不得不从永乐岛转学到上海，搬来和舅舅刘绮一起住，也就和项北断了联系。通信慢慢变得发达起来后，沈括和项北重新取得了联系，自从九岁离开永乐岛，沈括就再也没有机会和项北见面了，只是通过手机互道近况，项北也是沈括在永乐岛上唯一有联系的人。

就在刚才，项北告诉了沈括一个消息，永乐岛上有人出海时，在临近安息岛的海域救起了一个男人，这个男人面容枯槁不成人样，也不知是遇到了什么险情，竟会独自漂浮在海面上，救起来之后神志不清。在送往医院的途中，救护人员听见他嘴里反复念叨着三个字——安息岛。

会是爸爸吗？

沈括闭上眼睛，努力回忆着父亲的样子，可是脑海中一片黑暗，恍若一潭死水。

这么多年过去了，还会有谁记得安息岛呢？这个男人在垂死之际依然记得安息岛，如果不是对安息岛印象深刻，也许就是安息岛上的人。没准真的是爸爸，连自己都想不起他长什么样子了，永乐岛上如项北一样的年轻人就更不认识爸爸了，更何况不知海上的磨难改变了这个男人多少容貌。

想到这里，沈括不免有些激动。

无论他是谁，沈括都决定要去见一面，埋藏在心里的希望被点燃，这十五年来，无论是多么绝望的时刻，他都坚守着自己的希望，勇敢地前行。

刚刚棋局上的困境还无暇顾及，现在又有新的难题摆在面前。上海去往永乐岛路途遥远，火车和飞机都无法直达，往返需要花费不少时间和金钱，恰恰这两样东西是沈括目前最欠缺的。

他返回超市，用尽身上所有的钱买了一箱牛奶，朝热闹的南京东路步行街走去。一路跟着拥挤的人潮慢慢向外滩的方向挪动，钢梁交错的外白渡桥灯光斑斓，与矗立在黄浦江边的人民英雄纪念碑一静一动，遥相呼应。一江之隔便是陆家嘴金融圈，对岸绽放的璀璨夜景让人目不暇接。

沈括绕过不时驻足停留拍照的游客。这条去往舅舅家的路上都是他烂熟于心的美景，此时已然没有闲情逸致来欣赏了。

走下外白渡桥，慢慢远离喧嚣，街道变得冷清，连飞虫撞击路灯的声音都能听见，地面上昏黄的光晕之中还残余着白天艳阳的炙热气息。以道路为界，两边的建筑风格迥然不同，右边沿江的双子塔茂悦酒店，以得天独厚的地理位置俯视浦江两岸，接壤外滩的繁华璀璨，极具现代感的建筑充满了活力和朝气，像凭江临风的年轻女孩对未来无限渴望。另一边的石库门，如高墙大院里的小家碧玉，由天井围墙、厢房山墙组成的外立面，将整片石库门与外界隔绝开来，虽地处闹市却近乎封闭。汉语中把围束的圈叫作"箍"，譬如"金箍棒"或是"箍袖"，所以以石头做门框，石条围束门的建造方法被称为"石箍门"，而宁波口音将"箍"发成"库"，上海人就讹作成了"石库门"。于是，青砖外墙面及红砖修饰的门窗，清一色砖木结构的两层楼房，就有了"石库门"这个名字。在经历了岁月的洗礼后，建筑物变得伤痕累累，巨大的修缮维护成本，令这些建筑实体都难以得到完美的保护。也许最终有一天，它们将被拆除，取而代之的是耸入云霄的现代建筑。

离开街道，沈括拐进僻静的石库门弄堂里，在一扇刷了黑漆的高大木门前停下了脚步。门上挂着一块黑底白字的成衣制作招牌——安洋服饰。

沈括用力拍了拍厚重的门板，发出沉闷的敲门声。

"来了，来了！"门内一个女人的声音由远至近。

来开门的是一个四十多岁的女人，长年的辛劳令她原本乌黑的头发花白了许多，双眼皮的眼角旁深深的鱼尾皱纹，高高鼻梁下紧抿着的嘴唇，给人一种天然的距离感。她一手开门，另一只手里握着双筷子。

"舅妈。"沈括看见女人，脸上挤出一丝笑容。

"你怎么来了？"舅妈钱凤芝站着没动，没有让他进去的意思。

"舅舅在吗？"

钱凤芝不太情愿地敞开门，往屋子里喊了声："刘绮，你外甥来了。"

醉眼蒙眬的刘绮穿着背心，跷着一条腿正坐在饭桌旁，面前一桌子刚烧好的菜还冒着热气，中间放着一盘合化楼的月饼。

沈括这才记起今天是中秋节，难怪刚才街上那么热闹。但中秋节对沈括来说不值得高兴，十五年前那个中秋节发生的事情，改变了他的一生。

沈括止住回忆，把牛奶放在椅子上："舅舅，我给您买了牛奶。"

"来啦！"刘绮灌了口啤酒，目不转睛地盯着电视里的棋牌节目。

钱凤芝把椅子上的牛奶放到了地上，掸掸座位才坐下，自顾自吃起饭来。

沈括环顾屋子，约二十平方米大的客堂间还和以前一样，家具和电器的位置一点没变，只是变得更旧了。用来裁剪衣服的工作台上，工具摆得整整齐齐，一旁架子上整块的布料上积了一点灰，看来生意比以往更差了。原本漏水的屋顶有加剧的趋势，天花板上的吊扇吱呀吱呀地工作着，吊扇旁的顶上破了一个大窟窿，露出里面受潮的木方，整个屋顶摇摇欲坠。就在这样拥挤的客堂间里，还塞下了一架雅马哈的立式钢琴，黑亮的烤漆面和其他家具显得格格不入。北面墙上嵌着一扇木质的窗户，窗户里面的厢房是夫妻俩的卧室，因为搭了阁楼的缘故，厢房内的高度很低，只有一人多高，不大的空间里塞下了一张床和一个衣柜，就再也放不下去其他东西了，一把木质的单排梯靠在墙角，那是上阁楼的必经之路。

沈括九岁时从安息岛搬来了上海，寄住在舅舅家，就一直睡在这个阁楼上。阁楼上没有窗户，通风不畅，屋子里也没有安装空调，每当上海进入盛夏，在阁楼里睡觉实在难熬。有一次，挑灯复习的沈括在阁楼里中暑了，额头滚烫，浑身冒汗，舅舅和舅妈把他从阁楼上抬了出来，在电风扇下吹了半天才缓过来。

考上大学后，沈括搬出住了十年的阁楼，开始独立生活。他曾经住过的阁楼虽然狭小逼仄，但舅舅还是螺蛳壳里做道场，对阁楼进行了一番内部翻新，铺上地板，加装了空调新风系统，大大改善了居住条件。现在阁楼成了舅舅的女儿刘思沫的闺房。

沈括在裤子上摩擦着手掌，问道："思沫不在呀？"

"说学校有什么中秋晚会要她上台表演，又不回来吃饭了。"刘绮说道。

沈括走近一步，踌躇良久后说道："舅舅，这次来是想问您借点钱——"

钱凤芝突然拍桌而起，打断了沈括，冲着刘绮嚷道："看什么看！吃饭别老盯着电视机！你外甥找你有事没听见吗？"

刘绮悻悻地关掉了电视，扭头问沈括："你刚才说什么？"

沈括拿出一张纸递给了刘绮。

刘绮接过纸，粗略地扫了一遍，有点不明白："这是什么？"

"给我看看！"钱凤芝一把抢过了纸，逐字念道，"中日高校围棋擂台赛细则……"

"给我看这个干吗？"

沈括解释道："我想问您借五千块钱急用，这张是我正在参加的比赛细则，总奖金十万元，只要我赢了比赛就可以拿到钱还给您了。"

刘绮摆摆手："你也知道，家里的钱不归我管，这事你别问我。"

在同一个屋檐下住了十年，沈括很清楚这个家里的情况。舅舅刘绮年轻时从事过水产生意，当年运输和通信都不发达，外地城市的批发商想将永乐岛上捕捞的鱼运出去，这中间环节需要雇人来做，刘绮恰好赶上了这样的机会，成了永乐岛上首批外出打工赚钱的岛民。只是这样毫无技术含量的工作随时都有被取代的可能，刘绮留了个心眼，在去上海的时候，结识了一位专做西装的老裁缝。下定决心要学一门手艺的刘绮，抓住了这个机会，辞去了运送水产的工作，只身一人从永乐岛来到上海闯荡，无亲无故的他在老裁缝手下做小工，打打杂。做了三年之后，老裁缝身子骨一年不如一年，慢慢开始将自己的手艺传授给刘绮，从裁剪到打板，从缝纫到拷边，刘绮遵循老裁缝的指导，很快就能够独立做出一套西装来了。又过了四年，老裁缝病逝，为了支付医药费和丧葬费，老裁缝的裁缝铺被迫转让，刘绮失去了工作。

在这艰难的时候，老裁缝的女儿，也就是舅妈钱凤芝，与刘绮互相帮助，暗生情愫。两个年轻人走到了一起，他俩决定结婚。

那是二〇〇一年，当时的刘绮正好三十岁，钱凤芝二十九岁。钱凤芝顶着亲朋好友们的压力，毅然决定要和刘绮结婚。而他们的压力主要是因为刘绮并不是本地人，钱凤芝的亲戚对于本地人和外地人之间的婚姻普遍不看好，地域歧视和文化上的差异困扰着他们。

他们在老裁缝留下的老房子里，继续做成衣定制的生意。钱凤芝负责接待和记账，以及做一些零碎的工作。刘绮得到老裁缝的真传，在西装的设计和剪裁上别具一格，他的手艺很快招徕了不少客人。

钱凤芝一直掌管着财政大权，她勤俭持家的生活习惯，让这个家里很久都没有添置新的物件。全家的经济来源全依靠刘绮的裁缝手艺，收养沈括的时候裁缝这个行当还算赚钱，在刘思沫出生之后，大量的品牌服装进入市场，找裁缝做衣服的人越来越少，刘绮的生意就开始走下坡路了。两个孩子加上全职主妇钱凤芝，对于这个普通的家庭来说负担沉重。

从初中毕业的暑假开始，沈括就去了快餐店打工，高中以后，再没有让钱凤芝为自己花过一分钱。沈括上初中时一直穿舅舅的旧衣服，被肥大的裤管绊倒过好几次，舅舅也始终没空帮他修改。沈括也很少和他们在一个饭桌上吃饭，钱凤芝会单独替他准备好饭菜，以隔夜菜为主的烂糊面是他的主食，最新鲜的菜永远是刘思沫吃上第一口。

不过，沈括并没有把这些放在心上，舅舅一家在他无处可去的时候收留了他，对此沈括心存感激。他理解舅妈的困难，只是不知道该怎么和他们相处。

钱凤芝仔细看完了细则，问："这十万块钱的奖金也不是你一个人拿，要三个人平分。"

"我会把分到的钱都给你。"沈括恳切地说道。

"三万？"刘绮的醉眼闪着光。

钱凤芝瞪了他一眼。刘绮闭上嘴，端起了酒杯。

"说得这个比赛稳赢了一样。"钱凤芝把手里的纸还给了沈括，有意要转移话题，"你要这些钱派什么用场？"

"我要回一趟永乐岛。"

听见"永乐岛"三个字，刘绮的手抖了一下，杯中啤酒洒了出来。

"你去干什么？"钱凤芝直起了身子。

沈括把项北告诉他的情况简单转述了一遍。

"你是说救起来的男人可能是你爸？"

"目前还不知道，所以我才想去确认。"

"都过去十几年了，怎么可能是你爸呢？"

"不管是不是，我想自己去看看。"

"你这样一来一回，不是要耽误棋赛了吗？"

"我会在棋赛开始之前赶回来的。"

钱凤芝轻轻地摇了摇头："沈括，你已经长大了，想做什么事情我和你舅舅也管不着，但是你舅舅最近生意也不好，这个钱舅妈实在没法借给你，除非……"

"除非什么？"

"你爸不是留了块玉给你吗？你出远门带着也不方便，不如放在家里由我们帮你保管。这样的话，我先拿思沫下学期的学费垫给你。你觉得怎么样？"

沈括垂下手，隔着口袋摸到一块硬邦邦的东西，手指搅动着石头，沈括犹豫不决。这块白玉约拇指般大小，细腻光滑，雕工精细，图案是一个背着荷叶的男童，经过多年佩戴，玉上的红绳已经变黑了。这是母亲送给他的礼物，沈括从小就一直随身携带。原以为这只是一块普通的玉石，直到某年夏天，刘绮家里来了一位老先生定制西服，穿着背心的沈括露出胸前挂着的玉，从老先生身边经过时，被其拉住。老先生把玉托在手掌里端详了半天后，问沈括这块玉卖不卖，他愿意出价十万元回收。刘绮听到价格跳了起来，立马让沈括卖掉玉石。沈括死死拽住自己的玉，这是他身上唯一和父亲有关的东西，不管多少钱他也不愿意卖掉。他躲进了阁楼的角落里，死也不愿交出玉石。刘绮拿他没办法，留下了那位老先生的联系方式，寄望沈括有天会改变主意。

看起来他们和那位老先生依然保持着联系。

沈括的犹豫不决钱凤芝看在眼里，她拉过一把椅子对沈括说："你先坐，我去给你拿钱。"

钱凤芝走进厢房，透过那扇窗可以看见贴在墙上的海报，海报有些泛黄，上面印着的日本男明星是刘思沫的偶像。钱凤芝站在衣柜前，打开上锁的抽屉，被她身子挡住视线的地方，传来清脆的点钞声。

很快，钱凤芝拿着一沓崭新的钱，走了回来。

她把钱放在了沈括面前的桌子上，拍拍坐着的刘绮道："这件事我就擅自做主了，你反对也没用。"

刘绮配合地装出忍气吞声的样子，嘟囔道："五千可不是小数目呀。你什么时候对我这么大方就好了。"

"少废话，喝你的酒！"

钱凤芝转身面向沈括，换上一副温柔的笑容，她不想给沈括太多的时间思考，提醒道："通往永乐岛的船，每天可只有一班。"

沈括脸色骤然一变，将手伸进口袋，当他抽出手的时候，拿的并不是白玉，而是他的手机。

手机正发出蜂鸣声，来电显示"棋馆老聂"四个字，沈括往大门口走了几步，刻意避开舅舅舅妈后，才接起电话。

电话那头闹哄哄的，一直没有人说话。沈括唤了几声"老聂"后，传来了棋馆服务员小苏带着哭腔的声音：

"沈括，你快来一趟棋馆吧，老聂出事了！"

"怎么了？"

"老聂说他不想活了！"

"我马上过来。"

刚挂断电话，钱凤芝就出现在了沈括身后，问道：

"玉的事怎么说？"

"舅妈，我有事要先走了。"

"哎……那这钱怎么办？"

沈括注视着钱凤芝手里攥着的钱，摇摇头："我还是自己想办法吧。"

钱凤芝给了他一个白眼，鼻子里发出"哼"的一声，转身进了屋子。

沈括向舅舅舅妈道别，屋子里却毫无反应，只听见被刘绮重新打开的电视机里，主持人用上海话的解说。

黑色木门在身后关闭的一刹那，沈括僵直的身体才放松了下来。外面比屋子里凉爽不少，沈括这才发现自己手心里全是汗。

柔和的月光下，他独自大步迈向棋馆。

棋馆离舅舅家不远，位于沈括初中时候上学的必经之路上。那里曾是一家老牌的电影院，在新影院纷纷改为小型放映厅的时候，老牌影院依然保留着上百人的大厅，未能及时对市场做出预估，结果在电影低潮时期没撑住，亏损严重。电影院为避免进一步的损失，不得不终止了放映，并将场地改造分割后出租给各种商户，用回收的租金来偿还之前的赤字。

那时老聂遇上工作单位改制实行买断工龄，手上正好多了一笔闲钱，没有工作的他打算开一家围棋馆，可供爱好者下棋娱乐，也可以教小朋友入门考级。老聂就租下了二楼窗户沿街的一间，装修之后给棋馆取名为"雅闲居"。

开业第一天，老聂穿行在放学的学生之中，派发着棋馆的宣传单。

"小朋友，想不想学围棋？"

沈括正经过老聂的身旁，手里被塞进了一张传单。

"我会下围棋。"沈括答道。

"哦？是吗？"老聂问，"要不要下一盘？"

"不想下。"沈括把传单还给老聂走开了。

"要是哪天想找人下棋的话，记得来找我。"老聂笑着高声喊道。

为什么还要下围棋？沈括的心里找不到答案。

从小由父亲手把手传授的围棋知识，绝大多数时候也仅在与父亲对弈时用得上。围棋对儿时的沈括来说，是一种和父亲对话的方式，喜怒哀乐都可以通过黑白棋子来传达。

沈括九岁那年，父亲和母亲连同安息岛一起消失，至今杳无音信。棋盘另一边的父亲不在，围棋对沈括而言就变得毫无意义了。

往后的日子每次经过棋馆,沈括都会放缓脚步,不由自主抬头望向二楼,窗户上贴着的"围棋"两个字仿佛一针催化剂,让他心里的种子开始发芽。终于有一天,沈括走进二楼的棋馆,和老聂下了一盘棋。

沈括至今还记得那盘棋。那天棋馆生意冷清,店里只有老聂一个人,他们两个人坐在窗边的位置,棋盘旁的两杯茶冒着热气,从下午一直到夕阳西下看不见棋子,他们才结束棋局。

虽然那盘棋沈括输了,但他展现出与年龄不相符的实力,他的天赋令老聂十分惊讶。

"你的围棋哪里学的?"

"我爸教我的。"

"有机会让你父亲来棋馆和我切磋切磋。"

沈括低下头,没有说话。

老聂看见他眼睛里的光瞬间黯淡下来,似乎知道了些什么,便一边收拾棋盘上的棋子,一边对沈括说:"如果你去更大的舞台,成为一名职业棋手,也许大有作为。"

"为什么要成为职业棋手?"

"这样的话,可以让更多的人认识你,让大家都知道你的围棋是你父亲教的。"老聂推了推鼻梁上的眼镜,笑道。

在下完那盘棋之后,沈括内心找到了答案,围棋并不只是他和父亲的对话方式,在棋盘的另一边,要面对的是自己的人生。

那天,老聂让他明白了这个道理。

沈括抄了条近路,不料许久未走的小道开始拆迁,到处是残垣断壁,瓦砾铺满了地面,走得十分艰难。沈括一路小跑,拐到大路上,远远看见棋室窗口射出的明亮灯光,有一个人在窗台边。

楼下是一家网吧，不时有人走出来看热闹，举起手机拍照上传社交媒体。

沈括拨开人群，三步并作两步冲上棋馆，只见老聂哭丧着脸，大半个身子已经悬在窗外，吵嚷着要从窗口跳下去。小苏跪在地上死死抱着他的一条腿，一群人正围在窗边劝着老聂。

沈括调整了一下呼吸，瞥见一个满脸疙瘩的长发男人，面无表情地坐在一盘收官的棋子前，不时摸一下耳朵，丝毫没有受到旁边吵闹声的影响。

"沈括你来啦！快劝劝老聂吧。"小苏圆圆的脸涨得通红，头发乱作一团。

"老聂！到底怎么回事？"

沈括边问边走向老聂。

一见沈括，老聂情绪激动起来："沈括，我没法活了！"

"有什么话先下来再说！"

"你让小苏放开我，我跳下去死了算了！"老聂哭闹不停。

"到底发生什么事了？"沈括低头问小苏。

"老聂和别人对局，中了别人下的套，一开始赢了两盘，还以为对方是个菜鸟，结果加大赌注后惨败，全部输光不算，连棋馆都保不住了，还欠下一大笔钱，现在欠条在人家手里。"小苏语速很快地说道。

沈括用眼神扫向身旁的其他人求证，大家默默点头。

老聂突然拉住沈括的手，哭丧着脸求道："现在只有你可以帮我了！这次你一定要帮我！"

"你先下来！"

"你不答应，我就从这里跳下去。"老聂威胁道。

沈括没有理会他，走到窗边，往外探了探头说："想跳你就跳吧。这个高度跳下去死不了，你的下半生恐怕要坐在轮椅上还债了。"

听了沈括的话，老聂乖乖从窗台上下来，觉得在众人面前失了面子，双手掩面在椅子上坐了下来。

大家七嘴八舌安慰老聂时，满脸疙瘩的男人起身走了过来，对老聂说道："既然不死了，那么就把钱还了吧。"

他说话的声音很大，好像要让楼下的人都听见这件事一样。

"你使诈，你这个骗子！"老聂指着他的鼻子骂道。

男人冷笑了一声："怎么？输不起吗？一开始两盘赢钱的时候笑得多开心啊。"

"我们报警吧。"小苏提议道。

老聂顿时面露难色，有人听见"报警"两个字悄然离开了棋馆，只剩下了三个熟客。大家心里都清楚，这个棋馆也不是第一天进行有赌注的棋局了，如果报警，棋馆会被查封，老聂很可能因为聚众赌博的罪名而被捕。虽说小赌怡情，但参与过的人都逃不了干系，大家都是附近的居民，谁也不想惹上这种麻烦。

"报啊！看看到底警察来抓谁。"男人得意道。

"他欠你多少钱？"沈括问男人道。

"这事和你有关系吗？"

"这笔债算在我头上，现在和我有关系了吗？"沈括毫不犹豫地说道。

听了沈括的话，所有人的目光都齐刷刷地聚焦在他身上。老聂担心道："你别逞强，你哪有这么多钱？"

"你到底输掉了多少？"沈括口气变得严厉起来。

老聂嚅动了一下嘴唇，还是不敢说出口。

男人竖起两根手指在沈括面前，说："这个数。"

"两千?"

"两万!这可是老聂亲笔写的。"男人拿出欠条在沈括面前晃了晃,他的声音大到令人想捂住耳朵。

沈括愤怒地看了老聂一眼,老聂把头埋得更低了。

"既然你替他顶下这件事,说说看打算怎么替他还这笔钱?"男人盯着沈括问。

"他怎么欠的,我怎么还给你。"

"什么意思?"

沈括走到桌子旁,用指关节敲了敲棋盘,说:"在棋馆里,我们当然下围棋。"

男人慢慢踱步到沈括面前,双手撑着桌子说道:"要下棋可以,先把欠的钱还了。"

"我们一局定胜负。"

"小子,你身上根本没钱吧。想和我玩空手套白狼,你还嫩了点。"

沈括将一个棋盒的盖子翻过来,从口袋里拿出玉,放在了里面。

"我用这个当赌注。"沈括说道。

老聂连忙按住了沈括的手,阻止道:"这是你爸给你的东西,你不能输掉它啊!"

"我的实力你还不清楚吗?"沈括自信道。

"我刚才足足输了他十目棋啊!"老聂急得叫了起来。

"老聂都劝你了,我看你还是算了吧。要想赢我,除非你是天才。"男人狂傲地说道。

沈括心头一怔。虽说老聂只是围棋业余爱好者,但棋力也足以匹敌职业棋手,这个男人竟然赢了老聂足足十目棋,整个上海也找不出几个这么高水准的人。

尽管沈括在老聂的棋馆里未尝败绩,但面对这样的对手,他毫无胜算。

"这玩意能值几个钱?"男人不屑道。

"足够和你来一局了。"

"我只相信真金白银,我怎么知道这块玉是不是古玩市场里的便宜货呢?"男人对沈括的玉不感兴趣,不愿与他对局。

"这钱我来出。"一位棋馆年长的熟客站了出来,沈括认出他来,大家都叫他老韩。他梳着一丝不苟的发型,手腕上戴着黄花梨手串,腋下夹着一只黑色和棕色拼格的手包,平时出手阔绰,动不动就请棋友吃饭,算得上棋馆里难得的贵客。

"你出多少?"男人问老韩。

"四万。"老韩从手包里拿出四沓钱,摆在了桌上。男人伸手要去拿钱,被老韩拦了下来。"这钱就当是沈括用他的玉做的抵押,你要是赢了他可以全部拿走,输了的话老聂的账就一笔勾销。"

沈括对老韩报以感激的眼神,拿起玉交给他:"这个就麻烦你先替我保管吧。"

"还是你自己先收着吧。"老韩笑着摆摆手,"好好替老聂教训教训他。"

男人摸了摸自己的耳朵,对沈括说:"既然这样,我们就开始吧。"

"不过,我有个条件。"沈括提议道,"我们换一个地方下棋?"

"你想去哪儿?"男人神情紧张起来。

沈括指指棋馆角落的一扇门,在小苏耳边轻声说了几句话。

"我的房间?"小苏有点意外。

"我希望没有人打搅我们这局棋。"沈括对男人说。

小苏迅速跑进房间整理起来,男人也跟了过去,发现只是一间不足十平方米的单身汉卧室,站在门口就能一眼看遍整个房间,并无任何特殊之处,也就同意了沈括的要求。

棋盘和棋子摆定,男人和沈括一前一后进入房间,沈括正准备关门,老聂抵住了门,担心地说道:

"沈括,我看要不就算了,钱我自己再想办法。"

"你演这么一出跳楼的戏,不就是希望我帮你下这盘棋吗?"沈括一语揭穿了老聂。小苏用老聂的电话打给沈括,就让他觉得有点蹊跷。在跳楼这么危急的时刻,哪顾得上用别人的手机求救呢。

老聂脸红起来,缩回了抵门的手。

"放心吧。我在你的棋馆里输过棋吗?"

沈括慢慢合上了门,走到男人对面入座,两个人分了先后,由男人执黑棋先行。男人身子前倾,双眼凝视着棋盘上的某个焦点,一手托着腮,时不时挠挠耳边的鬓角,却迟迟没有落子。

沈括倒是很轻松,和他聊起天来:"这个房间以前我住过,门一关,不管外面下棋的人再怎么吵,里面也特别安静。你知道为什么吗?"

"少跟我废话!"男人举在半空中的棋子,始终没有落在棋盘上。

"第一步棋要考虑这么久吗?"

男人托腮的手摩擦着耳垂,频率慢慢加快,神色也越发焦虑起来。

"你知道为什么我后来从这里搬出去了吗?"沈括把自己的

手机放在了男人的面前，手机屏幕上显示无法拨打电话，淡淡地说道，"因为这个房间收不到信号。"

男人放在耳边的手不动了，他睁大眼睛问："你什么意思？"

"我刚进门的时候，就看见你一直在摸自己的耳朵，之后和我们说话的声音又特别大，我就开始怀疑你耳朵里是不是有微型对讲机之类的东西，才会下意识地大声说话。你通过敲击对讲机来传递下棋的位置，你的同伙使用电脑软件帮你对局，再通过对讲机告诉你下一步棋应该下在哪里。"

男人的脸抽搐了几下，露出凶狠的表情："你小子说什么呢？"

"既然你不承认，那我们就下棋，我不相信你的实力能够赢老聂十目。"

"臭小子，居然跟我耍花样！"男人猛然起身，从左耳里掏出了一粒黑色的东西，"就算我用了对讲机坑老聂，你也没有真凭实据，输给我的钱也一个子不能少。"

"本来我没有证据，现在你亲口承认了。"沈括站起身，把手伸进了男人面前的棋盒里，在棋子间搅动一番后，拿出了一部手机，说道，"这手机可开着录音呢。"

沈括知道空口无凭地指出作弊行为，男人肯定会抵赖，于是在让小苏布置房间时，就让他偷偷把手机藏进了棋盒里。

"你要是认输，和老聂的账就算两清，我也就不追究这件事情了，不然这段录音送到警察那里，应该够得上诈骗吧。"

"算你狠！"男人虽心有不甘，但也无计可施，掉头就走。

"等等！"沈括喊住他，"东西留下！"

男人拿出借条揉成一团，丢到了沈括的脚边，撂下一句狠话："咱们走着瞧！"

门外的众人见男人气呼呼地摔门而出，都冲了进来，发现棋盘上一个子也没有下。老聂问道："什么情况？"

沈括把借条还给了老聂："别再把棋室搞得乌烟瘴气了，要是以后再发生这样的事情，也别再找我了。"沈括同时告诫老韩在内的其他几位客人，今后不要再在雅闲居里赌棋了。

老聂这次的事情让大家都受到了惊吓，纷纷点头赞同沈括。心有余悸的老聂把借条撕成碎片，丢进了垃圾桶，一脸劫后余生的喜悦。

但还没高兴几分钟，一声巨响，棋室的门被人踹开，巨大的冲力把门撞得四分五裂。满脸疙瘩的男人身后带着两个壮汉闯了进来，两个壮汉一个是光头，右臂布满了文身，另一个没穿上衣，光着身子露出胸前的文身。

沈括心想不妙，男人返回得这么快，他的同伙一定是在隔壁的网吧与他联系，用网吧电脑来下棋。

光头叫嚷着问道："谁是老聂？"

老聂哆嗦着不敢发声。

男人径直朝沈括走来，指着他鼻子说："就是这小子诓我。"

"是你们使诈在先。"沈括说。

"少废话，愿赌服输。"

"那你和老聂再下一盘。"

"你先把录音的手机交出来。"男人一把揪住了沈括的衣领，吓得旁边的小苏连忙把手机藏到了背后。

光头看见一把夺过手机，删掉了录音记录。

"今天如果拿不到钱，我让你这家棋馆再也开不成。"光头抓起一个棋盒往地上砸去，棋子四散而飞，满地都是玻璃碎片。

棋室门外有路过的人往里张望，被光头一声呵斥，吓得连忙缩回了脑袋。

看来今天这拨人早有预谋，不达目的不会罢休。要真是动起粗来，沈括这边虽然人数占优，可都是老弱幼小，完全不是对手。沈括对着老聂耸耸肩，这种光靠脑袋解决不了的局面他也无可奈何。

就在这时，门外响起了皮鞋声，一个身着制服的警察出现在门口。警察年纪不大，像是警校刚刚毕业的，身材高挑，皮肤很白，帽檐下一双有神的眼睛扫视着众人。

"这里发生什么事了？"虽然年轻，但警察的声音里透着一丝威严。

"没什么事，只是下棋的时候把棋盒打翻了。"男人放低了声音说道。

警察看看文身的光头，又看看地上的碎片，似乎已经明白了什么，问老聂道："是这样吗？"

老聂刚要开口，被男人瞪了一眼，不敢吭声了。

"刚才有人报案，说这里有斗殴事件，既然你们没人开口，那全部跟我回去吧。"

"别别别！我们就是在下棋。"男人连忙解释。

"下棋？双方隔这么远站着下的吗？"

"这不还没开始嘛！来来来，我们开始下棋吧。"男人拉过一把椅子，招呼老聂坐下来。

老聂站在原地没有动，男人又看向沈括，沈括微微一笑道："警察同志，刚才我们确实因为下棋有点误会，不过大家已经达成和解输赢一笔勾销，不信你可以问他。"

警察等着男人回答，男人的脸涨得通红，坑坑洼洼的疙瘩更加明显了。

"如果觉得在这里讲不清楚，可以跟我回去，顺便翻翻你这两个文身朋友的案底。"

听到这句话，两个壮汉慌了神，对男人朝门外撒撒头。

"没这个必要，我们正打算离开呢。"

"那我们就不送了。"沈括朝他们招招手。

三个人灰溜溜地离开棋馆。沈括在窗边目送他们上了一辆出租车，车尾灯的拖影消失在转角后，对警察说道："他们走了，别装了。"

警察吐吐舌头，做了个鬼脸："吓死我了。"警察摘下帽子，放下了盘在头顶的长发，飘逸柔顺的黑发披在身后，英俊的小伙子瞬间变成女孩子，说话也转变成了女人的声音。

"哥。"女孩亲昵地叫着沈括。

"这是你妹妹？"老聂讶异道。

"对，我妹妹刘思沫。"沈括介绍道。

"别说，长得和你还真的挺像。"老聂第一次看见刘思沫，简单打了招呼后，就和其他人一起拿来扫帚收拾地上的碎玻璃。

"我演得不错吧。"只有沈括一个人时，刘思沫撒娇道。

"你的服装已经穿帮了。"沈括指了指她的胸前，"你连警号都没有佩戴。"

"这是我刚才演话剧的服装。"

"看你春风得意的样子，连衣服都没换就来找我，一定是有什么好消息吧。"

"算是个好消息。学校有一个去英国进修话剧的机会，作为话剧社的首席演员，老师把名额留给了我，希望我九月份的时候可以过去。不过呢……你也知道。"

"舅妈还是不同意你演话剧？"

刘思沫咬着下嘴唇,"嗯"了一声。

"你跟舅舅说说呢?"

"跟他说没用,钱都在我妈手里呢。我自己的钱连机票都买不起,你能不能帮我去问爸妈借点钱?"

刘思沫并不知道沈括刚刚去过家里。

"你还差多少?"沈括问道。

"五万。"

"你真的想去吗?"

"当然。我的理想就是成为一名登上舞台的演员。"刘思沫说,"哥,你知道我今天为什么穿着戏服来吗?"

"嗯?"

"今天是我第一次作为首席登场,要不是哥你一直给我鼓励和支持,我可没办法一个人坚持下来,是你每个月给我的钱,让我可以继续留在剧团里。我不想放弃,这是我的梦想。"刘思沫目光坚定地说道。

沈括反对老聂在棋馆里赌棋,但靠下棋赢来的钱可以贴补思沫,所以沈括一直没有拒绝老聂的对战邀请。这让他觉得自己的梦想在刘思沫身上延续,才愿意继续做着自己不情愿的事情。

"我明天要离开上海,没办法帮你去向舅舅舅妈求情。"沈括说。

"你要去哪里?"

"回一趟永乐岛。"

刘思沫想了想才反应过来:"是要回外婆家吗?"刘思沫出生的时候外婆已经去世,她从来没去过永乐岛。

"嗯。有点事。"

沈括不愿多说,刘思沫也就没有追问下去,笑道:"要是去外婆的墓上，帮我献一束花吧。我从来没见过她老人家呢。"

"你的事……"

"你就别操心我了，我自己回家求他们吧。"

"你的事情包在我身上吧。"

"真的！"刘思沫兴奋地叫了起来，才意识到自己失态，捂住嘴小声问，"哥，你居然偷偷存了这么多钱？"

沈括笑了笑，让刘思沫坐着等一会儿。刘思沫解开了制服的纽扣，找了个空调出风口的位置坐下来，看着略显疲惫的沈括朝一位老者走去，拉着他走进了小苏的房间。

身为妹妹，刘思沫从小就受沈括的照顾，哥哥总会用自己的方式来保护她。她不想练钢琴，结果钢琴的一个琴键失灵，请来调音师修了一个月才找到问题。后来才知道是哥哥偷偷把水倒在一个琴键上，受潮的木头导致音颤失灵。刘思沫的要求哥哥从来没有拒绝过，他就像是无所不能的机器猫，总能想到办法。

只是刘思沫从来不知道哥哥心里想什么，他从来不问爸爸妈妈索要物品。自己明明和他在同一个屋檐下一起住了七年，但有时候刘思沫觉得自己站在他身边，感觉却非常遥远。刘思沫望着街道映衬下的树叶，翩然摇曳，浮生若梦。

很快，沈括回来了，手里拿着一只黑色和棕色拼格的手包。

"这里面是五万元现金。你拿着。"

"这包不是那位老先生的吗？"刘思沫指了指正从小苏房间里出来的老韩。

"我问他借来装钱的。"

老韩笑着对沈括说："既然你把玉卖给我了，我也不妨告诉你，这块玉应该是北宋的古董，不知道你从哪儿弄来这么好的东西。"

"哥，你把你最宝贝的玉卖啦？"

"你别管这么多了！"沈括将包塞到了刘思沫的手里，"快拿着钱回家吧。今天是中秋节，舅舅舅妈还等着你呢。"

拿到沉甸甸的手包，刘思沫一瞬间有点不知所措，从来没有独自处置过这么大额的现金，沈括却如此轻松地交给了她。

刘思沫谨慎地把包挎在身前，问沈括："你不跟我一起回家去吗？"

"我哪有时间，还要去买明天的火车票。"

沈括催促着刘思沫快回家去，送她来到车站。

等车时，刘思沫保证道："这钱我会还给你的。"

"当然要还给我。"沈括补充道，"等你成为真正的演员之后。"

"哥！"刘思沫眼中泛起了泪光。

沈括拍拍她的头："到时候我可要去看你的演出。"

"车来了。"

刘思沫和沈括道别后，沈括站在那里盯着她，直到她上了车。刘思沫心中莫名涌起一阵感动，拉开车窗探出头去，对沈括挥了挥手：

"哥，旅途顺利！"

沈括冲她笑了笑。

刘思沫走后，沈括靠着车站站牌，点了根烟，用手机查找明天最早前往永乐岛的火车班次，随后给项北发去了短信。

小行星2027（09:32:11）明天傍晚抵达。

项北迟迟没有回复，可能是在工作吧。

沈括收起手机，摸到原本放玉的口袋空荡荡的，心中不免有一点失落。老韩爽快地答应了沈括五万五千元的开价，他挑了下眉毛，一副不以为然的样子。母亲给自己的玉，用作去寻找她们的路费，也算用得其所。

第二章

二〇一六年八月十八日。

永乐岛，隶属于登州市的一个县级小岛，地处黄海和渤海交汇处，位于环渤海经济圈的连接带。永乐岛陆地面积约五十六平方千米，自西向东呈月牙形，有着丰富的自然资源，盛产海产品。

沈括独自一人在宽广的海面上漂浮，仿佛一条濒死的鱼，随波逐流。

前方是沉默的绿色小岛。

与此对应的，是一个近在耳边却无论如何也无法分辨的声音……

温柔的呢喃，像是爸爸的声音，又似乎是妈妈的声音。

仿佛从遥远的童年而来。

被波浪慢慢推向岸边，面前是一个黑洞，无形的门将他吸入巨大的虚空之中。他意识到这是一个梦，却无法控制自己。他发现平时惯用右手的自己变成了左撇子，心脏也在右边狂跳不止，一旦进入，便和原先的世界相反，就像一面镜子，但是很难穿越镜面。

有一只梅花鹿闯入视野，它站在尽头的光芒中，似乎在指引沈括。沈括跟上它的步伐，慢慢进入一片丛林深处。那只鹿转动漂亮的脖子,一回头,沈括看见它竟是血红色的眼睛,嘴里叼着一朵莲花。忽然,鹿张开了嘴,发出一声刺耳的尖叫声。

沈括从梦中惊醒,发现是手机在响。

打开一看,是项北给他回了消息。

码头接你。

沈括从火车站候车区的座位上站起来。距离发车还有十五分钟,他拍拍头,让自己振作起来。

上车后,车厢坐得不是很满,沈括轻松找到了自己的座位。比起小时候坐的火车,现在的高铁干净舒适了许多,虽然窗户不能打开,但车厢里都安装了空调系统。行驶的时间也大幅缩短,从上海到登州只需要四个小时,比从前节省了将近十二个小时。

这段旅途除了四个小时的高铁之外,抵达登州后需要搭乘两个半小时的长途汽车,才能来到往返登州和永乐岛之间的码头。在码头换乘四十五分钟一班次的渡轮后,继续乘坐两个小时的轮渡船,才能最终抵达永乐岛。

这段长途跋涉的路程,对每一个回家的永乐岛人来说,都是意志的磨炼。家乡不会因为它的繁华而被人记住,也不会因破败而被人遗忘,只因为在这条回家路的终点,总有家人在等候。

列车开始启动,窗外的站台慢慢后退,上海的景色从视线中被抽离,像倒转的电影胶片。

沈括抿紧嘴唇。包里带了比赛的棋谱,本想在路上抽时间研究,可是一上了火车,未知的旅途令他思绪纷乱,也就没了看棋谱的心思。

那个被救起的男人真的是爸爸吗?

沈括在心里问了一遍又一遍，一时觉得脑袋有些发热，伸手挠了挠发痒的头皮。

和父亲分别已有十五年了，见到他的时候，自己还能认得出来吗？不知道他变成什么样子了，脑海中父亲的样貌有点模糊。他现在身体如何？不知道现在和他下棋能不能赢？少时的记忆泉涌般出现，突然眼角有些湿润，沈括努力控制着情绪，生怕被邻座的乘客看见。

列车拐了个方向，裹在身上的阳光被全部收走，沈括猝不及防，打了个冷战。

他做梦也不会想到，这次回到家乡，等待自己的竟是一场腥风血雨，他的一生也被就此改变。

从上海火车站出发将近六个半小时后，沈括终于在码头换乘到了驶往永乐岛的轮渡船。不知是轮渡船变大了，还是乘船的人少了，能够容纳四百人的轮渡船显得空空荡荡，上下两层座椅只坐了不到十个人。

沈括习惯性地找了个看得见出口的角落座位，眺望窗外，无边无际的海面碧波荡漾，目力所及的范围，看不见任何陆地。一只白色的海鸟匆匆掠过，收起了翅膀，在船舷上歇脚。

发动机的转速逐渐提高，轮渡缓缓离开码头，调转船头后，破浪疾行。虽说海面看起来风平浪静，但船头压过的小浪头，还是会让船身颠簸，开了十五分钟，船身开始微微摇晃起来，不知道是不是午饭吃太饱的缘故，沈括觉得胃里一阵阵翻腾，喉咙里泛起酸涩的胃液。

他闭起眼睛，只觉得天旋地转。沈括强忍眩晕的难受，歪着头靠在玻璃窗上，调整着呼吸。

头一次有晕船的体验,如果说自己是土生土长的岛民,多少有点讽刺。

从小在海边生活的沈括,几乎是在船上长大的。

与妈妈和舅舅不一样,严格来说沈括并不是永乐岛人,而是安息岛人。

安息岛位于永乐岛西北方约三百公里处,面积仅为永乐岛的十分之一,这座并不起眼的小岛,在地图上只是一个笔尖大小的黑点,那便是沈括的出生地,以及九岁之前和父母一起居住的地方。

除了沈括一家,安息岛上还住着两个人,其中一位沈括叫他方叔。据说,有一天他突然来到岛上,希望给亡妻找一个安静的地方,父亲看他孑然一人,于是答应让他住了下来。方叔看起来比父亲略长几岁,独自住在安息岛的妈祖庙东侧山坡旁,守着门前埋葬的妻子的骨灰。墓碑光秃秃的,上面没有镌刻任何字,关于妻子的事情,方叔从来没有对任何人说起过,除了每天看书,他经常会对着墓碑发呆。

方叔知识渊博,沈括平日里看见他的时候,他手里总拿着一本书,坐在妈祖庙的庭院里阅读。每逢祭拜日或是节日,方叔会帮忙写写春联,为雕刻在木柱上的褪色的字上色。方叔练得一手好书法,看得出是受过高等教育的,他写的毛笔字绝对可以在外面卖钱。曾经有来安息岛祭拜的香客向方叔求购笔墨,方叔笑着婉拒。他仿佛不食人间烟火,只为了在安息岛享受宁静,让亡妻得以安息。

父亲沈旭担心方叔情绪低落,会做出一些伤害自己的举动,便时常约他来妈祖庙里下棋,沈括对于围棋的兴趣正是从那时候培养起来的。

沈旭和方叔通常会在闲暇的午后，一张矮桌两个小板凳，两个人坐在妈祖庙的偏堂里，大战整整一个下午，直到太阳完全落入海中，看不清棋盘上的线格才作罢。每当他们下棋的时候，沈括就会拿一个拜垫，跪在棋盘旁边，饶有兴致地看着完全不明白规则的黑白棋子。

方叔在下棋的时候特别专注，他一手抚着棋盒，一手拿着折扇，这个姿势几乎会保持到一局棋结束，每次给他倒的茶水，他也是在下完棋后才一口饮尽。沈括曾经听父亲说起过，方叔的棋风很激进，明明不能吃掉的棋子，他也会不顾一切地去攻击，将自己逼上只有吃掉对方这块棋才能够赢的绝路。这与方叔平日里温和的性格，反差实在太大。

沈旭和方叔两个人的水平在伯仲之间，互有输赢，那种在下棋时剑拔弩张互不相让，又会在棋局结束后复盘时变得和睦的气氛，让沈括对围棋充满了兴趣。沈括有时会偷偷拿出父亲的围棋，学着大人的样子，用食指和中指夹着棋子，拍向木质的棋盘。

有一次，方叔送了一本崭新的《围棋新手入门》给他，那本书是方叔托人从市里的书店带回来的，据说不太好找，所以晚了几个月才买到。方叔希望沈括好好学习围棋，将来可以和他们对弈。

至今沈括仍清楚地记得那本书里的每一个定式，仍然记得自己将这本书摆在床头书架上最显眼的位置。可以说，是方叔帮助沈括推开了围棋之门。

安息岛上建有妈祖庙，当捕捞季到来时，永乐岛上的渔民出海前，都会集体来祭拜，祈求平安，保佑所有人不受鲸鱼怪的侵袭，可以满载归来。

对于妈祖的崇拜和信仰，是永乐岛民悠久的历史传统，已经成为他们血脉中不可或缺的一部分。妈祖起源于北宋时期，至今已经有一千多年的历史，传说中的妈祖是真实存在的人物，名叫林默，是县城巡查官的女儿，她天生好水性，时常在海边观察天象风云，事先告知船民能否出航。她经常驾船守在岛屿和大陆之间的海峡，帮助和指挥过境的渔船、商船。每当海上有船只或是渔民遇险的消息传来，她总是奋不顾身，全力救助。据说有一天晚上，狂风大作，滔天的大浪让船只无法靠岸进港，林默情急之下竟然将自己家的房屋点燃，让熊熊大火为船只引航。在一个狂风暴雨的夜晚，林默为救落海船员，不幸遇难，享年二十八岁。乡民在她的出生地建造了庙堂，妈祖的信仰也随着商人和移民的足迹而广泛传播。

神女庇护着出海的人们，以保他们及时躲避风浪。沈括的父母是妈祖庙的看护人，守护着渔民敬奉的神女。沈括从小就从父亲身上学会了如何守护身边的人，无论老聂还是刘思沫，沈括都觉得自己应该保护他们，如同本能。

离抵达永乐岛的码头还有一段时间，沈括生怕自己熬不过船上的两个小时，他忍着胃里翻腾的恶心，起身推开舱门，沿着走廊一路寻找工作人员求助。

"师傅，有没有晕船药？"沈括脸色惨白，向躲在船尾抽烟的老船员求助道。

老船员叼着烟，连头都没抬一下："忍忍吧。船上没有晕船药，我们这里可没人需要吃这个。"

"那你有没有姜？"沈括知道船员有时需要在船上做饭，通常会备一些食材。

老船员有点意外地看了他一眼，走进二层的驾驶舱，不一会儿拿来一块生姜,丢给了沈括:"放嘴里嚼着!"

沈括毫不在意生姜毛糙的表皮,用力咬下一口。

辛辣的味道刺激着味蕾,海风吹着麻麻的舌头,胃里都是姜的味道,头晕顿时缓解了不少。沈括朝船员举了举生姜,道了一声谢。

"你是从哪儿来的?"老船员看着皮肤白皙的沈括不像是本地人。

"上海。"

"从哪儿学来用生姜解晕船的?"

"以前一个长辈教我的。"

"你是这艘船上第二个问我讨姜的人,我都好久没有遇见会晕船的人了。"

"现在来岛上的人少了吗?"

老船员扫了一眼空荡荡的客舱:"虽然现在我们岛发展得不错,但来岛上的人反而少了。不过话说回来……"老船员露出不屑的神情,"你们大城市里的人没事跑来我们岛上干什么?"

"你误会了,我不是上海人,我是安息岛人。"

"安息岛?"听到这三个字,老船员的脸骤然严肃起来,试探性地问道,"你认识沈旭吗?"

"他是我父亲。"沈括正视前方的海面说道。

"你是他儿子?"

沈括点点头。

"长这么大了!"老船员仔细端详起沈括来,"你和你爸真像。"

"你认识我父亲?"

"当然。每年去祭拜妈祖的时候,你父亲都会送我一道平安符。"老船员惋惜道，"都已经过去十五年了，当年的事情实在太可怕了。"

"你知道是怎么回事吗？"看老船员知道什么，沈括追问道。

"你听说过鲸鱼怪吗？"

"岛上应该没人不知道吧？"

"那个传说……"老船员正要说下去，一个穿着渡轮制服的人冲他喊道，"老钟，又在偷懒了，快去驾驶舱！"

"来了！"老船员应道，他一口吸完剩余的烟，朝沈括摊摊手，"有机会下次和你说吧。"

走出没几步，老船员忽然转身回来："想起来件事，我遇到第一个讨姜的男人，正是在安息岛消失后不久。"

沈括猛然一惊。

"你认识他吗？"

"当时那人穿着很奇怪，把全身围得严严实实，还戴了渔夫帽和墨镜，我完全看不见他的脸。也不知道是不是晕船难受的缘故，听他说话的声音也有点刻意伪装的感觉。"

"你记得确切的时间吗？"

老船员抚了抚额头上的皱纹，道："我记得前一天是中秋节，恰好在船上做菜，余下了生姜。对！没错，应该就是安息岛消失后的第二天。"

他斩钉截铁地说道。

徐徐靠岸的船身和码头周围绑着的轮胎发生一记碰撞后，老船员利索地甩出缆绳，套住铸铁的拴绳柱，用力拉紧系牢。

这一套动作沈括曾经看过上百遍，无比亲切。

待船身停当，老船员踩下制动的开关，轮渡船靠岸一侧的铁栅栏门缓缓移开,沈括深吸一口气,信步跨上了岸,脚下已是永乐岛的土地。同时,码头上一排路灯全部亮起,将码头照得如同白昼一般。

一着地,整个世界都变得平稳了。

由钢板铺设而成的码头,虽然地面布满了凸起的圆点,但沾了水后还是会有点滑。沈括拖着行李箱,没有回头看老船员,老船员盯着他的背影,心中暗想:这个年轻人真的能够找回自己的父母,以及那座令人匪夷所思消失的岛屿吗?

"安息岛"这三个字,永乐岛上无人不知,十五年前,这座岛屿一夜之间消失不见了。消息震惊了整个永乐岛,居民出动所有渔船搜寻了两天两夜,也没有找到任何踪迹。而后又有几批搜寻船只陆续出海寻找,可原本安息岛所在的海域,除了蓝色的海水,什么也没有发现。

仿若上帝从这蓝色的棋盘上,拿走了一枚棋子。

十五年过去了,安息岛尘封在人们的记忆中,建有妈祖庙的岛消失不见,留下了一个令人印象深刻的可怕传说。可是与安息岛一起消失的沈括的父母,以及岛上另外两名居民,却被人们渐渐遗忘。

码头入口的闸门打开,一大群人朝轮渡船走来,他们之中大多是男人,听口音全是永乐岛本地人。

他们没有携带很多行李,衣服也穿得很随意,看样子不像是去旅游。如果是出海打鱼,也不应该乘坐轮渡,现在将近晚上八点了,这么多人是要去哪儿呢?

沈括带着疑惑和他们擦肩而过,走向出口。负责检票的大妈只是对沈括翻了翻白眼,权当是检过票了。

穿过码头的顶棚,沈括回身仰视顶棚上由钢架组建而成的三个硕大的灯光字——永乐岛。

终于回来了!

凉爽的风扑面而来,沈括抹了抹额头的汗,难掩的激动之情涌上心头。

出口处站着一位年轻人,理着精干的板寸,浅蓝色的短袖警服搭配黑色的长裤,脚上穿着一双失去光泽的皮鞋。他用胳膊肘夹着一顶警帽,浑身黝黑的皮肤在灯光下油光锃亮,当有风将上衣吹得贴近身体时,能明显看出他的肌肉线条。

当沈括的视线与他交会时,年轻人露出一排洁白的牙齿笑了起来。

"小北!"

沈括朝他跑了过去,有点诧异面前这位威武的警察,竟然就是儿时黑瘦矮小的玩伴。

"阿括!"一个年轻的女孩从项北身后闪出,笑逐颜开地喊道。

女孩的面容似曾相识,可沈括记不起她的名字。

"她是?"沈括转头问项北。

"季洁,你不认识啦!"

"你是季洁?"沈括回忆起小时候将项北按在水里暴揍的胖女孩,和眼前这个一身黑色蕾丝连衣裙的淑女,怎么也无法在两者之间画上等号。

"怎么?不像吗?"季洁故意摆出粗鲁的动作,夹住项北的脖子,用拳头在他的头上摩擦着。

小时候,三个人就是这样打闹的。

"现在有点像了。"沈括微笑起来。

项北一把接过沈括手里的拉杆箱说:"等你半天了,坐我的车走吧。"

"你买车了？"沈括问。

项北拍拍路边一辆自行车的坐垫，笑道："就是它。"

这是一辆老式二八自行车，海岛潮湿的空气腐蚀了它的全身，连商标都锈得看不清了。

"这个能坐吗？"沈括看着锈迹斑斑的车架，对它的承重有所怀疑。

"放心，这车结实着呢。你们俩都能坐得下。"

"我还是自己走吧。"季洁一脸嫌弃地走开了。

"那我们走。"

项北让沈括抱住自己的拉杆箱坐在后座，他摆动车龙头保持平衡，屁股悬在坐垫上，奋力蹬着脚踏板，自行车缓缓起步。

"怎么样，速度很快吧。"项北喘着气，得意地说道。

"刚才那些人坐船去哪儿？"沈括问。

"他们原来都是岛上的渔民，昨天回来过中秋节，今天统统返回城里打工去了。"

"你不是说他们是渔民吗？为什么还要出去打工？"

"这年头早就没人打鱼了，赚不了几个钱还有危险。在一线城市做个装修工，一年都能赚上十几万。"

"那你为什么还要回到岛上？"沈括努力在后座上保持平衡。

项北没有回答，加力蹬了几下自行车，扯开了话题："我先带你去吃饭，你肚子该饿了吧。"

"是有点。"晕船后的胃里空荡荡的。

"你抓稳啦，等会儿下坡速度会很快。"项北开始加速。

几分钟之后，下班步行回家的检票大妈从他们身旁超了过去。

震耳欲聋的汽车引擎声由远及近，一辆疾驶而来的红色敞篷跑车停在了他们面前,季洁冲他俩招招手:"阿括,你还是坐我的车去饭店,不然等他骑到饭店,人家都已经打烊了。"

沈括跳下自行车,揉着生疼的屁股,坐上了副驾驶座。

"怎么?你不上来吗?"季洁问愣在原地的项北。

项北看看面前漫长的道路,嬉皮笑脸地扛着自行车坐在了后座。

"季洁,你这车一次都没载过我,今天真是沾了阿括的光。"

"阿括可是十几年没有回来了,见一次面多不容易。"

"照这样说,我和你天天见面也不容易啊。"

"见你比见我爸还要多,感觉你都快变成我亲戚了。"

"来,叫声哥!"

"去你的。"

项北和季洁你一言我一语,互不相让,一路拌嘴到饭店。

当沈括下车看见面前气派的饭店时,不由得惊讶永乐岛上居然也有如此宏伟的建筑,豪华程度不亚于上海闹市区的星级酒店。

"我印象中这地方以前是块空地。"沈括凭着儿时的记忆说。

"好多年前就被她爸买下来盖了这饭店。"项北说道,"现在这地方可是我们永乐岛的地标性建筑了。"

"原来这是你家开的。"沈括看见招牌上"季风海鲜酒店"几个字,对季洁说道。

季洁满不在乎道:"饭菜我都安排好了,快进去吧。"

"那我就不客气了。等阿括这家伙等得我都饿死了。"项北一马当先,大步往饭店的餐厅走去。

一桌琳琅满目的海鲜,是季洁让厨房特意准备的。

填饱肚子后的项北,面前高高摞起无数海鲜壳,看见桌子上还剩下不少，便问身边的沈括："你怎么不吃呀？"

"我没什么胃口。"

"是不是紧张得吃不下了？"

"他怎么样了？"沈括在上海看见新闻中报道，海里救起的那名男子正在永乐岛医院的ICU病房观察，目前还没有脱离危险。

"据说身体还很虚弱，但是已经清醒过来了。"

"你见过他了吗？"

项北摇摇头："ICU病房每天只有一个小时的探视时间。不过我帮你预约了明天ICU病房的探视，到时你就能见到他了。"

沈括报以感激的目光。

"要是我爸那天也和安息岛一起消失了，也比现在这样好。"项北有点伤感。

"当年安息岛究竟发生了什么？这件事情从来没听岛上的人说过，我很想知道，你们给我说说呗？"季洁坐直，双手交叠平放在桌子上，饶有兴趣地问。

项北看了眼沈括，说道："这件事确实让人想不明白，阿括应该比我清楚，还是由你来说吧。"

沈括没有搭腔，只顾喝着茶水。

"听小北说你做了不少调查，讲给我们听听嘛，也好帮着你一起分析分析。"季洁对沈括说，顺便招手叫来服务员，为大家的杯子里又倒满了凉茶。

沈括叹了口气，答道："好吧。"

十五年前的夜晚，安息岛从海面上一夜之间消失了。沈括虽然不是当晚的亲历者，但也是在座三个人中最有发言权的。他凝视着天花板上的某个点，不知道该从何说起。在回忆的庞大迷宫中独自搜索，思绪推向了二〇〇一年，沈括的耳畔逐渐响起低沉婉转的潮声。

那天是中秋节，安息岛上的妈祖庙不接待祭拜的渔民，沈括的父母也趁着没人的时候，将庙堂里里外外收拾了一番。

午后，父亲沈旭搬了一把人字梯，架在庙堂的屋檐下，维修不亮的灯泡。他穿着红色的背心，露出两条黝黑而结实的手臂，爬上登高的梯子，每踩一步都会发出"吱呀吱呀"的声音，就像老年人生脆的关节声。

沈旭向扶着梯子的沈括伸出手喊道："来，把灯泡给我。"

沈括仰望着父亲，刺眼的阳光让他眯起了眼睛，身高还不到梯子一半的他，从袋子里取出一个灯泡，小心地举过头顶。小小的个子还够不着父亲的手，他踮起脚，总算将灯泡递给了父亲。

看着父亲熟练拧紧灯泡的动作，沈括希望自己有一天也能和父亲一样能干。

换好灯泡，父亲一手扛着梯子，一手牵着沈括，往偏堂另一盏不亮的灯走去。

"小括，你晚上想吃什么？"父亲问道。

"我想吃肉。"沈括想到外婆烧的红烧肉，不由得淌起了口水。

依照家里的惯例，中秋节的晚餐都会在永乐岛的外婆家吃，沈括一家会前往永乐岛并且留宿一夜，次日清晨返回安息岛。

父亲捏了把沈括肥嘟嘟的脸蛋，玩笑道："叫外婆用你这里的肉做吧。"

沈括学着父亲的样子，也捏起了父亲手臂上的肉，不服输地说道："你的肉多，我让外婆烧爸爸的肉。"

"你敢吃我的肉！"父亲抱起了沈括，用下巴上扎人的胡楂摩擦着沈括的小脸。

父子俩打闹着,一旁的母亲刘清嚷道:"你们两个别闹了,阿龙正要去一趟永乐岛运送一些日常用品,让沈括跟他先去我妈那儿吧。"

"好啊!好啊!"沈括想到可以去找项北玩,兴奋地跳着。

"小括,今天是中秋节,妈妈送你一个小礼物,你先把手伸出来。"

沈括听话地伸出了右手。

母亲将一块白玉放在他手上,沈括有点失望,还以为是自己梦寐以求的围棋书。母亲解开白玉上系的红绳,帮沈括戴在了脖子上,玉上雕刻着一个和沈括年龄相仿的男孩,冰冰凉凉的白玉碰到胸口的皮肤感觉还挺舒服。

这是他最后一次在中秋节收到礼物。

母亲给沈括背上书包,在包里塞满了半成品的食物,让他记得一到外婆家就要拿出来交给外婆。

"要听外婆的话,乖乖等着爸爸妈妈来哦!"母亲抚摸着他的头发叮嘱道。

"知道啦。"沈括急着去找对岸的小伙伴,抑制不住心中兴奋,一刻也不愿逗留。

沿着妈祖庙的大门一路小跑,上下岸的码头就位于安息岛西侧,延伸向海面的岩石铺上了木板,两边黑色的立柱之间挂着铁链。在木质的栈道尽头,停靠着安息岛上唯一的一条船——旭日号。船的名字是爷爷取的,和父亲的名字一样带有"旭"字,这艘老旧的渔船,甲板和船舱上布满了红色的铁锈,已经无法分辨出它原本的颜色,它大概已经和这个码头一样老了。看着它在惊涛骇浪中上下起伏,总担心它会随时散架。

驾驶旭日号的是叶好龙,他是安息岛上除沈括一家三口和方叔之外的另一个住民。叶好龙算是安息岛上的青壮年，年纪比当时的沈括大了整整一轮，两个人都属猴，命运也有一些微妙的相似之处。

叶好龙是个孤儿，在他出生那年，三月的开海日，近百条捕鱼船聚集在安息岛，在妈祖庙举行盛大的祭拜仪式。那天来的人很多，从码头到妈祖庙的一路上人头攒动，乌泱泱一片，直到下午渔民才陆续退去。沈旭开始清理香炉里的炉灰，他把装入布袋的炉灰扛去后山，挖一个坑后深埋起来。走到半途中，他忽然听见了婴儿的啼哭声，循声寻找，发现有人在两块石头之间铺了干草，一个赤身裸体的男婴正躺在其中。男婴脸上湿答答的，不知是泪水还是口水，不安分地蹬着两条腿，膝盖的皮肤也磨破了，原本盖在身上的布被他踢到了一旁。当年仅仅十七岁的少年沈旭，面对两个月大的婴儿也不知道该怎么办。

沈旭放下炉灰袋，打算把男婴从地上抱起来。当他走近时，刚弯下腰伸出手，突然吓了一跳，猛然收回了双手。

只见男婴上边的嘴唇两侧向外翻起，中间露出一个洞，可以看见里面蠕动的舌头，样子十分丑陋。后来他才知道，男婴天生患有口腔颌面部的先天性畸形，也就是我们俗称的"兔唇"，可能也正是因为这种先天残疾，才会被遗弃在安息岛上。当时看守妈祖庙的还是沈括的爷爷，看这个男婴可怜，就决定把他留在岛上。抛弃男婴的人并没有留下任何可以证明其身份的物品，仅仅只有那块盖在身上的布，布上绣着一条龙的暗纹。于是爷爷引用叶公好龙的典故，为他取名叶好龙，让他在妈祖庙内安顿下来，像对待亲生儿子一样将他养大成人。叶好龙为了报答沈家父子的恩情，也尽心尽力地守护着妈祖庙，安息岛的补给物资全部需要从永乐岛运送过来，成年后的叶好龙就主要负责永乐岛和安息岛之间物资的运输和搬运工作。

对沈括来说，叶好龙就像自己的亲人一样，一起吃饭，一起劳动，每天都生活在一起。他虽然不是安息岛人，但是对安息岛的感情丝毫不亚于沈括，无论是爷爷的葬礼，还是父亲与母亲的婚礼，甚至是沈括的出生，叶好龙全部亲眼见证。沈括可以说是坐着叶好龙的船长大的。

沈括跳上船，对叶好龙喊道："叶叔，我们快出发吧！"

"马上就好！"叶好龙抱着一个木箱子走到外侧甲板，放到了一堆箱子上，调整整齐后，用铁链将所有箱子固定住，原本就不大的船上空间更显局促了。

叶好龙侧身挤过通道，走进驾驶舱，不一会儿发动机就开始运作了。

"小括，你要不要来试试？"叶好龙拍了拍手里的舵盘。

"真的可以吗？"

以前叶好龙从不肯让沈括碰他的舵盘。

"小括以后要接替我来驾驶旭日号。"

"你是要离开这里吗？"

"啊，不是这个意思，只是看着小括一天天长大，总有一天你要依靠自己才行。"

"我有叶叔叔就好了。"沈括撒娇道。

叶好龙咧开嘴笑了起来，虽然脸上的五官挤在了一起，但沈括知道那是他开心的表情。

由沈括初次掌舵的旭日号，向东南方的永乐岛码头驶去。开船从安息岛至永乐岛需大约四十分钟的时间，但由于旭日号的性能老化，动力不足，往往一个小时才能抵达。

安息岛和永乐岛之间的大海中布满了暗礁，不熟悉的船只很容易在这里触礁。除了永乐岛和安息岛上的本地渔民走这条航线，基本不会有其他船只贸然进入这片海域。

几乎每天都要往返于两座岛的叶好龙，是对这片海域最熟悉的人，就算是漆黑的夜晚，在只有月光的海面上，他也可以自如地穿行于两岛之间，平安抵岸。

下午四点，旭日号靠上永乐岛的北码头。

粗壮的木桩深入海底，连绵一百多米，将整个码头牢牢地钉在岸边，就像一条盘踞在水面上的木龙。木质结构的码头看起来和对岸安息岛的如出一辙，应该是同一时期施工建造的。铺设在地面上的木板，在海水的腐蚀以及恶劣天气的作用下，铆钉都已经和木头锈死在了一起。好在木头都经过了防腐防潮处理，码头只是有点变形，并没有坍塌的危险。

关掉引擎，旭日号依靠惯性慢慢接近码头，叶好龙不慌不忙地抛出系岸绳，轻而易举地套住缆绳柱，将麻绳扎紧，稳稳当当地靠了岸。

沈括一上岸撒腿就跑，摆动手臂，耳边生风，像出笼的兔子一般跑得飞快。

"我去找小北！"

"慢点跑！"叶好龙在后面大声提醒他别摔跤。

沈括拍拍自己的左胸，竖起两根手指举至眉角，向叶好龙致礼。

叶好龙同样举起两根手指向他回礼。

码头和叶好龙被沈括远远甩在身后，上坡穿过小树林里的小路，便是和外婆家门口相接的大路。这条大路是永乐岛的主干道，道路两边皆是岛上居民开办的店铺，沈括外婆的房子沿街，索性就跟着邻居一起开了店，把自己亲手织的草帽和箩筐之类的手工品拿出来卖。

远远看见外婆坐在门口,沈括猫下腰,拐向隔壁的一间屋子,在窗外踮起脚,看见屋内一位少年坐在写字台前,正对着摊开的作业本抓耳挠腮,愁眉苦脸。

"小北,东西都准备好了吗?"沈括对少年轻唤道。

项北抬头看见沈括,立刻露出开心的笑容:"早就准备好了。"

"那我们快走吧!"

"不行。"项北愁眉苦脸道,"我爸说我做完作业才可以玩。"

"那我在老地方等你。"

"我写完了去找你。"

项北小声约定道。

暂别后,沈括走向街尾的书店,老板手里展着一张报纸,目不转睛地读着报。

沈括猫下身子,从柜台下面蹑手蹑脚地溜了进去。老板翻了一页报纸,没有发现他。

熟门熟路的沈括直奔棋牌类的书柜,他扫了眼书架上的书,摆在上面的围棋书他都已经看过了。他耐心地逐排搜索着,生怕漏过一本。在最底下一排,沈括发现老板又进了一本新的棋书,他如获至宝,席地而坐,忘我地读了起来。

黄昏时分,落日余晖的金色一寸一寸从海岛上褪去,只留下大地的土色。南方天空乌云暗涌,海天之间的界线变得模糊起来,不时一阵疾风吹过,树枝发出"簌簌"声,抖下几片叶子。

书店内的光线暗淡下来,沈括已经看不清书上的图谱了,他合上书,心想怎么这么久项北还没来。

沈括起身拍拍裤子上的灰。一个高大的黑影突然挡住了所有的光线，沈括什么都看不见了。

"小子！"书店老板一把揪住沈括的后领，把他拎出了书店。

"老孟，又在欺负小孩子了！"一个骑自行车经过的男人阻止书店老板道。

"镇长，这小子又来我店里看免费的书。"

这个镇长不是别人，正是项北的父亲——项京。

"看过的书你一样可以卖，又没损失。"项京说。

书店老板松开了沈括，吓唬他道："下次再让我逮着，我可不会放过你。"

项京一把把沈括抱到了自行车的后座上，将他的书包挂在了车把手上，对他说："我送你回去，今晚有台风，待在家里和你外婆好好过中秋节。"

"小北呢？我们约好了一起做兔子灯的。"

"他今天晚上要在家里吃饭。"

很快就到了几百米外的外婆家，外婆还坐在门口的椅子上，看见沈括跳下车，咧嘴笑了起来，露出仅剩的两颗门牙。

"慢点，别摔着了。"外婆从项京手里接过书包，"镇长，我们家阿括是不是又去找小北调皮了？"

"不是，阿括乖着呢。"

外婆笑容依旧："镇长进屋来坐会儿，喝口茶。"

项京婉拒道："今晚有台风，我还要去值班。你们记得关好门窗，放在外面的东西全都要拿进屋子，晚上尽量别外出。"

道别后，沈括把书包放在了柜台上，捧起外婆原本倒给项京的水杯，咕噜咕噜灌下几大口。

"外婆，书包里有妈妈准备的菜，她让我交给你。"

"妈妈没有和你一起来吗？"外婆朝码头的方向张望。

沈括擦去嘴角的水，答道："爸爸和妈妈还在打扫庙堂，他们说晚些时候会过来。"

和今日不同，以往沈括一家三口通常都是一起过来。

"你妈妈让你自己一个人来的吗？"外婆质疑道。

"她让叶叔开船送我来的。"

外婆虽然心存疑虑，也没有多说，早早打烊，让沈括帮忙收摊，把草帽和箩筐都搬进屋子，以免被台风刮走。外婆拿着书包里半成品的食物去厨房加工，一边忙一边抱怨母亲带来的菜太多了，恐怕晚上吃不完又要浪费了。

沈括收拾完摊铺，倚着门框望着滚滚而来的乌云，心里有种不祥的预感。父母还没有来，台风却快来了，如果海上浪太大的话，旭日号就没办法航行了。

"阿括。"

沈括听见有人叫自己，一个黑瘦的人影闪出，项北不知从哪里冒出来，手里举着白色的糊纸和蜡烛。

"还以为你不来了呢。"

"我爸今晚不在家，所以我溜出来了。"

做一只兔子灯，是他俩中秋节固定的活动。沈括拿来了外婆编制箩筐的竹条，两个人在院子里席地而坐，开始认真地做起了兔子灯。他们默契地分工，沈括用竹条编织起骨架，项北则拼搭着木质轮子。

一年才做一次，两人都不太熟练，在骨架外糊上纸，然后固定上蜡烛，一只比例稍有点失调的兔子慢慢成形了。等整个兔子灯全部做完，他们已经完全看不清彼此的脸了。

点燃蜡烛，光从"兔子"身体内部透出来，白色的纸变成了橘黄色。

"这兔子还少两只眼睛。"项北看着光秃秃的兔子脸,有点不满意。

"我给它画上去。"沈括拿出一支黑笔来。

项北阻止道:"兔子的眼睛是红的。"

"你怎么知道?你见过兔子吗?"

项北摇头:"是我爸告诉我的。他说岛上有一种动物的眼睛是红色的,因为它们喜欢吃兔子才会变成这样。"说着,项北的表情也慢慢变得恐怖起来。

沈括挠挠后脑勺:"可没有红色怎么办?"

"我有办法了。"项北狡黠地笑着跑开了。

沈括也起身,拍拍屁股上的灰。外面的风已经越来越大,因为供电不足,基础设施缺乏,入夜后的永乐岛与白天大相径庭,除了几户人家的家里有灯光之外,其他地方都没有路灯。通往码头的这条路,依然不见父母亲的身影。

项北跑进屋子,来到桌子旁,拿了一张贴在月饼上的红纸,从中间撕下两个小圆点,蘸了蘸自己的口水,粘到了兔子脸上,兔子灯算是大功告成。

两个孩子在院子里拉着兔子灯玩得不亦乐乎,丝毫没有察觉到,他们的童年在这一天之后就提前结束了。

那个台风之夜,沈括和外婆吃过晚饭后,在床上睡了一晚,始终没有等来自己的父母。次日,一个惊人的消息轰动了整座永乐岛。

安息岛连同岛上除沈括之外的所有人,一夜之间全消失不见了。

儿时的记忆到这里为止,当年一起制作兔子灯的沈括和项北神情同时黯淡下来。

"一座岛怎么可能消失呢?"季洁问。

当年的新闻媒体不像现在这么发达,几天后,安息岛消失的消息才在永乐岛传开,季洁还是在吃饭时听父母闲聊才知道的。

"如果没有消失,阿括父母去哪儿了呢?"项北反问道。

"为什么不去找呢?"

"据说当时出动了好多渔船,可是大海上什么都没有。"

"会不会是他们找错地方了?"

"怎么可能?当年由渔老大赵文海亲自带队,出海搜寻的都是老手,再说了,安息岛的路程又不算很远,往安息岛的方向驶去,这么多人会看不见一座岛吗?"

"这听起来就像是杜撰出来的小说。"季洁依然不相信。

"从物理意义上来说,安息岛确实消失了。那附近海域暗礁密布,搜查的渔船队伍中,有两艘渔船还触了礁,这事应该错不了。两年后,还有新闻媒体派出了直升机,在安息岛的海域上空搜查,也毫无结果。就连我经常乘坐的那艘旭日号也没了踪影。"

"我一直以为这是大人骗小孩的故事,没想到是真的。"季洁说道,"我爸说安息岛是被鲸鱼怪吃掉的。"

"鲸鱼怪!"沈括今天已经第二次听见这个词了。

"嗯。传说鲸鱼怪蛰伏在大海之中,身躯庞大但没有形体,它有一张巨大无比的嘴,足以吞没海上的一切,无论是人、鱼、石头、船舶甚至是岛屿,它都能够一口吞下。据说进入它的嘴之后,所有的一切都会变得和现实中相反,更神奇的是,鲸鱼怪的嘴可以和身体分离,并且会极其巧妙地伪装起来。当渔船驶入两块礁石之间,很可能已经中了它的圈套,那两座并置的礁石其实是鲸鱼怪的上下颌,渔船从此一去不回。永乐岛上居民的祖先就曾经消失在鲸鱼怪的嘴里,有目击者讲述了自己所见的情景,在狂风之中，大半个渔村被吞噬，无辜的人葬身鱼腹，渔民们恐慌不已，互相转告鲸鱼怪经常出没的地方：雨后初霁的彩虹底下，沙滩浅处的腹地，或是海面上两座山谷之间的狭长廊道，以及废弃的渔船桅杆旁。途经这些地方都要小心谨慎，要尽量避免接近，因为这些都可能是鲸鱼怪的伪装，或许它就在附近蹲守。这些事情口口相传，一代一代流传下来。"

"你说安息岛是被这个怪物吞噬了？"项北大笑起来，"开什么玩笑，现在世界上怎么还有人相信这种东西的存在啊。"

"怎么不可能，你没看见过不代表没有，永乐岛上相信的人多着呢。"

"我可是警察，怎么能相信传说中的鬼怪，你可别受这种封建迷信的思想影响了。"

"警察就可以随便批评别人吗？"季洁对着项北的后脑勺来了一下。

"我可是穿着警服呢，你这算袭警啊！"

两个人又闹腾起来，像吵架拌嘴的小两口一样。

从饭店出来，同季洁告别后，沈括和项北一同来到了项北的家里。

"今晚你就睡我的床，我这里和大上海比不了，你将就将就。"项北把床上的一堆衣服塞进了柜子里，替沈括把床铺收拾干净。

"那你呢？"

"我睡客厅的沙发就行了。"项北脱掉了外衣裤，只穿一条三角裤，毫不顾忌地在沈括面前走来走去。

十几年过去了，项北的房子还保持着原来的格局，也没有添置新的家具。项北的母亲在生他的时候，难产导致大出血，因为医疗设施落后，无法止血，母亲在项北出生后就去世了，项北是由父亲独自抚养成人的。这个家一直保持着单身汉的凌乱，从项京到项北，一直没有变化，这也算是一种传承。

一间卧室的门紧闭，这原来是项京的房间，门上加装了一把挂锁，显然项北不想让人进入。

"为什么大学毕业以后要回来？"沈括问道。

"我可不像你，大城市里的日子过不惯。"项北套上一件破洞的背心。

"你就别酸我了。"

"回到永乐岛，当然是为了守护自己的家乡。"

两人心照不宣地相视一笑。

这句话是项北的父亲项京曾经说的。除了照顾独生子项北之外，身为镇长的项京将全部心血都奉献给了永乐岛，希望可以提高岛上居民的生活水平，让类似项北母亲这样的悲剧不再重演。

正是因为这份执着的信念，让他无法承受自己的错误。十五年前的那场台风比预报来得更为猛烈，由于永乐岛的基础设施破旧，且对台风的破坏力预估不足，他没有及时疏散沿海的居民。台风登陆永乐岛后，造成了十二名岛民死亡。项京觉得自己没有守护好永乐岛，心怀强烈的负罪感，在自己的卧室里上吊自杀了。

项京的自杀十分突然，项北无法接受，前一天还督促他完成作业的父亲，第二天就用缆绳把自己吊死在横梁上，留下年仅九岁的他。

自杀的房间也就是此时沈括正对的上锁卧室。

"还是不能接受当年的结果吗？"沈括问。

"干吗突然这么严肃。"项北依然没心没肺地笑道。

"其实我后来在网上找过当年的资料，大部分都是有关台风的新闻，关于京叔的只有寥寥几句，大致是警方对现场进行勘查后，认定京叔是把自己反锁在房间里自杀身亡的，上吊的绳子因为尸体重量而断裂，所以发现尸体时，尸体是倒在地上的。现场没有打斗的痕迹，也没有可疑的指纹，除了脖子上的勒痕之外，尸体无其他伤痕，排除他杀和意外的可能性。"

"这些不能说明问题。"

项北走到柜子前，拿出儿时装饼干的铁罐，用力扳开铁罐的盖子，将罐子里的东西全数倒了出来。

桌子上全是大大小小的纸片，上面写着各种提醒做家务的短句，诸如"饭在锅里，你先吃不用等我"。从苍劲有力的字迹来看，应该都是项京写给项北的便条。

"我爸是一个只要出门就要给我留便条的人，怎么可能不留下遗书呢？"

沈括这才明白过来，项北锁住项京的卧室并不是为了缅怀故人，而是让自杀现场始终维持原状。他立志成为警察，就是为了回到永乐岛，调查清楚项京死亡的真相。

"一定是有人杀了他。"项北咬牙切齿道。

"你的意思是，谋杀？"

怒火在项北的眼睛里燃烧，他意识到自己有些失态，看了眼时间，说道："哎呀！都这么晚了，你早点去睡吧。明天先把你的事情给办了，再来解决我的事。"

沈括躺在项北的床上，不一会儿工夫，就听见客厅传来项北的呼噜声。沈括虽然身体疲惫，却毫无睡意，他用力伸直酸胀的小腿，让浑身的肌肉放松一下。

看见书架上摆着的兔子灯，沈括认出正是当年自己和项北一起做的那只，没想到项北还保留着它。白纸支起的身体上破了好几个窟窿，被当作眼睛的红纸早就脱落，只剩下两个污点，看起来脏兮兮的。

还记得那天做完兔子灯之后没过多久，永乐岛上的广播喇叭里，就发出了响彻耳际的警报声，当晚登陆的是百年不遇的十二级台风。路旁的大树摇晃起来，树叶剧烈的抖动声，仿佛急迫地想要从树枝上逃生，远处海潮拍打堤岸的声音越来越响，温度也比白天凉爽了不少，甚至有一丝凉意，扑面而来的风中带着零星的雨点。有人打着手电筒，敲着铜锣，穿街走巷互相提醒注意安全，沈括被外婆拉回屋子里，门窗紧闭，甚至还搬了两把椅子顶住不太严实的后门，一派严阵以待的架势。项北也回到自己家中，等候父亲项京的归来。

回想那个格外漫长的夜晚，不知是不是潜意识中想逃避现实，还是抵不住袭来的睡意，沈括眼皮沉重，很快就睡着了。

梦中的那只鹿又出现了，血红色的眼睛让沈括想到兔子灯，它站在树丛之间，回首对沈括叫唤了一声，原本衔在嘴里的东西掉在了地上。沈括走近一看，是一朵白色的莲花，他伸手去捡，发现自己用的居然是左手，这个梦境完全是镜像的。沈括忽然想到季洁所说的鲸鱼怪，被吞入它嘴里的话一切也会变成反的。

沈括抬头环顾四周，心想自己该不会是在鲸鱼怪的嘴里吧。只见面前有一排石阶，往上望去一眼看不到头，不知另一头通向哪里。沈括踏上石阶，脚底能感受到青苔的湿滑，稍有不慎就容易滑倒。沈括即便清楚地知道自己是在梦中，可就是无法控制自己的身体加快速度，腿总使不出劲来，台阶越走越长，汗流浃背的他心里变得急躁起来。

第二天早晨六点多，天已经亮了，沈括醒来发现自己满头大汗，枕头都被汗水浸湿了。虽然睡眠时间不长，但经过一晚的休息，昨日身体的种种不适一扫而光。

走出房间，发现沙发上的项北不见了，没想到他起得这么早。沈括去盥洗室寻找一番，看见镜子上贴着便笺，潦草的字迹写着：

出一趟任务，九点在医院门口见。

沈括撕下便笺，对着镜子整理发型，穿上以前为了面试准备的西装，整个人的气质成熟了不少。他希望父亲见到自己长大成人的样子。距离探视时间还有两个小时，内心的激动已经按捺不住了，沈括打算外出散散步，平复一下心情，以免见到父亲后，在医院的众人面前失态。

出了门，焕然一新的永乐岛令沈括大为震惊。经过十几年的建设，永乐岛一扫从前破败的景象，道路、楼房、现代化的配套设施一应俱全，困扰岛上多年的供电问题也得到了充分的解决，稍高的建筑甚至都安装了景观照明灯。沈括想象着面前街道的夜景，如果拍下照片，与一张上海的街拍放在一起，很难分辨出是两个相隔千里的地方。

沈括甚至有点怀疑，自己身处的究竟是不是永乐岛。

虽然正值夏日，但海风拂面而来，和闷热得没有一丝风的上海相比，岛上实在让人浑身凉爽。

经过一排破旧的店铺，墙上用红色油漆写了一个大大的"拆"字，还在字外面画了一个大大的圈。

几步之外，一位老人正弯着腰，努力将钥匙插入卷帘门底部的锁孔中,看他费力的样子,沈括上前帮忙。拉开卷帘门后,发现这是一家书店,老人的样子看起来有些熟悉。

"您是老孟吗?"沈括问。

老人愣了愣神,仔细端详了沈括的脸之后,咧开嘴笑了起来。牙齿所剩无几,门牙也仅剩了一颗在站岗,这让他笑起来的样子平添了几分可爱。

"啊!你是沈旭的儿子吧。"

"好久不见。没想到您居然还记得我。"

看见西装革履的沈括,老孟不由感叹:"小时候一直来我书店偷看围棋书的调皮鬼,现在一表人才了。"

沈括不好意思地笑道:"真是给您添麻烦了,要感谢您当年给予我的帮助。"

"我?"

"小时候每次来您的书店都会发现最新的围棋书,可是旧的棋书都没有卖掉,我知道你是专程为了我才进那些书的。"

"没想到你还记得这些。当年和你爸爸闲聊,他说希望你可以成为职业棋手,现在如愿以偿了吗?"

"我正在努力呢。"

老孟赞许地点点头,玩笑道:"要是成了名人,可别忘了我们岛上的这些人啊。"

永乐岛虽然变了模样,但依然是家乡的感觉。

这时,四个年轻力壮的小伙子朝老孟走来,手臂上文着各种图案的文身,领头的小伙子穿了一件白色的背心,胸前挂着一串满是骷髅饰品的银色链子。

"老爷子,你这破店再不搬的话,没准哪天就要塌了。"领头小伙用戏谑的口吻对老孟说道。

"塌了也不用你们管。"老孟转过身背对他们说。

"我们不管,你被压死了怎么办?"另一位小伙子说完,几个人哄笑起来。

老孟不禁来了火,挺着胸凑近了领头小伙:"小兔崽子,你别给我来这套,天天来店里骚扰我,不就是收了房产商的钱吗?为了钱你们连自己的家乡都可以卖了,一群狗腿子!"

"你说谁是狗腿子?"

"说的就是你们,怎么着!"

老孟与人多势众的小伙子对峙,情绪激动,额头青筋暴起,说话时头不停地颤抖着。面对几位年轻人的挑衅,老孟情绪激动,但又拿他们没办法,只好抄起一把扫帚驱赶他们。

老孟手里的扫帚并不足以吓退他们,扫帚不小心打到了其中一位年轻人的小腿,这下彻底激怒了他们。几个人一拥而上,老孟哪里禁得住他们的力气,手里的扫帚被夺了下来,推搡中倒在地上,膝盖磕出了血。

"老不死的东西,信不信我今天就让你死这里。不领教领教我郁小虎的厉害,看来你是不会服帖的。"领头的年轻人指着老孟骂道。

"你别以为我会像岛上的其他人一样怕你。"老孟毫无惧色。

郁小虎扬起夺来的扫帚,作势要砸向老孟。

沈括伸出一只手挡在老孟面前,西装的袖子上留下了一片灰。

"现在岛上流行欺负老年人了吗?"

"你谁啊?"郁小虎冲着沈括就来了。

"我是谁不重要,重要的是我已经报警了,警察马上就到了。"沈括淡定地晃晃手机。

"你哪里冒出来的?一个外地人,不知道我们岛上的规矩,看来今天要好好教教你了。"郁小虎不由分说，手里的扫帚挥向了沈括。

沈括左手一架，谁知眼眶处被划出了一道口子，鲜血顺着眼角涌出来，白衬衫的领口染红了一片。

老孟想过来护住沈括，却被两个人拦住去路。

"识趣的话，赶快滚回自己老家。"郁小虎对沈括说。

沈括的表情没有任何变化，甩了甩刚才挡扫帚的左手，好像自己没有受伤一样。这种完全轻视的态度，激怒了郁小虎，他再次抡起扫帚，大吼道：

"跟你说话，是不是聋了！"

一阵刺耳的轮胎摩擦声骤然响起，一辆红色跑车在众人面前急刹，车上的季洁跳了下来，怒喊道："住手！小虎！"

季洁拦住郁小虎，朝他胸口重重推了一下。

"季洁，你怎么来啦！"郁小虎立刻换了张笑脸，他身后的几个小伙也向季洁点头哈腰起来。

看见沈括流血的眼角，季洁不禁对他们呵斥道："你们再到处惹麻烦，我让我爸把你们全辞退了。"

"不敢不敢！我们闹着玩呢。"

"闹着玩把人家打成这样？你喜欢闹着玩是吧！"季洁抢过郁小虎手里的扫帚，朝他腿上挥去。

郁小虎任由季洁打了几下，认错道："季洁，是我不对，你别为了外人和我闹不开心。"

"什么外人！他是沈括。"

"就是那个父母都死……"郁小虎说到一半的话，硬生生被季洁的眼神顶了回去。他冲老孟摆摆手，用戏谑的口气说："今天看在季小姐的面子上，我们就不跟你闹了。等我哪天心情好，再来你的书店买书。"

"你要是敢动老孟一根头发,我绝不会轻饶你。"沈括揪住了郁小虎的背心。

"快松手,犯不着跟这种浑蛋动手。"一旁的老孟生怕沈括吃亏,忙站到两个人中间,将他们分开。

郁小虎带着手下大摇大摆地离开了,走之前对老孟放出了狠话:"再给你三天时间,再不答应房产商的拆迁条件,一切后果自负。"临走,还给季洁来了一个飞吻。

季洁翻了个白眼,转身查看沈括的伤势:"还好,只是皮外伤,不需要缝针,不过要去医院处理一下伤口。"

沈括倒不在意伤势,而是好奇地问老孟:"看你旁边的店铺都搬得差不多了,你为什么不搬走?"

老孟叹息道:"这是我经营了一辈子的书店,永乐岛上的人谁没来我店里买过书?就这么被拆掉有点舍不得。况且我也不想这里被盖成钢筋混凝土的高楼大厦,一点人情味都没有了。"

"其实房产商给你的安置房还不错,面积也不小,而且还是海景房,要是在大城市里,这样的房子可都是要抢破头才能拿到的。"季洁说。

"这都是你那个有钱的爹季石在作祟。"老孟说得季洁羞愧得脸红起来,"我无妻无子,这书店是我想终老的地方,不管它有多破,也是我的家。为了利益,为了所谓现代化,对于家乡的感情就可以随便丢弃吗?"

老孟说完,生气地转身走进了书店。

沈括眉头紧锁,家乡这两个字对于自己来说,到底是指哪里?项北没有外出打工,而是返回永乐岛做一名警察,内心是想要守护家乡,还是希望和父亲项京一样,成为深受岛民尊敬的人呢？

搭季洁的顺风车前往医院的路上，沈括问起了老孟和郁小虎争端的具体原因。

身为季风房地产开发公司董事长季石的独生女，季洁来解答沈括的疑问再合适不过了。

年过六旬的季石，算得上是白手起家的成功人士典范。季石年轻时因为做海鲜交易，去了一趟大城市，发现城市里的汽车变多了，他敏锐捕捉到一个商机，回到永乐岛后，便找人对永乐岛进行了地质勘探。在收集了所有地质资料后，勘探人员查明了永乐岛地下石油的分布情况，基本锁定了开采位置，季石果断地申请了矿藏采挖证书。正值政府大力扶持私人开采公司，审批流程非常顺利，季石很快就拿到了采挖证书。然而摆在季石面前的难题，就是开采石油所投入的人力物力，当时的他根本拿不出这么多钱，如果一年内未进行开采活动，那么申请的证书将被收回。

季石穿着廉价的西装，东奔西跑到处拉赞助，可大家并不像他一样看好石油开采前景，除了少数的亲戚朋友象征性地拿出一点钱之外，其他人都捂紧荷包不愿慷慨解囊。走投无路之下，季石孤注一掷，将自己的房子变卖，勉强凑齐了第一期工程款，随着开采井钻头启动，拉开了季石赚得盆满钵满的序幕。

短短两年时间，季石不仅将外债全部还清，还连续两次扩建加工厂，生意越做越大，从一个乡村企业家慢慢变成了股份制公司董事长。公司管理渐渐规范，一切都上了正轨，无须任何事都亲力亲为，马上就要过四十岁生日的季石，这才考虑起自己的终身大事。通过媒人介绍，他认识了季洁的母亲，像他这样的钻石王老五岳父岳母也挑不出毛病,两人很快就定了婚期,在永乐岛广发喜帖,所有来喝喜酒祝贺的人,都为他送上了祝福。

一年后,季洁出生了。喜获爱女的季石却在事业上陷入了困境。政府对石油开采出台了种种限令,季石的加工厂开始走下坡路,他发现人们开始对环境保护的问题重视起来,自己必须另谋出路。季石注意到了新的商机,城市里大兴土木,高层住宅楼拔地而起,就连永乐岛这样的小地方,土地价格也持续上涨,他决定转投房地产开发行业。凭借雄厚的资金以及石油生意上积累的关系,他顺利搭上了这条捞金的大船。这些年,季石的房地产事业在其他城市取得不小的成功,但面临激烈竞争,于是他想将开发的目标定在自己的家乡永乐岛上。一方面还没有公司看上永乐岛,土地资源大多未被开发,相对成本也会较低;另一方面,永乐岛上没人不知道季石的名字,岛上的支持度会很高,被那场台风摧毁后的永乐岛地方政府,也正希望有人可以投资重建。制定了永乐岛的规划后,季石准备建造海景住宅小区。他先对岛上所有基础设施进行了翻新,包括道路、医院、车站等,慢慢孵化着日益增长的房价。而海景住宅的选址,正是老孟书店所在的区域,大多数人都在动迁同意书上签了字,搬进了季石准备的安置房,可以老孟为首的几位老人不愿配合动迁工作。季石便私下找来岛上的小混混,在公司挂职保安部门,实则每天负责对这些不配合动迁的岛民软硬兼施,用一切办法逼迫他们尽快签字同意,让海景房的工程得以早日破土动工。

"我爸也是想为永乐岛做一点贡献,让大家过上好日子。"季洁为父亲辩解道。

"不是每个人都愿意把家乡变得和城市一样。"

"城里有什么不好,生活在岛上哪有住在城里方便,无论是吃喝玩乐还是购物交通，我们这儿哪一点能比得上。你不就是住在上海吗？看起来也比岛上的人洋气多了。"季洁扭头意味深长地看了一眼沈括。

"我想，如果安息岛还在的话，我一定不会离开自己的家。"

"别说这些烦心事了，晚上我请你吃饭，希望你可以和你爸重聚。"

沈括推诿不过，和季洁约定了晚饭的时间地点。抵达医院后，沈括独自下车，径直走进了医院的洗手间。

探视时间还没到，还有时间整理一下。沈括站在洗手间的镜子前，看着镜子里的自己，眼角处血淋淋的伤口有点骇人，鲜血染红了小半边脸，慢慢干涸后粘住了睫毛，左眼有点睁不开，略有浮肿的黑眼圈，此时显得更加明显了。

沈括拧开水龙头，双手合拢掬起清水，清洗伤口。随后他脱下西装和衬衫，清洗上面的血迹，在烘手机下面快速吹干了衣服。

挺拔的鼻梁显得整张脸更加消瘦，可能是经常下棋的缘故，沈括缺乏锻炼，身材算不上健硕，甚至是偏瘦弱的。完全不属于永乐岛的白皙皮肤下，两边的肋骨清晰可见。

直到发型整理满意了，沈括才重新穿上衣服，走出洗手间。项北如约而至，正等候在医院大门口。

"你这眼睛怎么了？"项北问。

"不小心撞的。"沈括把头扭开。

"这伤哪像是撞的呀！"项北一眼识破了他的谎话。

"我没事。我们先进去探望吧。"

"可是现在还没到时间呢。"

"现在几点了？"

"才八点三十分。"

项北转睛一想,拍拍胸脯道:"身为永乐岛派出所的民警,提早半个小时进去的面子应该还是有的。"

"警察同志,那么就麻烦你了。"沈括拍拍项北的背,他已经迫不及待地想要去见那个男人了。

借着从门口走进医院的几步路,沈括观察了一眼永乐岛医院的外貌。虽然医院大楼不高,构造却极具设计感,由玻璃和石块混搭而成的外墙,在缝隙间暗藏有灯管,灯光让医院看起来更加立体,现代感十足。可是和周围建筑物反差巨大,有种不太协调的感觉。

从落地玻璃能看见医院大堂,前台有一位接待的护士在。

自动感应门打开,空调的冷气十足,人也精神了起来。沈括跟在项北后面走向护士,项北笑着凑近前台搭讪道:"阿雅,这么巧,今天轮到你上班呀!"

"小北,你今天又吃韭菜饺子了吧?"护士嫌弃地扭过头去,用手在面前扇着风。

"哪有!"项北眨了眨左眼,抵赖道。

"你牙上还有韭菜呢。"

"别说这些了,我有正事找你。"项北换了一副严肃的表情,"从海上救起来的男人住在哪个病房?"

"二一四病房。"护士脱口而出,旋即认真地问项北,"你想干吗?"

"噢——"项北又眨起了左眼,"他的亲戚从外地赶过来,想要见一见。"

"不行!"

"为什么不行?"

"徐院长交代了,那个病人不允许任何人探视。"

"我也不行吗?"项北正了正自己的警帽。

"院长特别提到不能让你进去。"

"阿雅,别开玩笑。我昨天就预约了今天九点来探视。等时间到了我再进去总行了吧。"

"我查查。"阿雅打开电脑里的文档,点了几下鼠标后回答道,"好像是有预约记录,但是病人情况不稳定,被取消了。"

身旁站着沈括的缘故,项北自觉面子上有点挂不住,阴沉着脸:"阿雅,上个星期我巡逻的时候,在消夜摊上看见你了,那天好像轮到你值班吧。你好像也不是第一次擅离职守了,这事如果让徐院长知道,会有什么后果?"

"你——算你狠!"护士咬牙切齿道,"给你们十分钟的时间,上楼左转第三间病房。"

"谢啦!今晚的夜宵想吃什么,我请!"项北拍着胸脯说。

"滚!"

沈括朝项北竖起了大拇指。

项北得意地朝沈括抬了抬下巴。

二楼的走廊格外安静,能听见医疗设备的电子提示音。沈括数着病房门口贴着的号码牌,发现这里并不是ICU监护室,只是普通的病房。透过门上的玻璃可以看出,病房中躺着的大多是年老的病人。慢慢走近位于尽头的二一四病房,虽然医院的空调冷气十足,但沈括的额头还是渗出了汗,手指也神经质地抽搐起来。他双手交叠,尽量克制住自己的紧张情绪。

二一四病房门口坐着一位男护士,见有人走来,起身阻止道:"两位,这里禁止探视。"

"徐院长没和你交代吗?"项北指指沈括,"让我带这位先生来。"

男护士显然认识项北，上下打量了一番沈括。也许是穿着西装的缘故，沈括看起来是个人物，这让男护士相信了项北的话。

"真是徐院长说的吗？他今天早上刚刚交代我守在这里，不允许任何人进入。"

"我们当然得到了徐院长的准许，不然我怎么知道病人在这间病房。"见男护士还犹豫不决，项北虚张声势道，"不信你自己去问他。"

男护士被项北唬住了，后退一步，让他们进去了。

病房里关着灯，借着透过窗帘的光线还是能够看清病房里的布局。长方形的房间内左右各摆着两张病床，只有右侧靠窗的床位拉着布帘，其余床位都空着，隐约能看见一个男人侧身躺在床上。

项北有意放慢了脚步，目送沈括独自朝病床走去。

这里只是普通的病房，并没有安排特别护理，病人应该已经没有生命危险，可为什么还要派专人看守，并且禁止探视呢？

沈括暂且把疑问放在一边，他轻轻拉开布帘，一个男人用光秃秃的后脑勺对着自己，白色被单盖着他的下半身。男人背部佝偻，骨瘦嶙峋的身形撑起医院单薄的病服。床边放着一摞仪器，几条线路接在他的手臂上，红红绿绿的灯光在不断闪烁，间歇地发出电子提示音。

一阵酸楚涌上鼻头，沈括连做几个深呼吸，强忍着不让自己哭出来。十五年未见的父亲就在面前，太多的感慨和情绪在胸中翻腾，这份心情再多的言语也无法表达。沈括更想知道，父亲到底为什么要丢下他一个人，让年幼的他流落异乡，独自在这个世界上无依无靠地活着。

男人似乎意识到有人靠近，他的脚微微抽动了一下。

项北摸到了门边的开关，打开了病房里的灯，病床上的男人的轮廓也变得清晰起来。沈括绕过病床，来到了男人的面前。

男人的双臂弯曲在面前，挡住了大半张脸，手臂上因为晒伤而敷满了药膏，瘦得皮包骨头的右手上，贴着固定针头的胶布。虚弱的他正在输液。

沈括握起男人的手，已经模糊的记忆开始清晰起来，父母喊他吃饭的声音犹在耳旁的，十五年来无数次想象的事情终于成真了。沈括干咽了一口唾液，润了润嗓子，正准备开口唤他的时候，男人拿开了挡在脸上的手。沈括看清了男人的脸，惊讶地张大了嘴，保持着"爸"字的口型。

男人睁开了眼睛。

他瞳孔里布满了恐惧，张大嘴巴，激动地想要呼叫，却只能发出嘶哑的吐气声。嘴唇上那条鲜红色的裂痕赫然映入沈括的眼帘。虽然男人的外貌发生了巨大的变化，但沈括还是一眼就认出了他。

第三章

二〇一六年八月十九日。

永乐岛。

病床上的男人不是父亲沈旭,而是同安息岛一起消失的叶好龙。

沈括试图安抚情绪激昂的叶好龙,却连自己的情绪也控制不住。俯身一把抱住他,才发现他身上固定了好几根白色绷带,迫使他只能保持卧躺的姿势。

骨瘦如柴的叶好龙看起来营养不良,比实际年龄衰老了许多,在大海里的遭遇,让沈括印象中健壮的叶叔饱受苦难,落得这副模样。

听见沈括叫自己"叶叔",叶好龙慢慢反应过来,只有沈括才会这样称呼他,但他依然面无表情,眼神涣散地看着沈括,似乎有点神志不清。

"叶叔,你认识我吗?我是小括啊!"

沈括捏着他的手,心疼地喊道。

叶好龙好像听懂了似的,艰难地嗫嚅着兔唇,带有一些哭腔,嘴里含糊不清地重复着几个字。

"他好像有话对你说?"项北说道。

"叶叔,我爸妈去哪儿了?"

沈括替他顺了顺胸口的气，耳朵贴近他的嘴边，只听见叶好龙断断续续地说道："鲸鱼……鲸鱼……怪！全是水！全都是水！好黑呀……我要出去！鲸鱼怪！快让我出去！"

叶好龙的情绪有点激动起来，他的手也更用力地抓住沈括西装的袖口，右手的食指在半空中比画着什么。

"有没有纸笔！"沈括问项北。

项北左顾右盼，一把将病房门上的紧急逃生图摘了下来，掏出笔递给沈括。

"叶叔，如果你知道我爸妈的事情，就把它写下来。"

沈括将逃生图翻过来，使用白纸那一面，用病历板垫着纸，将笔塞进了叶好龙的手中。他颤颤巍巍地接过笔，开始画起了没有规律的线条，看起来根本不像是在写字。

沈括这才想到，叶好龙认识的字还没有小时候的自己多，除了他自己的名字，他能写出来的汉字寥寥无几。叶好龙画出像乱码般的图案后，项北也走过来歪头横竖打量，完全看不出写的是什么字。

"这写的是什么呀？"

沈括正打算继续追问，病房的门被粗暴地推开，重重撞在墙上又反弹回来。

一个戴着金丝边眼镜，理着平头的四十多岁男人站在门口，穿着雪白的医生大褂，给人一种压迫感，他正是永乐岛医院的院长徐庶。站在他身边的前台护士阿雅，此时正涨红了脸，连声鞠躬道歉。

"徐院长，对不起，对不起……"

项北连忙帮她开脱道："这事情跟阿雅没关系，我是带病人的亲戚来探望。"

"项北，你应该知道病人不能受到打扰。"徐庶虽然面带笑容，却语气严厉，"我这里是医院，一切都为了病人的生命着想，要是病人有个三长两短，我医院可是要负责任的。"

"没这么严重，我们也才进来两分钟，不会有什么事。"项北一拍大腿，指着沈括对徐院长问，"对了，你应该认识他吧！"

徐庶推了推鼻梁上的眼镜，仔细打量起病床边的沈括来，似乎没有认出来，然后冷静地说道："不管你是谁，可不能耽误我的病人治疗。"

看见徐庶靠近，叶好龙忽然对他露出了笑容，松开沈括，抓住了徐庶白大褂的下摆。碍于绷带的限制，叶好龙无法整个人靠过去，只露出猫咪依赖主人般的眼神。

徐庶核对了叶好龙床边仪器上的数据，遍寻病历板准备记录，沈括偷偷藏起了逃生图，将病历板递了过去。

沈括的小动作没有逃过徐庶的眼睛。

"你手里拿的是什么？"徐庶问。

"只是一张纸而已。"沈括故意展开了正面给他看。

恰好这时叶好龙手里的笔掉在了地上，弹到了徐庶的脚边，发出塑料碎裂的声音。

徐庶瞄了一眼地上的那支笔，再看看逃生图，似乎明白了什么："这是医院的东西，你可不能带走。"说完，他对沈括摊开手掌，要回逃生图。

沈括将有字的一面朝里对折，把逃生图交到了徐庶手里。

"项北，你和阿雅说这个人是病人的亲戚？"

"算是吧。"

"噢？"徐院长转向脸，反光的镜片对着沈括问道，"你叫什么名字？"

"他叫沈括。"项北抢嘴道,"他父亲是沈旭。"

听见"沈旭"两个字,徐院长嘴角抽动了一下,有些不敢相信,再次确认道:

"你真是沈旭的儿子?"

"是。"沈括点头应道。

徐院长收起了严肃的表情,露出长辈的笑容:"你可能不知道,当年可是我亲手接生的你。我还记得那天晚上天气很冷,你母亲预产期突然提前了,你父亲给她裹了床被子,从安息岛送来了我们医院的时候,因为船上太过颠簸,羊水破了,已经来不及再转到市里去了,立刻推进产房,由我来负责接生。那时候我还是个年轻的医生,第一次见到这样的场面,表面上故作镇静,实际已经紧张得手在发抖。反而是你母亲一直在安慰我,她告诉我,让我尽量保住你。现在想起来,我们都算得上是幸运的。"

说完徐院长看了眼项北,项北的母亲就是因为难产而去世的。

虽然已经过去了二十多年,这些事徐庶依然记忆犹新。

沈括前倾身子,向徐庶微微鞠了一躬:"您在永乐岛上待了这么多年,当年安息岛的事件也亲眼看见了吧?"

听闻"安息岛"三个字,徐庶脸上掠过一丝惊恐的表情。他握紧拳头,逃生图在他手里被捏成了一团,安静的病房里,响起纸张褶皱时清脆的声音。

"当晚台风袭击了我们岛,不少受伤的岛民来医院救治,大家都没有注意到这件事,我和其他人一样,也是事后才听别人说的,所以知道得很少。"徐庶低声说道,"很难想象一座岛,和上面活生生的人,就这么凭空消失了。"

"你应该也认识他吧。"沈括指向病床上的叶好龙。

"认识。他一直帮你父亲开船。"

"他现在情况怎么样？如果他能开口说话，当年安息岛的消失之谜就有希望解开了。"

徐庶紧锁眉头说："他的情况不容乐观，不仅严重脱水，身体虚弱，精神状态也不是很稳定，所以我才为他安排单独一间病房。"

不知何时，病床上的叶好龙已经睡着，发出轻轻的鼾声。徐庶替他盖好被子，沈括帮忙将叶好龙露在外面的双手放进去的时候，发现他的手腕上有一道道血印子。沈括走到叶好龙脚边，撸起他的裤管，发现在两条腿的脚踝处也都有相同的伤痕。

"他这些部位也是在海上受的伤吗？"

徐庶分析道："他被发现的时候，手脚上绑着木板，正是靠那些木板的浮力他才能在大海上活下来，这些伤应该就是绑木板造成的。我已经替他消过毒了，避免感染，要尽量保持干燥才行。"

"原来如此。"沈括叹道。

"等他痊愈，你再问也不迟，现在就让他好好休息吧。"徐庶细心地将叶好龙卷起的裤管捋平，对沈括说，"以后有的是时间问他。"

沈括点点头，表示赞同。他没有说出自己明天就要赶回上海进行比赛的事情。以现在叶好龙的身体状况，也只有听从徐庶的建议。离开病房前，沈括请求和叶好龙道别。

得到徐庶的许可后，沈括贴近叶好龙的耳边，轻声细语道："叶叔，我会再来看你的。"

从医院出来，沈括眉头紧锁，深邃的眼神望向远方。不远千里赶来，满心期望见到父亲，却没有如愿以偿，他不免有些失望，泄气地解开领口的衬衫纽扣。

沈括多年寄住在舅舅家，渐渐收起了儿时率真的性格，内敛了许多，又因为下棋的缘故，总是一副在思考的样子，有种拒人于千里之外的冷淡。即使儿时一起嬉笑打闹的玩伴项北，和他站在一起，此时也不知道该对他说点什么。

"他有所隐瞒。"沈括突然说道。

"谁？叶好龙吗？"

"徐院长。"沈括低声说，"叶叔身上反常的伤痕，徐院长只字未提，叶叔的伤口虽然被海水泡成了白色，但还是能看出伤口有浅有深，有些陈旧的伤疤，应该是遭人捆绑造成的。"

"捆绑？"身为警察的项北，觉察到了犯罪的气息。

"这件事连身为永乐岛警察的你都被隐瞒了。"

"或许徐院长急于救治病人，忽视了这些事。"

"叶叔已经脱离了危险，徐院长今天却叫人守在病房门口，显然是不想让他和别人接触。我是昨晚抵达永乐岛的，也是唯一和叶好龙有关的人。"

"难道徐院长这么做是针对你？"项北想了想，不同意沈括的说法，"好歹徐院长也救了叶好龙的命，叶好龙见到徐院长时的表情，你也看到了。"

"看起来叶叔已经不记得我了，没准他也不记得徐院长是谁了。"沈括面带哀伤地说道。

"受了比较大的刺激，没准是真的遇上鲸鱼怪了。"

"鲸鱼怪会用绳子捆住人的手脚吗？"

"叶好龙在纸上写了有关安息岛的事情吗？"

"完全看不懂他写的是什么字，更像是阿拉伯数字6和7。"不过那张纸被徐院长没收了，无法再度确认，沈括张开手臂表示无奈。

"你袖子上沾了什么东西?"项北指着沈括的袖口说道。

沈括白色的衬衫上有一块淡淡的黄色污渍。在医院的洗手间里,沈括曾经整理过衣服,当时还没有这块污渍,应该是在病房里沾上的。

"可能是哪里蹭到的铁锈。"沈括掸了两下。

忽然,沈括后背一凉,敏锐地感觉到有双眼睛在身后盯着自己。他转身看去,永乐岛医院的玻璃外墙上,只映出自己和项北的身影,玻璃内什么人都没有。

是徐院长吗?沈括心生怀疑。

"怎么了?"

"没事。"沈括回过神,"我想去找发现叶叔的那个人再问问。"

"你说赵文海?"

"你认识他?"

"永乐岛上的渔老大,谁不认识他。"项北答道,"不过他这个人脾气不好,你问了他也不一定搭理你。"

"你现在能陪我去找他吗?"

"着什么急,有的是时间,我还想带你在岛上好好逛逛呢。看看这些年永乐岛的变化。"

"我明天就要回上海。"

"好不容易来一次,这么快就要回去了?"项北有些不高兴。

沈括解释说自己还有围棋比赛。项北虽然不会下棋,但他知道围棋对于沈括的重要性,便欣然答应立马陪他去找赵文海。

"行啊。反正今天我也闲着。"

"我们去哪儿能找到他?"

"现在几点？"

沈括看了眼手表："就快要十二点了。"

"这个时间，赵文海一定是在控銮。"

"控銮？"沈括不解道。

"去了你就知道了。"

项北蹬起自行车，沈括三步并作两步跳上后座，牢牢抓住车架。

围绕清怀山骑行，一路上都是崭新的公共设施，改头换面的商铺和住宅楼让永乐岛摆脱了以往破败的形象。

不过所有的事情都有它的两面性，有利必然有弊。商业上的繁荣吸引了更多的投资，被收购的土地改建成了海景别墅，也有人将整片近海海域承包下来，开办人工养殖场。为了提高鱼类的产量，养殖的人使用药物让鱼快速生长，这对永乐岛的生态造成了严重破坏。大海里的食物链遭到破坏，鱼类开始大量灭绝，这让永乐岛的渔民收成连年锐减。为了平息渔民的怒气，人工养殖场每年都会支付一笔不菲的补偿金，来弥补他们的损失。

有了不劳而获的赔偿金，自然也没人去干涉破坏生态的养殖场了。

这样安逸的生活让越来越多的渔民不愿再风里来雨里去，大家纷纷外出去大城市打工。永乐岛上像项北这个年纪的年轻人，更是对于打鱼这个行业没有兴趣。通过互联网，他们对外面的世界更加憧憬。

永乐岛的变化让一部分岛民难以适应，就像大城市里对于现实不满的人一样，他们总觉得以前的生活更好，满腹牢骚，但又不愿去改变自己的生活方式。

赵文海就是这样的人，身为永乐岛的渔老大，曾经拥有与镇长分量相当的话语权。永乐岛的变迁让他失去了原先的风光,在拿到补偿金后,他开始不务正业,沉迷于赌博。

项北的车带着沈括慢慢深入一片尚未改建的居民区,路很窄,两边都是低矮的围墙,如果有两辆车迎面驶来,肯定要堵上半天。小路旁是错综复杂的小巷子,项北在第一条巷子口停了车,用环形锁将车和一棵树锁在了一起,然后领着沈括步行前进。

小巷里的房子都挨得很近,有些路还是从房子内部穿过,逼仄的环境里通风和采光都不是很好,空气中有一种难闻的气味挥散不去。走在低矮的屋檐下,即便没有下雨,地上泥泞的低洼里还是积有浑浊的水,七拐八绕之后,沈括已经分不清东南西北了。

一位满脸皱纹的老太太坐在转角处的屋子外,双手撑在拐杖上,眯着眼打盹。听见项北和沈括的脚步声,老太太警觉地伸长拐杖敲了敲屋子的门。

从屋子里走出来两个留着络腮胡子的壮汉,狭窄的小巷瞬间变得拥挤。大汉堵在了项北和沈括面前,双手插着腰,胸前两块健硕的胸肌十分显眼。

"小伙子,你们去哪儿?这条巷子前面是死路。"听口音他们是外地人。

沈括听见他们身后的屋子里依稀传来骰子和骰盅的碰撞声。

原来项北说的"控銮",就是本地话"赌博"的意思。

项北没有表露自己的身份,给沈括使了个眼色,装出一副痞气的样子对壮汉说道:"听朋友介绍,你们这儿可以玩几把?"

"哪个朋友?"壮汉露出不信任的目光。

项北和沈括面面相觑,来之前并不知道这里还需要介绍人。

沈括灵机一动，报出一个名字："郁小虎。"

听见这个名字，两个壮汉的表情明显松弛了下来。他们侧身让出一条通道："小虎的朋友，那就进去吧。记得先换筹码。"

从壮汉之间挤过去，两人感受到了十足的压迫感，门内是一条狭长的走廊，他们只能侧着身，避免蹭到墙壁上的砂灰。走廊尽头一下子豁然开朗，是一间大约一百平方米的屋子，屋顶和墙面都做了隔音处理，四个顶角的位置还安装了监控摄像头。里面摆着大大小小近十张桌子，铺着绿色的桌布，每个桌子前都站着一个穿制服的年轻男子，面前围坐着一堆人，手里握着扑克牌。整个屋子里充满了此起彼伏的吵嚷声，沈括没想到这里面居然别有洞天。

潮热的空气里弥漫着烟味、霉味、汗臭味，虽然开了空调，但还是让人有点喘不上气来。

这里是一个非法的地下赌场，据说是由一位大有来头的老板开办的。这地方以前巡逻的时候，老郁和项北说起过，除了连本地人都不熟悉的地理环境之外，赌场还有严格的安保和撤离措施，以确保赌客们的安全。来这里赌博的人，大多数是永乐岛上无业的老渔民，每月领着补偿金却又无所事事，所以在沈括看来，这地方有种旧中国鸦片馆的颓废感。市里曾经组织过几次突击行动，由于岛的地理特殊性，警方人员必须乘坐船只停靠码头，比较容易暴露。几次行动都无功而返，只抓住几个把风的老头老太，问不出任何有价值的线索。等到警力从岛上撤退，赌场又死灰复燃，这也是赌场选址在岛上的重要原因之一。

熟悉赵文海的人都知道，他嗜赌成性，经常来这里玩牌赌钱。

项北和沈括故作镇定地找了个空位坐下，站在桌子另一边的服务生用指关节敲敲桌面，问道："两位请下注。"

"下注？"项北摸了摸自己口袋，问沈括道，"我放你那儿的钱呢？"

"什么钱？"

"装什么糊涂！不是让你带五万块出来的吗？"

"五万？"沈括看见项北不停地对自己使眼色，配合地表演道，"你忘啦！那钱不是借给赵文海了吗？到现在也没还回来。"

"没钱的话就请两位离开吧，我们这里概不赊账。"服务生看出他们俩没有带钱。

"谁说我们没钱啦！"项北生气道，"这位可是专程从上海来玩的。来！阿括，给他说几句上海话。"

服务员连忙摆摆手："不用不用。"

"看到赵文海了吗？"在场的人沈括一个也不认识，问项北道。

赵文海人高马大，在人群中很显眼，不过项北在这里没有找到他。

他俩没有注意到摄像头转向了他们，从暗室里走出一位壮硕的男人，看起来四十多岁，但已是满头的白发，鼻梁上架着金丝眼镜，穿着得体的灰色西服，右侧脸颊上长着一颗大黑痣，整个人透出一股腹黑的气质。

他径直来到沈括和项北的桌子前，用关节敲了敲桌面，问服务员拿了二十个筹码，每一个筹码的面值都是一千，推到了项北的面前。

"项警官，原来你也喜欢玩两把，这点筹码算我的一点小意思。"男人礼节性地笑道。

项北不认识他，但对方一副和他很熟络的样子，一出手就给了两万的筹码。对沈括也是格外客气，递来一张名片。

"方毅？"项北念着名片上的名字，看见他的头衔是一家名为华珑贸易有限公司的经理。

"正是在下，项警官有需要随时吩咐。"

"那我正好有事要问你。"

"我一天二十四个小时待在这个屋子里，消息不通，项警官的问题恐怕我无可奉告。"方经理推了推金丝眼镜，委婉地拒绝回答项北的问题。不愧是这里的管理者，说话滴水不漏。

但项北不管这一套，还是问道："我在找赵文海，他今天来过吗？"

"我们这里从来不问客人的名字。"

"岛上的渔老大，会有人不认识吗？"项北故意提高了嗓门，引得隔壁桌的人扭头看来。

"如果项警官不是来玩的，那就请回吧。"方经理虽然是笑着说这句话，但言辞间充满威胁。

"那我就不烦扰你了，我自己把这里的人每一个都看一遍，记住他们的样子，看看岛上都是哪些人来这里玩，方便我记录在案。"

项北往邻桌走去，方经理一个跨步，拦住了他，低声道："项警官，你这样做让我这个当经理的很难办呀。"

沈括察觉到几个大汉不知何时站在了自己身后，悄然将他和项北包围起来。

项北攥起拳头，已经做好了随时战斗的准备。沈括知道项北的性格绝不会虚张声势，暗暗自责让他和自己陷入这样的险境中。

剑拔弩张间，有两股看不见的电流在互相角力。

靠近墙角的一张赌桌旁，一个瘦小的男人"噌"的一下从座位上站起来，指着赌桌上其他三个男人怒吼道："你们串通一气骗我钱！"

同桌三个男人也都拍案而起，其中一个长了鹰钩鼻的男人气愤地嚷了起来：

"输了想不认账啊！"

"是啊！你有什么证据？别在这儿血口喷人！"

"快给钱！"

瘦小男子显然声势上逊了一筹，情绪激动地跑到了方经理身旁，申诉道："他们几个每把牌都恰好比我大一点点，哪有这么凑巧的事情？"

鹰钩鼻反驳道："他们也输钱了，怎么没你那么多废话。"

方经理安抚其他桌的赌客，然后将这桌的四个男人叫到一旁了解情况。

四个男人分成了两派，各执一词，方经理也被他们搅得束手无策。

老谋深算的他心里也明白，这三个男人协同设陷阱赢钱的可能性很大，但是赌场里有规矩，如果不是当场抓住，这种骗局很难拆穿，最多下次不让他们进赌场。但输了不少钱的瘦小男子不愿息事宁人，扬言如果不讨回公道，就把赌场里骗钱的事情宣扬出去。

"只要你拿出证据来，我现在就让他们三个把赢你的钱一分不少地吐出来。"方经理对瘦小男子说道。

"这种打过的牌局怎么会有证据？"瘦小男子双手一摊。

"这样的话，我们也很为难，只能请你们全部离开这里了。"

"谁也不能走！想带着我的钱跑？我看你和他们三个是一伙的吧。"瘦小男子指着方经理的鼻子说道。

虽然理解赌徒输了想翻本的心理，但方经理必须顾及其他的客人，他只好面带笑容，心平气和地劝说着瘦小男子，但对方完全听不进去。

"方经理，我能帮你找出证据！"沈括向他们走去。

"你能有什么证据？"项北担心地问道。

"我可以证明他们三个以前是认识的。"沈括指着鹰钩鼻他们三个男人，朝方经理说道。

"胡说什么，我们今天头一次一起打牌。"鹰钩鼻矢口否认，威吓道，"臭小子别乱说话，在这种地方很容易挨揍的。"

"你动他一根手指头试试？"项北毫不示弱地瞪着他。

"别吵了！听他说。"方经理对沈括做了个"请"的手势。

"但我有个要求。"

"什么要求？"方经理皱了一下眉头。

"让我见一下赵文海。"

方经理急于解决眼下困难局面，一口答应了沈括的要求。

"到时候你可别抵赖。"项北说。

"只要拿出确凿的证据，我不会食言。"

"阿括，看你的了。"项北得意地扬着下巴。

沈括清了清嗓子，对鹰钩鼻说道："你刚才说你们三个人今天是第一次打牌，但你们的指甲缝里都有白色粉屑，我大学宿舍楼翻新的时候，粉刷墙面的油漆工，指甲缝里也会有相同的粉屑。你们脚上穿着旧鞋子，却都是刚刚才清洗过的，想要掩盖什么，或许是滴落在鞋面上的油漆污点。你们右手和背阔肌看起来比普通人发达，是因为批刀反复批嵌墙面这个动作让背阔肌变得强壮起来，如果不是经常健身，背阔肌是很难练大的，但如果你们经常健身，怎么会不锻炼其他部位的肌肉呢？况且又这么巧，你们三个人都是同一个部位的肌肉发达。那就只有一种可能性，你们都是做装修手艺活的人，并且是同一个油漆工种。在永乐岛这么小的地方，三个油漆工坐在同一张赌桌上，这样的概率是多少呢？"

"就算我们都是油漆工，也不能证明我们是认识的！"鹰钩鼻依然嘴硬。

"我看到岛上有那么多新造的房子，你们应该是开发商请来的施工队。我身旁的这位项警官在岛上的派出所工作，只要他去电脑上查一下岛上施工队的名单，就知道你说的是不是真话了。"

听完沈括一席话，三人哑然无语，鹰钩鼻将手插进口袋，想不出任何辩驳的话来。方经理挥了挥手，命令手下将他们"请"进了刚才他走出来的暗室。

依照江湖规矩，防止骗子再来赌场扰乱秩序，方经理的手下一定会使点非常手段，让三个人尝点苦头。

"有两下子啊。从哪学来的这套东西？"项北对沈括刮目相看。

瘦小男子的钱失而复得，一脸谄媚地对方经理和沈括连连道谢，随后又赌性不改地跑去了其他桌子。

"喂，轮到你了。"项北毫不客气地敦促方经理。

方经理摸了摸脸颊上的黑痣，朝邻座的一个老汉喊道：

"老王，你知道赵文海在哪里吗？"

老王是一个大约六十岁的老头，身板硬朗，肌肉结实，一头花白的头发，脸上和身上的皮肤都显得十分粗糙，一看就是岛上的老渔民。

"我哪知道他在哪？"老王叼着快燃尽的烟头，眯起一只眼睛，认真地看着桌面上的纸牌。

"我这里，就数你和他玩得最多了。"方经理追问道。

老王如萝卜般粗实的手指搓着三张牌,看了眼桌子中间堆起来的筹码,他用力挠挠头皮,把牌扣在了桌子上,叹口气说:"我不跟了。"

他的对手将桌子中央的筹码一把捋到了自己面前,还不忘嘲讽几句:"老王,别人一提赵文海你怎么就不行了。"

"晦气。"老王恨恨道,把身子转向方经理,看见了沈括和项北,便问道,"怎么?赵文海也欠你们钱了?"

"不是,他是警察。"没等项北回答,方经理立刻说出了项北的身份。

"我和他只是一起打牌的牌友,算不上有交情。"听了方经理的话,老王明显谨慎起来,但还是忍不住好奇地问道,"他犯什么事了吗?"

"没什么事,其实我是《上海日报》的记者,专门负责奇趣事件的版面,这次拜托项警官找他,只是想报道他出海救人的事迹。"沈括抢先回答道,希望可以消除老王的戒备心。

"原来是这事呀!你们《上海日报》还真吃饱饭没事做了。"老王狐疑地看了眼沈括,停顿了两秒才说道,"老赵他好像不太愿意聊起这事,昨天我还问他来着,被他骂了一通,说他正烦着呢。"

"救人是好事,有什么可烦的?"项北不解道。

"我哪知道!可能是……"老王怯怯地看向方经理。

项北向前一步,挡在了方经理和老王之间,加重语气问道:"可能是什么?"

"他输了不少钱,到处问人借钱,现在已经没人肯借钱给他了,估计是为这事烦着呢。"

沈括能听出老王的语气中略带责怪,赵文海应该也欠了他不少钱没有还。

"你能不能告诉我们,他现在人在哪里?"沈括掏出烟,递了一根过去。有时候烟民之间,一根香烟就是最好的社交。

"哟,上海的烟,我还没尝过呢。"老王用手里的烟头,点燃沈括的烟,贪婪地吸了两口之后,态度也明显有了好转,"今天早上,老赵好像心情不错,一定是又从哪儿借到了钱,来玩了一会儿,等到把钱都输光了以后……"

"老王,说话注意点。"方经理提醒道。

老王迟疑了两秒钟,对沈括说:"你去海边找找看,没准老赵是去找他老婆了。"

沈括还想再问,被方经理阻止道:"如果两位没别的事,就请离开吧。"

老王也慑于方经理的威吓,走去了远离沈括的桌子。

在方经理的注视下,沈括和项北走出了屋子,依稀可以听见身后暗室里传出的男人惨叫声。

来到室外,身体有种豁然开朗的畅快感,人在那种封闭的环境下,就会全身心地投入到赌局里去,直到输光才罢休。赌场就像一条蚂蟥,趴在永乐岛上吸食着岛民们的血,当它吸饱了之后便会悄然离开,留下一个个支离破碎的家庭。

"看我怎么铲平你们。"项北蹬着脚蹬,愤愤不平道。

后座上的沈括摸到了项北腰里的手机在震动。

"小北,好像你电话响了。"

项北停下车,才发现刚才那里面太吵,错过了老郁的电话。

"小北,在哪呢?快回来帮我忙。"

"老郁,我正有事呢。"

"派出所的文件柜又散架了,我一个人实在抬不动它。"

"这样啊……"项北露出为难的神色。

沈括在一旁用嘴型朝项北说道:"你有事先忙,我自己去转转就好。"

项北转而对电话里说:"那我这就赶过来。"

将沈括带回主路后,项北自行离开了。沈括独自沿着道路行走,生活节奏缓慢的永乐岛,似乎处于慢慢苏醒的状态,大家刚刚变得忙碌起来。道路的地势较高,一路往下,放眼望去,距离陆地最远处是一片沙滩。踩着柔软的沙滩,沈括才想起自己已经很久没有看过大海了,虽然上海毗邻东海,可对于在安息岛上看着壮丽海景长大的沈括来说,东海黄黄的海水实在不值一提。

海浪推起白色的浪花,一浪接一浪冲向沙滩,沈括看着脚上的皮鞋,心想身为安息岛人,连应该换双拖鞋才能来沙滩的常识都忘了。为了避免沾水,他离海水远远的,但无孔不入的沙粒还是钻进了鞋子里,沙粒在脚趾间摩擦,十分不适。

不远处,几位肤色比项北还要黑的中年妇女,打着赤脚,晾晒着一条条的咸鱼。新鲜的鱼经过去鳞、鳃,内脏洗净的加工处理,整条鱼被片开,加盐、料酒、葱姜花椒等腌制入味。天热为了防止招苍蝇,整个腌制的洗涤过程都使用海水。沙滩向北,鱼挂在背阴面,味道也会更好。数着沙滩上寥寥无几的晒鱼架,看起来永乐岛今年打鱼的收成不是很好。

沈括想起母亲以前说过,有时候打的鱼数量很少,或是品种单一,就使用这种晒鱼的方法来保存。

他快步走向前去,空气中带着又甜又咸的味道,闻起来很可口,像小时候的味道。

一位妇人穿着长袖防止晒伤,长裤的裤管卷起,露出粗壮的小腿,赤足踩在沙滩的细沙上。偶尔有小青蟹爬过她的脚背,她轻轻抖了抖脚,小青蟹仰面朝天倒在了沙滩上,细长的蟹脚一番挣扎,好不容易翻过身来,朝着大海的方向继续前进。

发福的身材对她的动作没有丝毫影响,她弯下腰,从篮筐里举起一条用竹签撑开的海鱼,熟练地绑在了晒鱼架上,动作和当年的母亲如出一辙。

沈括来到她身边,问道:"阿姨,请问您看到赵文海了吗?"

中年妇女放下手里的鱼,戒备地问:"你找我们家老赵做什么?"

听她对赵文海的称呼,她应该就是赵文海的妻子了。

"我是报社的记者,听说赵文海在海上救了人,想要了解下救人的事迹,替他写个好人好事的报道。"沈括灵机一动,顺着刚才编的身份说了下去。

"昨天不是已经有新闻记者来拍过了吗?"妇人皱起了眉头。

"我是外地来的。"

"这事的动静这么大了吗?"

沈括察觉出她知道些什么,明知故问道:"请问您是不是赵文海的爱人?"

"没错,我就是他老婆张梅珠。"没等沈括接话,妇人就连珠炮般地说道,"我们家老赵谁的问题也不会回答,你就别费这劲了。如果是和救人没关系的问题,我倒还能替他回答几个,我知道你们记者都会给一些消息费之类的。"

"其他的问题可以以后再问,现在救人的事情是热点,我只想问两个关于救人的问题,哪怕一个也行。"沈括不依不饶地缠着张梅珠,并且从口袋里掏出了钱。

张梅珠索性不理沈括,嘴里嘟哝着:"你们这些大城市里的人，没事就往我们岛上跑，到底为了啥？救了个人至于追着不放吗？"

从张梅珠的言谈中，沈括捕捉到一丝异样之处。她虽然嘴上拒绝，但从肢体语言传达出的信息，她并不排斥沈括。沈括感觉她是被下了封口令。

也就是说，是赵文海本人不想提救人的事情。

对于他们这样一个赌债高筑的家庭，很难想象张梅珠会放过这样一个赚钱的机会，一定是有什么原因让赵文海不愿开口。

无论沈括如何努力，也无法从张梅珠的嘴里得到任何信息，无奈只得向她道别。沈括独自深思，不知是不是错觉，这个岛上似乎有只无形的大手，凡是涉及叶好龙，相关的人和事都被这只手遮蔽起来。

到底有什么需要隐瞒的呢？

阳光照射下的鱼肉呈现琥珀色，由于海水洗泡的缘故，苍蝇对着美味只能着急得打转。倒悬在架子上的一排排鱼，排列整齐，成了沙滩上一道独特的风景线。

从鱼肉之间穿过，沙滩上的海味入鼻，左手边是大海，每一波海浪都会将黄灿灿的沙粒冲刷平整，像女人细腻的蜜色肌肤，难以言喻的美。两只海鸥在松软湿润的海边漫步，留下两串转瞬即逝的小爪印。

沈括朝着太阳升起的方向走去，那里是码头的方向，也是安息岛的方向。那个深埋记忆中的岛屿，每一朵浪花，每一块岩石，都烙印在他的脑海深处，父亲和母亲的样子从来没有在心中模糊过，从未遗忘。只是有一道无形的门，将沈括和安息岛隔绝开来。

一个岛凭空消失，这充满魔幻色彩的事情，在这现实生活中发生了。十五年来沈括从未接受这个事实。

脚下的沙土变得越来越结实，最后变成了平坦的混凝土路面。沈括脱下皮鞋，清理完鞋子里的沙子，抬头才发现自己无意中来到了一片海景住宅区，住宅区背靠清怀山，在远方山头苍翠茂盛的草木映衬下，白色建筑物显得生意盎然。住宅区内建造的大多数是别墅，为了邻近大海，一部分沙滩被划拨到了住宅区内，沈括只得围着住宅区的围墙绕行。黑色铁艺的围墙内，是极具欧式风格的建筑群，在绿荫成林的住宅区内星罗棋布，大幅的购房宣传海报随处可见。可惜这片景致完美的别墅区入住率却很低，主要原因估计是永乐岛不够便捷的交通，让观光投资客都不敢轻易解囊购买，想必地产商大力发展永乐岛基础设施，也是为了能够吸引更多的购房者。清闲的保安三五成群，正围坐在一起打着扑克牌，对路过的沈括视而不见。

再往前，沈括就看到码头了。这个码头并不是他来时下船的码头，永乐岛总共有两个码头，南面的码头靠近登州，往返的轮渡船都停靠在南面的码头，商务和贸易的船只也主要使用南面的码头。北面的码头相对破旧，主要用于捕鱼船的出航，随着渔民的数量急剧下降，曾经壮观的捕鱼船队早已不复存在，此处的这个北码头也已经处于半荒废状态了。

十五年前的台风几乎摧毁了整个北码头的木结构，重新搭建的码头全由钢结构焊接而成，更加坚固。原本刷在钢架外的黑漆，经历了十几年的腐蚀，已经全部剥落，钢架上布满了黄色的铁锈，一旦碰到身上就难以清洗。

正值退潮，沈括走到码头的最前端，从码头下方卷起的海风渐渐强劲，变得凉爽起来。裤管在风中被拍得啪啪作响，脚下是海浪拍打岩石泛起的白花，鼻腔里充盈着大海的味道，仿佛整个世界只剩下他一个人。

沈括不止一次遥望大海,就好像大海会回答他的问题一样。只有七岁的沈括,站在台风过后的码头废墟中,苦苦守望,期盼父母归来。一天、两天,一个月、两个月,船头泛着红色的旭日号再未出现过。

再一次站在这里,面对波澜壮阔的海浪,随着呼吸起伏,这几天期望见到父亲却未能如愿的失落感袭来,沈括再也压抑不住十五年的情绪,在嘴边拢起双手做喇叭状,对着大海喊叫起来,直到声嘶力竭,耳膜生疼。

沈括揉着耳朵。疾风呼啸,他在风声中听到了另外的声音。是鞋底在地面摩擦的声音,脚步声频率变得越来越快,有人朝码头边缘的沈括跑了过来。

沈括刚要回头,一只有力的手掌顶在了沈括的背后,然后是另外一只手掌,巨大的力量将他从码头上推了出去。沈括双脚腾空,身体急速下坠,面朝大海坠落下去。码头下布满了礁石,撞到石头一定会脑浆迸出,必死无疑。

沈括的鼻腔里涌上血腥,甚至没机会看到身后推自己的人是谁,就一头栽入旋涡之中。

入水的一瞬间,整个世界变得鸦雀无声,海浪化身为一个暴躁的巨人,沈括身不由己地被冲往远方,又被撞向巨大的岩石。大海像是在展示自己的威力一般,海浪气势高昂。湿冷的海水呛进鼻子,沈括剧烈地咳嗽,却又被灌了大量的海水,意识还算清醒的他,拼命挥动手臂,奋力往水面上游去。

新一波海浪来了,沈括被托出了海面,他置身于一个旋涡的包围圈中,四面八方的海水汇入进来。他望见码头上一个模糊的身影正探头张望,看来刚才在医院门外有人暗中跟踪自己的直觉没有错。还来不及看清那人模样，一声毁天灭地的巨响，海浪退了下去，沈括被拖入了海底。

不知过了多久，沈括只感觉一侧的脸颊冰凉，他趴在一块岩石上，鼻腔里满是浓烈的腥味。睁开一只眼，眼前是自己被海水浸泡发白的手指，周围混沌黑暗。

这莫非是……鲸鱼怪的肚子里？

沈括嚅动着嘴唇，似乎想说什么，最终还是放弃了。

他合上了眼睛。

天边瑰丽的云霞，昭示着夜的来临，太阳就像沉入了海底一般。

紧接着万籁俱寂。

季风海鲜酒店的包厢里，季洁垂下眼睑看了眼手表，沈括已经迟到了足足一个小时，她再次从椅子上站起来，漫无目的地踱着步。

项北推门进来，满头是汗，口干舌燥的他看见桌上的玻璃水壶，给自己倒了一杯，一口灌下。

"找到阿括了吗？"季洁问。

"没有。"项北沮丧地说，"他可能去的地方全都找遍了，也没人看见过他，不知道跑哪儿去了。"

"电话打过了吗？"

"您所拨打的电话无法接通……"项北学着电话里的提示音，"明明说好去海边，现在天都黑了，怎么也该回来了吧。"

"不会遇到什么危险了吧？"

"岛上能出什么事。"项北嘴上虽然这么说，心里还是不踏实，"说不定他身体不舒服，先回我家了。"

季洁拿起椅子上的手提包，说道："我和你一起回去看看。"

"你怎么比我还紧张他？"

季洁脸微微一红，凶道："我认识他和认识你一样久，担心他不是很正常吗？"

天空下起了雨，季洁的车行驶在永乐岛的主干道上，道路两旁的路灯上挂满了海景房的宣传飘旗，被雨水淋湿的飘旗贴着灯杆，耷拉作一团。路上的车不多，偶尔经过几辆慢悠悠行驶的汽车，季洁都鸣着喇叭，从一侧超车过去，项北看见车窗外溅起一道细细的水花。

几个路口之后，他们抵达了项北家。刚走到门口，项北就发现自己家的门敞开着。

"真是的，阿括这家伙门也不关。"

项北拉开门走了进去，一边喊着沈括的名字，一边往卧室里走。

"这家伙不会真的一声不吭就走了吧？"项北从卧室里出来，在屋子里寻觅着沈括的踪迹。

"哎哟！这是什么。"季洁叫了一声，脚下踩到了什么东西。

项北蹲下身子，捡起被踩扁的兔子灯。

"不是我弄坏的，它原本就在地上，我不小心踢了一脚。"季洁解释道。

"算了。反正本来也准备扔了。"项北把兔子灯重新放回了书架上。

项北伸出的手突然停在了半空，他看见父亲卧室门上的锁坏了。有人进过父亲的房间了。

"谁弄的？"季洁也注意到门上被破坏的痕迹。

项北将一根手指抵在嘴唇上，示意季洁往后退。他猫腰来到门边,从腰间拔出警棍,甩开前端,轻轻顶开了虚掩的门。

卧室只有十来平方米,摆着床和一些简单的家具,里面一目了然,唯一可以躲人的地方,就是正对门的窗户拉起的窗帘。项北慢慢靠近窗帘,猛然拉开,窗帘后空无一物,只是扬起一阵灰尘。因为没人收拾,这间卧室的家具上落满了灰,裸露的房梁上蜘蛛结出了巨大的网,在暗处不时闪着一丝银光。

项北收起警棍,环顾四周,卧室里的东西全都原封不动,没有被人翻动过的痕迹,似乎也没有丢失什么东西。

回到客厅,项北低头看见地上的脚印,应该是赤脚在地上走所留下的,项北记得沈括今天外出时穿的是皮鞋。

这时,他发现沈括的行李箱也不见了。

一种不祥的预感从项北的后背升腾起来。有人偷偷潜入自己家里,什么都没有偷走,单单带走了沈括的行李箱,还撬开了父亲的卧室门,这到底是为了什么?

窗外闪电划过天际,季洁捂起了耳朵,等着震耳的雷声来临。

等来的是对讲机的呼叫声。

"阿北,出人命了。"派出所老郁的声音听起来气喘吁吁。

雨越下越大,门外的雨声有点嘈杂。项北关上了大门,对电话里说:

"喂,老郁,刚才没听清,你再说一遍。"

"我说……清怀山上发现一具尸体。"老郁一字一顿地喊道。

"我马上赶来。"项北问清楚具体方位,拿了件雨衣,换了双雨靴,就准备赶过去。

"这么大的雨,我送你过去吧。"季洁主动提议。

"也好。"

项北和季洁上了车,车外的世界和刚才发生了翻天覆地的变化，所有的一切都变得模糊起来。车窗上的雨刷器奋力挥舞着，仿佛要拂去阻碍在眼前的一切，无奈雨势太大，透过玻璃只能看见隐约的灯光。季洁只能放慢车速，凭着对永乐岛路况的熟悉，平稳地向前行驶。

副驾驶座上的项北偷偷看了眼季洁，她双手紧握方向盘，身体前倾，紧张地看着前方的路。项北知道季洁和自己有着同样的担心，失联的沈括和发现的尸体之间不知道有没有关系，两个人都怀着一种说出口就不吉利的心态，怀揣担心一路驶向清怀山。

清怀山是永乐岛上唯一的一座山，最高峰海拔七百一十二米，登上山顶可以眺望东面的整片海滩。因为山路崎岖，运输不便，清怀山没有被纳入房产商的开发计划之内，这倒是保全了整片覆盖山峰的树林。在山的西侧是一片平坦的高地，被当地人称为清之原。清之原被四周的陡壁所包围，经历了长年累月风雨的侵蚀，陡壁上的岩石被打磨得棱角圆润，如同一幅人类无法明白的环形画卷，形成了非常独特的自然奇观。老郁刚才在对讲机里说的地点，正是清之原。

清之原对项北来说，还保存着童年时的快乐回忆，他和沈括小时候来过清之原探险。记得那是一个炎热的夏日，沈括来外婆家寄住几日，于是他们瞒着大人，午后出发偷偷上山，从小径步行进入清之原。

林中的泥土夹杂着清新的气味，不知名的鸟儿歌喉嘹亮，和着蝉鸣的伴奏，冲破交叉的枝丫，传遍了远山近岭。沈括和项北一脚深一脚浅地步入清之原，舒适地躺在斜坡上，在嶙峋怪石的环抱中，看着落日的金光和游移的云海互为交织，两个孩子相视而笑。

"好舒服呀！真想就这么一直待着。"沈括双手垫在脑后，目光放空。

"我爸说，这山里死过不少人。"项北故意一脸恐惧地说道。

"你别吓我。"沈括害怕起来。

"没骗你。听说有怪物躲在这里，这块平地就是它压出来的。每年都会有人在山上失踪，你还记得张叔吗？上个月说要上山，结果人就不见了，最后张婶只找到一点他的破衣服。"

"我们还是快回家吧，我可不想外婆找不到我。"沈括站起身，掸掸裤子上的土。

"你胆子真小，我是骗你的。"

"可是张叔真的失踪了啊。"沈括把项北的话当真了，"他肯定是被怪物吃掉了。"

"哪有什么怪物。"

沈括看看天色不早了，催着项北要下山。以后项北再找沈括来清之原，他的脑袋都摇得和拨浪鼓一样。

儿时的回忆不禁让项北哑然失笑，那时候道听途说的怪物，项北后来才知道，就是永乐岛上人人闻之色变的鲸鱼怪。对清之原有心理阴影的沈括，更加不会选择在今天这种天气上山了。

想到这里，项北的心情稍稍平静了下来。

汽车从水泥路转到山路，路面变得颠簸，季洁打开了远光灯，循着地上勉强可见的泥路深入清怀山。茂密的树枝就像撑开的顶棚，遮去不少雨水，感觉山里的雨比外面小了许多。

面前一片黑暗混沌，两侧不时有树枝剐蹭车身，除了车灯照亮的范围之外，其他什么都看不见，山路渐渐变窄，路况也变得越来越差，轮胎开始打滑，季洁的车开开停停。

"你就送我到这里吧。"项北不让季洁再往里开了。她的跑车底盘很低,一旦遇到一个稍大的水洼,没准整辆车都要报销了。

"我和你一起过去。"季洁也要下车。

项北从车里钻出来,套上雨衣,绕到了季洁一侧的车门,说道:"雨太大了,你就在这里等我吧。"

"可是这里距离清之原还有一段路呢。"季洁打开车门说。

"这地方我比你熟悉,往前都是小路,你的车也开不进去,我再走个十分钟就到了。"

季洁看着地上泥泞的道路,犹豫了一下点头道:"要有什么事,你第一时间通知我。"

两人正说着,一阵自行车铃声传来。

"谁在那儿?"是老郁的声音,他单手挡着汽车射来的灯光,眯着眼问道。

"老郁,是我。"项北替季洁关了车门,从灯光中走向老郁,说道,"车不能再往里开了。"

老郁穿着雨衣,单脚着地撑着自行车,车把手上夹着一支手电筒,雨水将他的雨衣打得啪啪作响。季洁满是污泥的车身像是泥潭里捞出来一样,半个车轮已经陷在泥里了。

"我带你去。"老郁拍拍自行车的后座。

项北跳上车,扶住老郁的腰,车把手左右晃了几下,老郁终于稳住了车身,凭借着手电筒微弱的光,进入了树林深处。

自行车胎着力于泥底下的石子,骑起来虽然费劲,但还是比走路要快一些。

大约骑行了五分钟后,路势开始往下,骑车太危险,项北帮老郁将自行车停好,两个人一前一后徒步前进。

"是谁发现的尸体?"项北问道。

"护林员阿中。"老郁说。

"他现在人在哪儿？"

"他在清之原发现了尸体，因为没有随身携带手机，立刻返回住所后，才给派出所打了电话。"

"没准又是哪里来的驴友，在山里出了意外。"

"城里人真是闲得无聊。"项北抱怨道。

"看这天气，码头应该已经关闭了，所有往来的船只都无法通航，市里的刑警队一时半会儿也赶不过来了。"

地上的石头越来越多，脚底踩得踏实了许多。项北找了块突起的石头，蹭去雨靴上厚厚的烂泥，顿时双脚轻松了不少。

走出树林，面前豁然开朗，被雨水冲刷而下的泥流，沿着山壁缓缓淌到平坦的谷底。谷底大致是一个不规则的圆形，三面被石壁环绕，西面像是一个缺口，缺口之外是几百米高的峭壁悬崖。崖底被厚厚的树林覆盖，人迹罕至，林中常有凶猛的野猪出没，就连永乐岛上的本地人都不愿涉足这片树林。

天空一片黑暗，看不见清之原的奇妙美景，只有波谲云诡、变幻无常的怪石围绕左右。倾盆大雨从天而降，鼻孔吸入的空气都饱含水分，凌厉的风将雨点拍在脸上，每一下都像被人扇了个巴掌。

老郁踩到了一只雨靴，看起来不算太老旧，不像是被丢弃的垃圾，雨靴上面泥污不多，应该是最近才掉落的。老郁东张西望，终于找到了阿中所说的尸体。

"在那儿！"老郁用手电筒的光晕指向脚下的谷底。

项北抹了把脸上的雨水，聚精会神地看向老郁所指的地方，一道刺眼的闪电撕裂了整个夜空，项北看见一个白色的人形物体俯卧在谷底，从外形来看，应该是个男人。老郁还在身旁说着什么，声音被随即而来的炸雷吞没了。

"阿中说他确认过，这人已经死了。"老郁重复了一遍。

"走，我们下去看看。"

要走入清之原的谷底，需绕到谷顶边缘走到对面，沿人工凿出的石梯逐级而下。雨水沿着石头的缝隙向山下流去，平坦的谷底污泥淤积不深，踩在上面会留下浅浅的脚印。

刚来到谷底，老郁就收住了脚步，对项北说："注意地上的脚印。"

经老郁的提醒，项北这才留意到，那个男人俯卧的位置，差不多位于谷底靠近东侧石壁下方，从石梯到那个男人之间的地面上，有两排清晰的脚印。从男人身边折回的这组脚印凌乱了很多，显然是阿中发现尸体后，仓皇离开时留下的。

不用走到男人身边就可以确认他已死亡。男人面部朝下，整张脸浸没在了一个小泥洼之中，完全没有任何反应，应该是没了呼吸。

项北先用手机拍了几张照片，用以保存现场状况。他让老郁留在原地，独自一步步走近谷底的男人。靠近后才发现，男人的后脑上豁开了一个大口子，像熟透的开心果壳，朝天敞开，里面充满红殷殷的血水。项北转身，对老郁摇摇头，表示已经没救了。

项北借助手电筒光，从头到脚查看着地上的男尸。尸体身高目测大约一米八，穿着白色衬衫、黑色七分裤，光着一只脚，另一只脚上穿着雨靴，露出来的皮肤和项北的差不多一样黑。可以肯定死者不是沈括，这让项北轻松了不少。看这身装扮不像外来游客，应该是永乐岛上的本地人，项北甚至觉得这个人有点眼熟。

尸体周围的地面上有被雨水冲淡的血迹，四块大小不一的岩石散落左右，最大一块约有一米高。

项北对现场又拍了一通照片后，让老郁过来，帮忙将尸体翻过来。

一张狰狞的脸出现在项北的面前，只看了一眼，项北和老郁就同时认出了死者。

"是赵文海？"老郁诧异道。

"他为什么来这里？"

"天晓得。"

"怎么会这样？"

"估计是从这上面跌下来，磕到了脑袋。"老郁抬头看向石壁，推测起他的死因来。

项北迎着雨，眯起眼睛往上看去，果然在上方石壁的边缘有一个缺口，往下有一片刮蹭的痕迹，一些凸起的岩石有明显的断裂，地上这几块岩石应该是从这里落下去的。

"看来他是意外失足滑下石壁，当场死亡。"老郁摇着头叹息道。

"他为什么要一个人来清之原呢？"项北没有在谷底找到赵文海的其他物品。他来这里难道是为了躲避什么人吗？或者是要见什么人？

难道是沈括？项北不知道自己为什么会冒出这样的念头。和沈括分开时，他说要去找赵文海，之后沈括就失去了联系，赵文海的尸体出现在了这里，这两件事情之间有什么联系吗？自从沈括回到永乐岛后，好像所有人都变得怪怪的。

一声女人的尖叫从远处传来，瞬间就被雨声吞没了。项北从思绪中缓过来，以为是自己听错了。

"老郁，你刚才听见有人在呼叫吗？"

老郁正准备给尸体盖上雨布，还没来得及回答，又一声尖叫传来，比上一次更响。

这次项北听得真切，他立刻甩开步子，往石梯上冲去，脚边的淤泥四溅纷飞。等到老郁反应过来喊他的名字，项北早已一头扎入了树林，只有手电筒的光在树枝间乱晃。

老郁也听出那是季洁的叫声，但年近五十的老郁自然跟不上年轻力壮的项北，只得留在原地。这场大雨没有要停歇的意思，还不知道停运的码头什么时候开放，在刑警到来之前，老郁先要做好保护尸体的工作。

又一道闪电从黑夜中奔下，在天边划出一个大口子，整个清之原瞬间被照亮。赵文海那副扭曲的表情无比清晰，老郁不敢多看，别过头去，将雨布拉过了尸体的头顶。

作为一名在永乐岛上干了二十多年的老警察，老郁虽然不是第一次接触尸体，但面对今天这般阴森的气氛，心里仍不免有点害怕。

从黑暗中吹来的狂风，掀动着尸体上的雨布，仿佛是布下的尸体在扭动一样。

暴雨将恐惧渐渐放大，所有的东西都像有了生命一样，就连眼前的岩石都变得诡异起来。

一瞬间，老郁身上的鸡皮疙瘩全都起来了。

第四章

二〇一六年八月二十一日。

上海棋院的对局室里气氛肃杀，本次比赛由上海棋院的副院长黄迪担任裁判长一职。黄迪本身也是职业八段棋手，但今年即将迎来六十岁生日的他，已经远离赛场多年，主要负责棋院内的大小事务。因为本次比赛场地选择在上海，就由举办地的棋院负责裁判工作，这个任务自然落到了德高望重的黄迪身上。

他摸摸头发所剩无几的脑袋，记不清自己是第几次看手表，本次打挂的三天时限已到，中方参赛选手迟迟没有露面，坐在裁判长身旁的女记录员鼻子一酸，没忍住打了个哈欠，立刻遭到了裁判长严厉的眼神谴责。

时间已到。

黄迪按下电子计时器，黑色底纹上的白色阿拉伯数字开始跳动起来。

武宫秀利双手撑膝，目光炯炯有神地盯着棋盘，仿佛要将棋盘看穿一般。他对面的座位空缺，计时已经开始，但对手依然没有出现在比赛现场。

武宫秀利目不斜视，丝毫不在乎对手即将耗光的时间，在宣布比赛结束之前，战斗就没有结束。

时间一分一秒地流逝，如果沈括再不出现，那么这局比赛就将判他超时告负，日本棋手将以三比零的总比分横扫中国棋手。

裁判长黄迪焦躁地搓起了手掌，从情感上而言，他自然希望中国棋手可以赢下比赛，就算希望渺茫，但起码不能以这种不战而降的姿态输掉比赛。

五分钟……

三分钟……

忽然，电梯门上的数字开始跳动，数字越来越大，最终停在了对局室所在的五楼。

比赛期间，未经允许，无关人员是不能来到这一层的。

一定是中方选手沈括来了。

记录员不由得直起了身子，重新拿起了记录笔。

如同一尊佛像般静止的武宫秀利，也用余光往电梯的方向扫了一眼。

电梯门打开，裁判长定睛一看，首先走出来的人竟然是江元，他右手扶着沈括。沈括戴着鸭舌帽，耷拉着脑袋，帽檐下的皮肤惨白，干燥的嘴唇都已经起了皮，看起来十分虚弱。

黄迪起身，在对局室的门外拦住了江元，小声喝止道：

"你上来干什么？"

江元欠身道歉："裁判长，实在抱歉，今天出了点状况，沈括身体突然不舒服，差点不能坚持比赛，我只能帮忙扶他上来。"

黄迪看了眼沈括，搭着他的肩膀关心地问道："沈括，还能不能坚持比赛了？如果身体实在不行，还是赶紧去医院吧。"

沈括朝黄迪竖起一根大拇指，示意自己可以坚持。

"要不要我扶你进去？"江元指着武宫秀利对面的座位问道。

沈括摆摆手，脱开江元的搀扶，自己走了过去。

见状黄迪也快步回到了裁判席。江元在黄迪身后朝他鞠了一

躬,逃跑一样闪身走进了电梯,擦了擦满头的汗水,像在自言自语,又像在对不远处的沈括说道:

"接下来就靠你自己了。"

黄迪坐回自己的座位,感觉今天的沈括十分奇怪,鸭舌帽的帽檐压得很低,两只眼睛藏在阴影之中,嘴唇咬得发白,就像一个濒临死亡的病人一样。今天室外超过三十摄氏度的气温,他竟然笔挺地穿着白色长袖衬衫,居然还戴着手套。手套和袖口之间露出的手腕皮肤也是不健康的惨白,整个人消瘦了许多。

可能真的病得不轻。估计打挂期间也没有想好接下来的应手。黄迪摇着头想道。

沈括坐下后,武宫秀利对他欠了欠身,沈括却无动于衷。对于沈括的失礼,武宫秀利有点意外,他愣了一下。

沈括的帽檐上下摆动,似乎目光在两个棋盒之间徘徊,就好像忘记自己是用黑棋还是白棋了一样。

"One minute."

记录员用双方棋手都能够听见的音量说道。

然后,她开始咬字清晰地倒数六十秒。

沈括搅动棋盒里的棋子,发出"哗啦哗啦"的声音,武宫秀利微微皱了皱眉,轻轻咳嗽了一声。

"Twenty seconds!"女记录员的语气不急不缓。

沈括抓起一粒棋子,正要往棋盘上摆的时候,手臂僵在了半空。他踌躇不定起来,犹豫着这步棋究竟该下在哪里。一旦走错,就意味着这次的比赛彻底输了。他的手臂就这么在棋盘上来回晃动,迟迟没有落子。

倒数计时临近结束的时候,沈括手里的黑棋掷地有声地落到了棋盘上。

记录员迅速用笔在棋谱上画出一个实心的黑点，交给身边的工作人员，工作人员疾步走出对局室，为观察室送去沈括最新的这一步棋。

虽然隔着一层混凝土的楼板，但万籁俱寂的对局室依然能听见楼下观察室里一片哗然。

黄迪不由用手抚摸着没有头发的脑袋，仔细看着这步棋，有点不敢相信。

对于先前日方选手那一招进犯的棋，沈括未加理会，而是以其人之道还治其人之身，用更加强硬凌厉的应手，在对手一片成型的活棋中，生生打入了一步棋。

这步棋就像在雪白的牛奶中滴入了一滴黑色墨水，是那样的让人不舒服，这其中当然也包括武宫秀利。

黄迪纵观全局，觉得沈括这步棋并非单纯为了扰乱对手的心绪，如果日方选手无法做出正确的计算，很有可能在双方转换时就分出了胜负。这步棋所需要的计算量，哪怕是最顶尖的世界冠军，也未必能够在有限的时间内计算清楚。

自己算不清的路数，对手也未必算得清，棋局被带进了混乱的局势，这正是沈括的策略。

"面前的这位年轻人很有潜力。"黄迪期待着接下来的对弈。

武宫秀利陷入了长时间思考，这招应手完全出乎他的预料，在最激烈的战场外，对手又开辟了一片更为贴身的肉搏战场。比起中方的主将和副将，沈括给武宫秀利留下的印象更为深刻，在他至今遇到的所有对手中，沈括最为与众不同，也是最难缠的。

沈括的这一步棋，表现出极为强硬的个性和独特的思路。观察室里的众人各抒己见，议论纷纷，江元和章磊在现阶段也判断不出这步棋是好是坏。

武宫秀利即将耗尽时间也没有落子。对局室传来一个惊人的消息，在沈括下完这步棋后，日方选手一步棋都没有下，宣布打挂，比赛将再暂停三天。

江元和章磊守在一楼电梯门口，与武宫秀利同一部电梯下来的人里面，没有看见沈括。

江元询问黄迪："副院，沈括还留在对局室里吗？"

"对局室封了，楼上没有人了。"黄迪拍拍江元的肩膀，眉开眼笑道，"今天日本选手的脸色比上次更难看了，比赛还有希望。"

江元和章磊挺直身板，恭敬地朝黄迪鞠了一躬。

他们身后的边门，在所有人的视觉盲区，一个纤瘦的身影走出了棋院大楼。

她一边走一边脱去了帽子，盘在头上的长发披散到肩膀，吐掉嘴里塑造脸型用的棉花球，折起衬衫的长袖，将手套扔进了垃圾桶，露出涂着鲜艳指甲油的手指，拿出卸妆纸擦掉脸上粉底打的阴影，顺便将嘴唇上的唇膏也抹干净了。

总算溜出来了。

刘思沫长舒一口气，这身装扮紧张得她满头大汗，幸好对局室里空调冷气充足，否则真怕会脱妆。在如此严肃的场合下扮演哥哥，比话剧社的表演难度大多了，特别是那个裁判长，一直盯着自己看。害得自己差点忘记那步棋要下在哪里了，不过好歹糊弄过去了。

刘思沫看了对面棋手桌上的铭牌，好像是个日本人，看起来很厉害的样子。他动也不动坐了那么久，结果一步棋没下，应该是哥哥交代自己下的那步棋让他很头疼吧。

两个路口后，江元和章磊追了上来。

"怎么样，没有被发现吧？"江元频频回头，生怕被棋院的熟人撞见。

"当然，我可是话剧社的首席。"刘思沫骄傲地说道，已经不见了刚才的慌张。

"你哥是出了什么事吗？"江元担心地问。

江元在昨天突然接到一个外省打来的陌生号码，起初以为是电信诈骗的来电，连续挂断了三次，对方还是不懈地拨打，江元这才接通了电话。

没想到来电人是沈括，江元以为他在棋局上遇到了难题需要建议，可沈括却告诉他自己无法参加比赛，并提出了一个令他意外的要求。

"什么？这不是胡闹吗？"江元听沈括说完，不禁恼怒道，"这么重要的比赛，一旦被发现替代选手出赛的事情，一定会被永久取消成为棋手的资格。"

"我明白，所以只能拜托你务必按照我说的去做。"沈括的语气没有丝毫动摇。

"抱歉，这件事我没办法帮你。"

"如果这样，就只能输掉比赛了。"沈括冷冷地问道，"你甘心吗？"

江元沉默了，无数个夜晚挑灯打谱，认真下好每一盘棋，就是为了成为一名职业棋手。经过这次与武宫秀利的交手，江元见识到了职业棋手的实力，他很清楚自己尚有差距，可赢得这次比赛，直接成为职业棋手的机会实在难得，因为沈括这样的人就放弃了，江元心有不甘。他甚至对自己第一局的失利感到自责，否则自己的命运也不会掌握在一个将围棋当儿戏的人手里。

"江元，只要再争取三天的时间，我会回来赢下比赛的。拜托了!"沈括摆低姿态,恳求道。

江元想象不出电话那头沈括诚恳的表情,心里一软,勉强"嗯"了一声,当作回应。还没等他说话,那头的沈括就挂断了电话。

依照沈括给的信息,江元找到了刘思沫,听到是帮沈括,刘思沫二话没说就推掉了彩排,听江元讲述整个冒名顶替去比赛的计划。刘思沫对于假扮沈括的要求显得淡定从容,反而对需要她下在棋盘上的那步棋十分担心。江元只能用最简单的数格子的方式,让她搞明白那步棋在棋盘上的确切位置。

因为刘思沫从来没有去过棋院,所以必须由江元领她进去,以免穿帮。装病是一个不错的理由,更可以配合伪装的妆容。沈括是新人,比赛前几日也是独来独往,很少和别人交流,棋院认识他的人并不多,这也让刘思沫穿帮的概率小了很多。

整个计划中,江元就负责将刘思沫送入对局室,剩下就全靠她一个人了。

肢体或者表情夸张的表演更适合性格活泼的刘思沫,在棋盘前面坐了整整一下午,简直要了她的命。进入对局室后因为坐得太久,起初的紧张被疲劳所取代,差点就在安静的对局室里睡着了。好在所有人都盯着棋盘,才没有人发现她瞌睡的眼皮。

为了哥哥,做这点事算不上什么。但刘思沫也不知道沈括为什么会缺席比赛。她在家里看过沈括将黑白棋盒抱在怀里、认真摆棋的样子,他如此热爱围棋,很难相信他会爽约,应该是在外婆家那边让什么事给缠住了。

"虽然我不知道哥哥去干什么了,但他一定是有重要的事情要办。"刘思沫为沈括辩解道。

"有什么事能重要得过比赛。"章磊埋怨道。

"既然比赛这么重要,你怎么不替我哥上去比?"显然刘思沫对比赛规则并不了解。

章磊涨红了脸,不知道怎么回答。

"我哥答应的事情就一定会做到,你们等着就行。"

刘思沫对沈括的维护,江元看在眼里。他找到刘思沫的时候,一说出沈括的名字,她没有一点迟疑和疑问,直接就答应下来。江元能感受到她对沈括的信任和关心,若沈括只是自己看见的那副样子,绝不会拥有这样的一份感情。沈括一定有着截然相反的另一面,只是他不愿意示人罢了。

或许自己应该建立起对沈括的信任,这也是现在能赢得比赛的唯一办法了。

"阿元,你说,那小子还能赶来比赛吗?"章磊问。

"就算为了奖金,他也一定会回来比赛的。"江元为章磊增添信心。

"那倒也是。"

"既然这样,我先回家了。"江元说道。

"咦,难得啊!今天你怎么不拉着我研究棋局了?"

"哦,家里有点事要去办。"江元支吾道。

"我也回家看剧本去了。"刘思沫伸了个懒腰,和他们两人分别后,慢悠悠地往家里走去。

刘思沫不打算坐车,心情不错的她想试着和哥哥一样步行回家。棋院距离家有将近五公里的路程,室外艳阳高照,虽然气温比前几天有所下降,但地面温度还是超过了三十五摄氏度。刘思沫连一半路程都没走到,已是汗流浃背,心里开始打退堂鼓了。一路上有不少顺路回家的公交车,这么远的路哥哥为什么要走回家呢?

刘思沫一招手，拦下一辆强生出租车，拉开后座的车门坐了上去。车上凉爽的空调冷气，几乎是救了她的命。

凝望着车窗外繁华的闹市街头，仍有衣衫褴褛的乞讨者，趁着路人等候红灯的间隙，摇晃着塞满纸币的破旧搪瓷杯，卑躬屈膝地穿梭在人群中。刘思沫脑中闪过一念：哥哥走这么远的路回家，可能只是为了省钱。

印象中，哥哥还没从家里搬出去住之前，就很少和自己同桌吃饭，妈妈每次开饭都是以自己放学到家的时间为准，不会刻意等哥哥到家。哥哥上了大学之后，再也没有问爸爸妈妈伸手要过钱，他好像也没打什么零工，应该没什么存款，竟然能爽快地拿给自己五万块钱。现在回想起来，当自己从哥哥手里接过钱的刹那，他脸上也许是尽自己所能后的故作轻松。从小到大，这样的事，哥哥不知道为自己做过多少次了。

自己却没怎么照顾过哥哥，只怪自己太愚钝。刘思沫心里有点不是滋味。

咦？刘思沫忽然心想：这次的围棋赛看起来十分隆重，如果哥哥赢了的话，是不是可以赚很多钱？

出租车司机从反光镜里看见后座的女孩，忽而垂头哀愁，忽而笑逐颜开，觉得该不会拉了个脑子有问题的客人吧。他踩下油门，巴不得早点送她到目的地。

出租车稳稳当当停在弄堂口，刘思沫刚下车，远远认出了父亲刘绮，因为长期伏案做衣服而微驼的背，特征十分明显。他低着头，腋下夹了一只手提包，看起来要比实际年龄老一点，正行色匆匆，目不斜视地赶路。

刘思沫刚想追上去叫他，转念一想，恶作剧似的笑着跟在父亲后面，看看他究竟急着去哪里。

一般临近晚饭时间，刘绮鲜少出门，只有出去办事他才会带这只手提包。刘绮并未发现女儿跟在后面，他没有坐车，健步如飞地走在一条刘思沫很熟悉的路上。马路变得热闹起来，越来越多穿着蓝色球衣的球迷涌上街头，全都是上海申花队的队服。成群结队的球迷高喊着统一的口号，挥舞着球队的围巾，其中不乏蹒跚学步的孩子或是满头白发的老者，都化身为狂热的球迷。

今天是上海申花的比赛日，有中国超级联赛的主场球赛。

刘思沫明白过来，父亲是去上海申花足球队的主场——虹口足球场，作为资深的球迷，刘绮每周都会来这里看球。男人对足球的狂热，就像女人对口红的痴迷，彼此都难以理解。

但是他为什么要带手提包呢？平时看球的时候都是空着手的，拿一个包岂不是很不方便？

在球迷的包围下，人流慢慢往球场的方向移动，因为刘绮没有穿球衣，在人群中很显眼，虽然拉开一段距离，但刘思沫还是一眼就可以找到他。

球场外的一角，主队球迷和客队球迷发生了口角，顿时人声鼎沸。刘绮站在检票口前，准备排队入场。

可刘思沫没有球票，无法进入球场，便准备打道回府。

此时，她看见父亲拨开人群挤了出来，和一个男人攀谈起来。那个男人染了一头金毛，右脸有一条长长的刀疤，身穿十号球衣。

爸爸怎么会认识这种人？刘思沫边想边在旁观察了一会儿，很快就知道了金毛的身份。

刘绮从手提包里拿出球票，交给了金毛，金毛从口袋里拿出一沓百元大钞，手指沾了沾口水，抽出两张递给了刘绮。

接过钱，刘绮径直离开了检票通道的队伍，而金毛则挥舞着球票，向周围的人兜售起来。

爸爸把球票卖给了黄牛？难道他不看球了吗？

刘思沫带着疑惑又跟了上去。

刘绮走进了球场旁的一家球迷酒吧，刘思沫紧随其后，来到了酒吧内。

推开酒吧的门，满眼都是穿着蓝色球衣的球迷，十几个大大小小的电视屏幕播放着绿茵球场的实况，操男中音的解说员正播报着双方球员的出场名单。

扫视了一圈，刘思沫没有看见刘绮，并不算大的酒吧里，不穿球衣的刘绮是没有地方隐藏的。

他去哪了？

难道爸爸发现了，故意来这里甩掉我吗？

刘思沫拍拍头，试图将这些念头赶出脑袋，自己一定是剧本看太多，总把现实想得太过戏剧化。父亲也许只是为了省钱，卖了球票来酒吧看球而已。

电视里一声哨响，球赛正式开始，球迷又掀起一阵喧嚣。

这地方太吵，刘思沫实在待不下去。她正准备离开酒吧的时候，看见一位年轻警察推门进来，他戴着警帽，袖口里露出黝黑的皮肤，随后一位年龄稍长的警察也跟了进来。

年轻警察走向吧台，问道：

"包厢在哪里？"

服务生指了指摆在吧台上的桌卡，上面写着"包厢请上二楼"。

警察叩了叩台面以示感谢，两人走上了吧台旁的楼梯。

刘思沫心头掠过一丝疑虑，这位警察的外地口音听来耳熟，和外婆说的话很像，也许和父亲是老乡。外地的警察为什么要穿着制服来酒吧？显然和人约好了在包厢。会不会是父亲？进酒吧后父亲一下子就不见了，应该是上了二楼吧。

等到警察的身影消失在楼梯上，刘思沫也立刻上了楼。

还没走到二楼，就听见了刘绮的咳嗽声。刘思沫压低身子，退下了几级水泥台阶，借着楼梯之间的空隙，能看见刘绮甩着湿手，刚从洗手间里出来，走向了二楼的一个房间。他在关门前还不忘左右张望，确定没人后才放心地进去。

刘思沫蹑手蹑脚地来到那个房间门口，房门上挂着VIP的金属牌。和楼下的热闹气氛相比，二楼相对来说算是安静，这让刘思沫隔着门能清楚地听见房间里的对话。

"项警官，沈括这小子到底惹了什么麻烦？"刘绮问。

"涉嫌故意杀人。"

"什么！"刘绮惊呼一声。

门外的刘思沫如同遭受晴天霹雳一般，幸好扶住了墙，才没有脚软坐倒在地。

"你对他去永乐岛的事情知情吗？"

"知道是知道，但不知道是去杀人啊！"刘绮带着委屈。

"那就把你知道的告诉我们。"

刘思沫听见翻动纸张，以及圆珠笔的按动声。

"沈括他真的提到我的名字了？"刘绮怯懦地问道。

"是我去医院的时候，叶好龙提起的。"

"叶好龙？"

"准确地说，是他把你的名字写给了我们。"

"我怎么记得叶好龙不会写字。"刘绮质疑道。

"他写了数字'67'，你应该明白什么意思吧。"

刘思沫知道"67"是父亲名字刘绮的谐音。当年做批发运输生意时，为了方便区分和其他人的货物，父亲都会在自己的箱子上标记"67"，这也就成了他在永乐岛上约定俗成的称呼，不识字的叶好龙当然也知道。

"这样就找上我，你们的调查未免太草率了吧。"

年轻警察说："当年安息岛消失后，岛上幸存下来的居民，除了沈括之外，就是刚刚被救起来的叶好龙。他们两个人现在都与你有关系，叶好龙更是在醒来后就写了你的名字。目前，救起叶好龙的那位渔民遇害，我们怀疑与当年安息岛消失的事件有关。我和郁警官之所以没有去你家里找你，就是希望给你一个机会，如果隐瞒真相，让凶手逃脱，下次就是刑警戴着手铐来找你了。这件事究竟和你有什么关系，希望你如实相告。"

刘绮不再辩驳，房间内安静了片刻，只听得见喝水声。随后刘绮清了清嗓子，说道："好吧。其实在安息岛消失那晚，我从永乐岛上带走了一个人。"

"你带走了谁？"

"方叔。"

"方……叔？"年轻警察破了音，能听出他的错愕。

"你年纪轻，可能不认识他，这位郁警官应该知道。"刘绮说。

"别打岔，继续说。"年长警官喝道。

刘绮干咳了一声缓解尴尬："都过去十五年了，这事现在说出来也没什么了。"

虽然事情已经过去了十五年，但那个中秋节的夜晚，他会永远铭记于心。

那年刘绮二十九岁，尚未在上海站稳脚跟，借着每个月休假的机会，总会来到安息岛的姐姐家里。姐姐生怕他漂泊在外，吃得不好，每次都烧满满一桌他喜欢的菜，让他一饱口福，临走还准备大包小包的特产。姐姐偶尔还会贴补一些钱给他，生怕他在异乡的生活太艰难。姐夫对此也是毫无意见，还经常关心他在上海事业发展的情况，彼此相处也算融洽。有时候菜准备得太多，姐夫就会邀请方叔一起来吃，刘绮和方叔也就慢慢熟络起来。

记不清具体是哪一天，方叔特意趁只有刘绮一个人的时候，和他套起了近乎：

"刘绮，记得你之前在岛上跑过运输，现在还和以前的同事联系吗？"

"大家都忙着工作，没什么事的话，不常联系。"

"这样啊……"方叔抚着下巴，若有所思的样子。

"方叔是要运什么东西吗？"刘绮看出了他的心事。

"你有办法？"

"从岛上运东西出去还不简单。"刘绮信心满满道。

方叔往左右看了眼，确认没人之后，才低声问道："如果我要运出去的不是东西，而是人呢？"

刘绮不明所以，从方叔笑眯眯的眼神中，猜不出他是在开玩笑还是认真的。

"方叔，你要运的是活人还是死人？"刘绮插科打诨起来。

方叔拿出一个牛皮纸信封，放在了刘绮手里："如果你能把我送出去，这样的信封我再给你九个。"

刘绮打开信封的勒口往里看，全是簇新的纸钞。光这一个信封里的钱，就抵得上自己一年的学徒工资，更别提十个这么多。

"这样的好事为什么不找叶好龙呢？"刘绮问道。方叔和叶好龙在安息岛朝夕相处，叶好龙日常负责驾驶旭日号，显然是比自己更适合的人选。

"这件事必须替我保密,不能让任何人知道。"

"我姐也不行吗?"

"没错。否则你一分钱也拿不到。"

轻易到手的钱,就这么放弃刘绮有点不舍,他甚至有那么几秒钟,已经规划起这笔钱怎么花了。相比起早贪黑的运输生意,这笔钱赚起来好像难度不大。

"你打算什么时候离开?"

"下个月的中秋节。"方叔不假思索地说出了时间,"那天你姐姐一家人都会离开安息岛,去永乐岛过节,整个安息岛上只剩我一个人,你在傍晚的时候来码头接我。"

之后的一个月,刘绮和方叔没有再联系,方叔也不愿透露更多关于他离开的原因。如果不是有那个牛皮纸信封在的话,这件事让刘绮感觉荒唐。

方叔只身一人迁居到安息岛上时约莫四十岁,当时他正经历着丧妻之痛,随身携带妻子的骨灰盒到处旅行。安息岛如画的风景、世外桃源般的生活吸引了他。于是他决定将妻子的骨灰埋葬于此,在安息岛上过起了与世无争的生活。

方叔为什么要瞒着姐姐一家人离开安息岛,是做了对不起姐姐的事,无颜再留下来吗?从大家的态度上似乎看不出什么问题。难道是又想开始新生活了吗?他这几年没有离开过安息岛,不是在写毛笔字,就是在和沈旭一起下围棋。妈祖庙的祭拜仪式他也是躲得远远的,根本没机会认识新的朋友。

比起这个问题,更让刘绮好奇的是,方叔到底有没有那么多钱来兑现他的承诺?

中秋节当日,刘绮从上海返回永乐岛,遵从方叔的吩咐,事先没有和任何人提起，还做了一番乔装打扮，效仿一些游客的样子，戴了一副墨镜，围着防晒丝巾，再加上一顶宽边的草帽，整张脸都遮得严严实实。当时永乐岛外出打工的人不多，刘绮选择了中午人最少的一班渡轮返回永乐岛，和寥寥无几的乘客一起下了船，他取下墨镜和丝巾，放进随行的包里，从南码头直奔北码头。

抵达北码头的时候，空中飘起了细密的雨丝，雨势虽然不大，但不撑伞的话，全身很快就被打湿了。阴郁的天气让刘绮心中无端地有了一丝担忧。

早先已经打过招呼的调度员，为刘绮安排了一艘小型的捕捞船，因为正值伏季休渔期，船上的捕捞装置都已经卸载，刘绮说自己在城市里待久了，手痒想要开船出海过个瘾。调度员说他真是会挑日子，告诫他今天会有台风，虽然一时半会儿还来不了，但是台风行踪飘忽，一定要尽早返回码头。刘绮觉得这次路程需要三四个小时，加上台风的不确定因素，便比约定的时间提早出发了。

船离开码头后，刘绮并没有直接朝安息岛的方向驶去，而是依照方叔的要求，沿逆时针方向绕着永乐岛转了四分之一圈，再朝北绕行前往安息岛。这片海域附近鲜少有货运船只经过，而休渔期更是不会有渔船出海，直到抵达安息岛码头，刘绮在海上一艘船都没有遇到。

抵达安息岛的时候，比计划提前了一个小时。码头上没有看见旭日号，刘绮以为姐姐一家已经离开，于是靠岸熄了火，等着方叔上船。谁知，方叔很快赶来了，十分恼火地责怪刘绮为什么要提前到达，告诉他姐姐刘清和姐夫沈旭还没有离开，两人随时都有被他们发现的风险。所幸方叔早就准备停当，随身携带一只背包以及两只大号的行李箱登上船。他顾不得打伞，费力地提着沉甸甸的行李箱，上面还有没擦干净的泥土。刘绮上前想帮方叔一把，他谢绝了，坚持自己拿。刘绮问他箱子里到底是什么宝贵的东西，他说是妻子的骨灰，既然离开了安息岛，便不愿意把妻子一个人留在这里。

方叔在船舱里找了个不靠窗的角落，把两只行李箱叠起来，也不找座位，索性就坐在了行李箱上。他弯着腰，不敢抬头，害怕被窗外的人看见。

"剩下的钱呢？"刘绮问。

"等顺利到了码头，自会兑现我的承诺。"方叔拍拍抱在胸口鼓囊囊的背包。

刘绮不再多说，向一边打满舵，将捕捞船的船头调向永乐岛的方向。他已经能明显感觉海面上的风越来越猛，雨借风势，变得越来越大，在几分钟之内，天就完全黑了下来。刘绮只得打开船上的桅灯和舷灯，以免被过往船只碰撞。

正是因为打开了灯，他们的船差点就暴露了。

刘绮的船渐渐向光区驶去，在今晚这样的天气下，很容易在海上迷失方向。很快，骤急的大雨就为视线蒙上了一层黑纱，在漆黑的海面上航行，即使开了灯，也难以看清四周。虽说刘绮经验丰富，但为保险起见，他还是不敢懈怠。

船身在涌动的波浪上压过，能感受到比来时更加激烈的震动。

行驶了两个小时，依然没有抵达码头，凭着感觉行驶的刘绮在海上迷失了方向。刘绮故作镇静，方叔询问了两次抵达的时间，他只是推说天气恶劣开得慢，可实际上，他们没准是在海上原地打转。

远方低处，暴雨中似有灯光，刘绮误以为那是码头，便向灯光处加速驶去。但靠近时才发现，那不是码头。

码头的灯光更为分散，迎面而来的显然是一艘船，对方也发现了他，刘绮来不及避让，两艘船擦肩而过。

方叔慌忙压低身子，让刘绮赶紧关掉船舱里的灯，以免被对方认出来。

对面船身上"旭日号"几个字直直地闯入眼帘，船身间的距离非常近，好似要从侧面撞上来一般。刘绮能看见对面船上的叶好龙正咧着嘴，朝他奋力地挥手，灯光在他那张兔唇的脸上投下阴影，让他看起来像极了悬疑电影里的恐怖角色。而叶好龙也确实把方叔吓得不轻，不知是不是晕船，方叔脸色苍白，紧闭着眼睛，不断蠕动的喉结，看得出他强忍着呕吐感。

或许对面的叶好龙也在好奇，刘绮为什么会在这里，还对自己视而不见。叶好龙在医院写下刘绮名字的谐音数字，也许就是因为这个记忆点吧。

刘绮加足马力，向旭日号的船尾方向驶去，那里就是永乐岛的北码头。

捕捞船绕了个小小的弧线，很快旭日号的灯光就消失在了漫天的暴雨之中，而刘绮也终于松了口气，他看见了码头的灯光。

待到了近岸处，木结构的码头随着一波波的海浪，轻微地摇晃着。捕捞船靠近延伸至海中的码头，刘绮转舵，调整船身和码头平行。熄火后，捕捞船在波浪的推动下和码头之间的距离不断缩小，随着船身靠岸的那一下撞击，刘绮和方叔不约而同地露出了舒心的笑容。

下了船，笑容渐渐在他们的脸上凝固，来势汹汹的台风逼近了永乐岛，南码头的渡轮很可能停运。

方叔付清刘绮剩余的钱，虽然身体有些不舒服，但还是赶着前去乘坐渡轮。刘绮本打算中秋节和家人团聚，但想到和方叔事先的约定，他也决定连夜赶回上海，生怕出了差池，方叔反悔问他把钱讨回去。刘绮觉得为了这么一大笔钱，牺牲一次和家人的节日团聚，是笔划得来的买卖。

对永乐岛的熟悉加之轻装上阵，刘绮比方叔先一步来到南码头，登上了最后一班轮渡。因为接下来可能持续的台风气候，轮渡码头要被迫关闭数日，所以在中秋节晚上，轮渡加开了一班，让打算中秋节后离开永乐岛的人能够提早离开，以免被困在岛上。

轮渡上只有一辆摆渡的小轿车，休息室大约有五六位乘客，刘绮还是和来时一样的装扮以避人耳目，他将包里的钱拿出来，仔细数了数，数目和方叔答应的分文不差，这些钱足够让自己在上海生活好一阵子了。后来刘绮也正是动用这笔钱，娶到了现在的太太钱凤芝。

刘绮事无巨细地将十五年前帮助方叔的事情全盘托出。他喝了口水，平复了一下自己的心情。

年轻警官停下了手里的笔，让刘绮再仔细回忆回忆："你有没有什么遗漏的细节。"

刘绮两根手指抵着太阳穴，思索了片刻，说道："那天在海上遇到旭日号的时候，船上除了叶好龙，还有一个人。"

"是谁？"年轻警察不由得挺直了身子。

"项京。"刘绮补充道，"他是永乐岛当年的镇长。"

"这事你刚才为什么不说？"

"项京后来自杀了，这件事我也就没太放在心上，毕竟已经去世的人，没什么好说的。"

两位警察沉默不语，这沉默让刘绮有点不安。

"怎么，你们不相信我说的吗？"

"整件事都只有你一个人的证词，你能拿出什么证据来证明你与安息岛消失之事无关吗？"年轻警察说。

"当然可以。"

"嗯？"

"方叔可以证明我的清白。"

"你和他还有联络？"

"嗯——"刘绮拖了个长音，似乎在考虑这个问题该如何回答，片刻后才说道，"我女儿出生后，他还给我女儿送过一架钢琴作为礼物。"

刘思沫想起自己的钢琴是三岁时的生日礼物，但父亲并没有和他说起过是方叔赠送的。

"当年我离开永乐岛的那班轮渡，方叔也赶上了，于是我跟踪了他。"刘绮继续回忆那个台风夜的事情。

刘绮坐在轮渡船上，看见方叔拎着他的行李箱朝自己走来。他几乎浑身湿透，狼狈不堪，一上船所有人的目光都投在了他身上。他看起来十分不舒服，随便找了个位置放下行李箱，就跑去了船头，对着海里一阵呕吐。看来他是真的难受，一直不离身的行李箱难得离开他的视线。

那箱子里到底装的是不是他老婆的骨灰？对于这点，刘绮抱有很大的疑问，总觉得他没有说实话。有一位船员跑去关心方叔的状况，给了他晕船药之类的东西。外面的风浪很危险，他很快从船头回到了行李箱旁，表情痛苦地蜷缩在座位上，看来晕船的反应很大。

这时，刘绮萌生出来一个想法，决定跟踪方叔，看看他离开安息岛后究竟要去哪里。

乘坐了两个小时的轮渡船后，刘绮第一个下了船。此时码头即将关闭，他们是今天最后一批乘客，门口等候最后这批乘客的长途汽车亮起了大灯，满面倦容的司机发动引擎，打开车门。这辆长途汽车是从码头前往登州火车站的唯一交通工具，方叔没有别的选择，只能乘坐这辆车。刘绮上车后坐在了最后一排，他调整坐姿，从前排座位椅背之间的缝隙观察着之后上车的方叔。方叔的精神好了很多，因为行李箱无法带上车，必须放在车底部的行李舱，方叔坐在了第一排。待长途汽车开动，方叔不时观察着反光镜里行李舱门的情况。

虽然天黑路滑，好在司机已是驾轻就熟，加之晚上几乎没有车辆，长途汽车一路毫不减速。尽管途中靠站了两次，分别下去了两位乘客，但长途汽车还是比时刻表提前了十分钟到达终点。

也许司机急着下班赶回家吧，刘绮这样想。

趁着方叔拿行李箱的时候，刘绮下了车，先一步在火车站里等候方叔。

火车站还没有下雨，但风很大，吹在身上像一股无形的力量推着人往前走。身着短袖的刘绮在风中走了一会儿，就冷得起了一身的鸡皮疙瘩。

好在公交车站与火车站之间只有两分钟的路程。刘绮到站后才发现，在这种小地方的火车站要实施跟踪，说容易也容易，说难也难。容易是因为接近凌晨，只剩下了最后一班列车，方叔计划得这么充分，不可能想要留宿火车站等候明天的列车。跟踪的难度在于空荡的火车站，几乎没有可以掩护自己的人群，若不是这身行头，恐怕早就被发现了。但此时的火车站内，这样几乎是"蒙面"的装扮也太过显眼了。距离列车进站还有一个多小时，列车是开往上海的，刘绮买了到终点站的票，就算方叔在途中下车，刘绮也可以顺利出站。就算最坏的情况跟丢了方叔，那就返回上海，也没有太多的损失。

刘绮来到站内的小卖部，中秋节还没过去，月饼却已经开始打折出售了。他买了两块月饼后，躲进洗手间里的单人隔间中，虽然里面味道不太好闻，但至少避免了被方叔发现的风险。

刘绮将帽子和墨镜全部放回背包里，又再次检查了一下包里的钱，才安心地背起包，拿出刚才买的月饼吃了起来。虽然没吃晚饭，但刘绮竟然也不觉得很饿，月饼只吃了一块就不想再吃了。

在逼仄的隔间里，他专注地听着火车站广播喇叭里的提示，生怕错过上车的时间。

这时，他听见有人推着行李箱进来了，从轮子滚动的声音来判断，似乎是两只行李箱。

难道是方叔？

刘绮从门缝中偷望出去，看见方叔打开水龙头，洗了一把脸，整理了一下稍显凌乱的头发，然后他蹲下身子，整个人出了刘绮的视线范围，但从声音上可以听出，他正在打开行李箱。方叔再度起身，站在洗手间的镜子前，开始将身上潮湿的衣裤脱掉，看起来打算换一身衣服。

镜子一角折射出方叔略显紧张的脸。他左顾右盼一番，确定没人在场后，将行李箱放倒在地，解开密码锁，拿出替换的新衣服穿了起来。

刘绮望见行李箱里放着成捆的塑料袋。塑料袋有点脏，但还是能看出里面装着成叠的纸钞，几乎塞满了整个行李箱。刘绮从没见过这么多的钱，他甚至估算不出这箱子里到底有多少钱。

来不及等刘绮细数，方叔迅速锁上行李箱，离开了洗手间,而他一直在安息岛上穿的衣裤,被丢进了洗手台旁的废纸篓里。

刘绮惊讶得张大了嘴,顾不得吸入的臭气。和行李箱里的钱比起来,方叔给刘绮的钱简直是九牛一毛。果然什么妻子的骨灰是骗人的,方叔居然从安息岛带走了这么多钱,而且还要瞒着所有人,恐怕这钱来路不明。若不是自己多生了一个心眼,恐怕再也没人知晓方叔这个人了。这么说起来,刘绮认识方叔这么多年,从来不知道他的姓名,只是和大家一样亲切地称呼他为方叔,没准他甚至都不姓方。

倒要看看方叔到底搞什么鬼。刘绮这样对自己说。其实他的心里,在看见那笔巨款的一刹那,就有了另外一种想法:或许自己可以再分上一杯羹。

列车准点进站,仅有五分钟的停靠时间,刘绮掐着最后的时间点,登上了列车。他在车厢里找了一圈,没有发现方叔的身影,也没有在行李架上看见他的行李箱,但刚才从洗手间出来的时候,明明候车室和站台都没有人了,方叔一定是上了这列火车的。在列车上的洗手间吗?不可能,方叔带着两个这么大的行李箱,根本无法进入狭小的洗手间。

难道他发现自己被跟踪了?来到火车站假装买票,但根本没有上车,借机甩掉尾巴?

可是他带着两个行李箱,行动不便,这么晚也没有其他车了,带着这么多钱露宿街头吗?对谨慎小心的方叔来说,他会冒这样的险吗?

说起来,如果在列车上想带着行李箱行动,就只有一个地方可去,那就是餐车。刘绮来到餐厅所在的车厢,果然看见了端坐在餐桌旁的方叔,行李箱被他塞到了餐桌台面下,紧挨着膝盖,他面前放着一杯咖啡，看来今晚是不打算合眼了。刘绮忽然觉得，他的样子就像巴尔扎克笔下的守财奴葛朗台。

刘绮一夜没睡，方叔自然也挺了一夜。这列火车是慢车，天亮的时候，刘绮跟着方叔下了车。

让刘绮有点意外，方叔居然也来到了上海。一走出上海火车站，方叔就跳上一辆出租车，刘绮慌忙也叫了一辆出租车紧追不舍。虽然来上海有一段时间了，但刘绮一次出租车也没坐过，看着出租车计价器不断增长的金额，虽然有方叔给的那笔钱，但刘绮还是心疼不已。

方叔的出租车停在了市中心一家五星级酒店门口，刘绮让出租车司机在路边停车，他下车走进了酒店的大堂。从酒店的旋转门一进入大堂，正对着一幅色彩斑斓的抽象油画，左边是四部电梯，右边是休息区域，落地玻璃前摆着几组浅灰色的沙发和大理石茶几，酒店的登记台在稍远的位置，方叔正在办理入住手续。

刘绮找了个背对登记台的沙发坐下，拿起一本时尚杂志做掩护，前台女服务员在和方叔交流着什么，但大堂太空旷，什么都听不清。

很快，方叔拿着房卡，推着行李箱往电梯走去，男服务员想要上前帮忙，被方叔婉言谢绝。刘绮看着方叔走进电梯，待方叔刷了卡之后电梯门缓缓关上，显示屏上的数字不断变大，最终停留在了"22"。

知道了方叔的临时住所，刘绮就先离开了酒店。紧绷了一夜的精神松弛下来，身体上的疲惫感随之袭来。

刘绮找了一家早餐店，点了大饼油条和豆浆，打算先填饱肚子，然后给姐姐打个电话问问情况。

早餐店里挂在墙上的电视机,正播放着早间新闻,一条实时新闻的硕大标题让刘绮从座位上蹦了起来,豆浆洒了一地。

安息岛离奇消失。

看完新闻的刘绮立刻冲了出去,找了一个电话亭给姐姐打电话,可电话已经打不通了。他又给永乐岛的母亲家打去电话,母亲情绪很激动,在电话里表达得也不是很清楚。刘绮只知道安息岛确实消失了,而姐姐和姐夫昨晚没到母亲家过中秋节,除了沈括之外,岛上所有的人都失踪了。

挂掉电话,刘绮对于"安息岛消失"这几个字还不是很理解,但就在方叔离开的夜晚发生了这么多事情,那一定与他有关。

虽然后来刘绮当面问过方叔,方叔淡定地表示自己离开和安息岛的消失纯属巧合,但刘绮至今觉得安息岛的消失与方叔脱不开干系。具体怎样的操作让一座岛屿消失,刘绮就不得而知了。

刘绮的这番话,让年轻警察对他产生了怀疑。

"安息岛消失之后,你为什么不把方叔的事说出来?"

"我这个人向来遵守承诺。"

"承诺?"年轻警察鼻孔里发出"哼"的一声,"你该不会是勒索他了吧?"

"警察同志,你可别乱说话,给我女儿买钢琴可是他主动提出的。"

"他还住在酒店里吗?"

"不,他后来买了房子,我还去过一次。"

虽然刘绮没有明说,但谁都可以猜到,刘绮一定又跟踪了方叔一段时间,才会知道他的住所。

刘思沫将耳朵贴在门上，听见父亲将方叔的具体住址告诉了两位警察。年长的警察写在了纸上，又复述一遍确定无误。

"警察同志，我有一点猜想，不知该不该说出来。"刘绮说。

"你有什么想法但说无妨，我们会根据你说的自行判断。"

"假如安息岛消失一事是方叔一手策划的，那么这次你们调查的凶杀案，没准也是他在背后捣鬼操纵沈括。沈括我是从小看着长大的，他一直想要找到他的父母，为了达到这个目的他会不惜任何代价，很容易被人利用。"

"感谢你的合作，我们还是先去见过方叔之后，再考虑侦查的方向。"年轻警察整了整帽檐，告诫道，"另外，在没有完全排除你的嫌疑之前，请你不要离开本市。"

房间里传来衣服摩挲的声音，看来他们要起身离开，刘思沫赶紧往楼下退去。她刚走到楼梯的转角处，就听见他们房间的门打开了。

"两位，等等。"刘绮喊住了警察。

"还有什么事吗？"

刘绮支支吾吾道："今天的包厢费是由谁来付？"

"噢！"年长警察掏出钱包，拿出两张一百元的钞票，递给刘绮，"这些够了吗？"

"足够了，足够了，我让服务员找你零钱。"

"不必了。我们先走一步。"

刘思沫混在人群中，目送两位警察离开酒吧。原来是来自外婆家乡的警察，难怪看起来有点眼熟，没准小时候去外婆家的时候见过面呢。

忽然，酒吧里爆发出雷鸣般的欢呼声，是主队进球了。

刘绮走下楼来，看了一眼大屏幕上正在直播的球赛，上海申花已经三比零遥遥领先，比赛仅剩下了十五分钟，客队逆转无望。刘绮给了前台一百元后，在球迷的高歌声中离开了酒吧。

走在马路上，刘思沫耳边还在回响刚才父亲在包厢里说的那些话。安息岛消失的谜团一直困扰着哥哥沈括，他曾经查阅过不少资料，刘思沫把那些资料当作趣闻，读来也十分有意思。

安息岛并不是第一个消失的岛屿，历史上曾经有过其他案例。对于岛屿消失的原因，也有不少相关的科学解释，不过这些解释仅供参考，并没有国际上认可的确切结论。在南太平洋上有一个被称为"幽灵岛"的岛屿，曾经在一八九八年的时候消失，很快人们就找出了其中的原因，该岛其实并非真正意义上的消失，而是沉到了水下，若干年后它又冒出了海面。幽灵岛在之后的一百年内，多次消失、出现，一直处于这种上上下下的状态。类似的事情还发生在其他地方，有一座小岛，会随着时间的推移出现在不同的地方，仿佛是一艘安装了发动机的巨轮。安息岛基本可以排除以上可能性，在它消失之后，人们搜查了那片海域，海水下面什么都没有，近十五年来，安息岛也没有再度出现在其他海域。

算了，还是不想了。

刘思沫抓了抓头发。这个问题连哥哥沈括都没想明白，自己怎么可能找到答案？她用手机给哥哥打了个电话，没有人接听。

从昨天就一直联系不上，看来真的像那两位警察说的一样，沈括在永乐岛遇到麻烦了，但杀人这种事，刘思沫相信哥哥是绝对不会干的。自己虽然远在上海，还是应该为他做点什么才行。

父亲提起的那位方叔，或许是解救哥哥的关键人物，警察应该已经赶往他家了。刘思沫在脑中回忆着刚才听到的那个地址，快步走向了出租车扬招点。

方叔的住所算是在上海最豪华的地段了。正值下班高峰时段，南京西路上川流不息，排成长龙的汽车龟速前行。天色渐暗，车队宛如一条发光的长链。

车已经堵了半小时，出租车司机拉起手刹，双手搁在方向盘上，随着无线电里的节奏拍打着方向盘。

几分钟后，车只向前挪动了十几米。司机有点按捺不住，指着前面汽车的上方，对后排一直在看手机的刘思沫说道："妹妹，你看见前面的静安寺了吗？"

刘思沫抬起头，看到了金色的尖顶，点点头答道："嗯。"

"你要去的地方就在它对面的小路上，你步行过去可能比我开车更快。"

"好的。"刘思沫付了车费，下车朝静安寺方向走去。

原以为是在很偏远的地方，其实是因堵车耽误了时间，坐了将近一个小时的车，路上，刘思沫一直在用手机查询网上关于永乐岛的报道，想看看有没有关于案件的新闻。永乐岛算不上知名的大岛，民众关注度不高，新闻都是关于台风登陆的消息，唯一一条与案件有关的报道，也只是简单写了永乐岛上发现一名男性死者赵某，疑似意外身亡，报道也没有配任何的图。

刘思沫来到一栋三十层高的现代建筑前，外观上看很难和公寓联系起来，而更像是写字楼。刘思沫核对了一下门牌，这里就是方叔的住所了。她信步往里走去，一名穿着黑色制服的保安拦住了她，礼貌地问道：

"小姐，我们这里不能随便进出，请问您找哪位？"

刘思沫报出了房间号。

"哦。杭先生刚刚出门了。"

"杭先生？"刘思沫小小地吃了一惊，难道这位方叔不姓方？

"你和他预约过吗？"保安问。

"没有。"刘思沫问，"他什么时候回来？"

"这个我不太清楚。"

"那他一般什么时候在家？我再来拜访他。"

"你不认识他吗？"保安打量着刘思沫，可能误以为她是上门推销的推销员。

"算……认识吧。他是我爸的朋友。"

"你可以登记一下，他回来了我让他给你回电。"保安拿出了登记簿。

"还是算了吧。"刘思沫仰起头，朝方叔所在的楼层看了眼，不知他是真的不在，还是因为警察的到来而拒绝访客。看来今天是没戏了，还是先回去吧。

夜色渐深，路灯的灯光显得越发诡谲起来。刘思沫刚走出一段路，听见背后热心的保安在喊自己。

"小姐，杭先生外出回来了。"

刘思沫回身看见一位消瘦高大的老人，白发梳得整齐服帖，短袖的蓝条纹衬衫配面料考究的黑色西裤，脚上是一双白色的尖头皮鞋，看起来海派气质十足。老人朝刘思沫笑道：

"你是为了沈括来的吧？"

刘思沫还没开口，对方就知道了她的来意，令她十分意外。

"杭先生，这是你朋友的女儿吧？"他们俩对彼此奇怪的态度，让保安倍感古怪。

"我们还是上楼谈吧。"杭先生说。

告别保安，两人刷卡进入大堂的自动玻璃门。大堂内部的装修堪比奢华的五星级酒店，地面铺的是灰色大理石，细节繁复的墙面装饰与吊顶，搭配富有艺术感的水晶吊灯，彰显出这里住户的格调。

电梯旁的服务台里，还站着两位一身黑色西服的物业管家，负责处理访客以及住户的各种要求。他们耳朵上佩戴着对讲机，像极了电视剧里重要人物的贴身保镖。在他们身后的墙上，两只摄像头不停转动，扫视着大堂的每个角落，让人有种戒备森严的感觉。刘思沫心想：住在这里的人一定超有安全感吧。

进入电梯，依然要刷卡才可以到达自己住的楼层。刘思沫一直站在杭先生的侧后方，完全感觉不到他是一位在安息岛居住多年的岛民。

电梯门打开，刘思沫发现这一层只有一扇门，换言之，一层就只住一户人家。杭先生将大拇指按在门把手处的液晶屏上，用指纹解锁了密码，一阵机械转动声后，厚重的大门打开了。

"请进，随便坐。"杭先生打开室内的灯，五指并拢，朝沙发的方向摆了摆。

刘思沫走进屋子，为室内犹如商场一般宽敞的空间而惊叹。将近七米的挑高空间，刘思沫要仰直了脖子才能看清天花板上墙纸的图案。临街的落地窗外就是静安寺的屋顶，整片南京路区域的繁华尽收眼底。

"你就是沈括的妹妹刘思沫吧。"

听见对方直接说出了自己的名字，刘思沫讶异地看着他。

"啊……"杭先生仿佛意识到自己说错话了一般，轻轻打了一下自己的额角，又笑着问道，"你应该是来找方叔的吧。"

"难道您不是方叔吗？"

"我是他的弟弟。"

杭先生走到一面墙边的柜子旁，打开柜门，里面摆着一个包着红布的盒子，盒子上方的隔板摆着一块灵牌。杭先生朝灵牌鞠了一躬，对刘思沫说道："我哥他已经去世三年了。"

刘思沫听完，不禁起身走近柜子。柜子里摆着不少祭拜亡者用的东西，还有两只插电的长明灯分列左右，中间红布包着的应该就是骨灰盒。

黑漆金字的灵牌上，竖着写道：

亡兄杭天堃之牌位

下面是一排日期，正是三年前的冬天。

金字上照片里的人，眉目之间与杭先生有着几分相似。

"杭天堃就是方叔？"

"嗯。他去安息岛的时候，觉得自己名字里的字太生僻了，索性就取了堃字里的方字作为姓。大家叫习惯了以后，他也不常用自己的本名了。"

"他的妻子呢？"刘思沫想起方叔留在安息岛是为了他的妻子，离开时还带着妻子的骨灰，现在却没有和自己的骨灰放在一起。

"他一生都没有结过婚。"

"可是……"

"其实你们认识的方叔，只是他的伪装，而他真正的身份安息岛上的所有人都不知道。三年前，他病得很重，在病床上弥留之际，将一切都托付给我，特别叮嘱我一件事，如果有人问起当年安息岛的事情，一定要毫无保留地全部说出来，以帮助你们找到安息岛，找到沈旭和刘清夫妇。"

刘思沫屏息不语，等着对方说下去。

客厅里摆着一组沙发，看上去就价值不菲，杭先生在单人沙发上坐下，跷起一条腿，满眼流露着欣赏的目光，环顾室内奢华的装修，长吁了口气说道：

"这房子就是我哥毕生的心血，原以为住在这样高档的地方，就可以过上理想中的生活，可为之付出的代价未免也太大了。我哥在去安息岛之前，是一家跨国企业的财务高管，手头上有点实权，经手的款项金额非常大，工作上面临的诱惑也很大。客户为了尽快收到款项，都会许诺他一些好处，我哥一直对此不为所动，公司对他的工作也越来越信任。直到有一天，他的一位同学因病去世了，这件事让他深受打击，努力工作能带来高品质的生活，但要付出健康的代价，无法享受努力的成果，那又有什么意义？还不如在最短的时间内累积财富，享受余下的人生。怀着这样的人生信条，他开始铤而走险，做以前不敢做的事情，在不到一年的时间里，他侵吞了五百万元人民币，在临近年审之际，他带上所有的钱离开了公司，人间蒸发了。"

杭先生所描述的事，应该就发生在方叔到安息岛之前，当时他带去安息岛的并不是妻子的骨灰，而是非法获得的钱财。

"我哥说他之所以选择安息岛落脚，是因为那里交通不便，人烟稀少，便于他隐藏自己的身份，警察很难查到。另一个原因是住在海边也是他向往的生活。他把钱埋了起来，在安息岛住下。他喜欢那个地方，也喜欢沈旭他们一家人，他说他们都是好人，本打算只在那边住上两三年，等风头过去就离开，但因为沈旭一家，才会住了十年。"

听完方叔堪称离奇的经历，刘思沫才明白，方叔名字里有这么生僻的字，容易让人印象深刻，难怪要隐姓埋名了。

"他离开安息岛，是因为他觉得之前做的事情不会被追究了吗？"刘思沫看着杭先生问道。

"其实那家公司有偷税漏税的违法行为，虽然损失了这么多钱，但也不敢公开让警方介入调查，生怕我哥被逼急了，大家鱼死网破。他并没有被全国通缉，所有的身份证明也都可以使用，如果不是出了那件事，他也不会急着想要离开安息岛。"

杭先生轻轻地摇了下头，神情惋惜地说出了一些从他哥哥嘴里听来的往事。

"那年，永乐岛的镇长项京为了开发永乐岛及其周边海域，向安息岛提出共同发展的提议，想要开发永乐岛和安息岛之间的海域，来增加捕鱼业的产量，同时在安息岛上建造酒店和房产，发展旅游业。但沈旭拒绝了项京，虽然安息岛作为永乐岛的离岛，需要依附于它，但沈旭并不希望将建有妈祖庙的安息岛对外来人员开放。因为牵涉各方利益，各种关系暗流涌动，安息岛和沈旭受到了不少威胁，而镇长项京对这些行为放任不管。我听我哥说，永乐岛上一个叫赵文海的人是领头人，他好像是永乐岛上的渔老大，海域一旦开放，他的收入可能会翻好几倍，所以他闹得最凶，还扬言说要一把火烧了妈祖庙。他给沈旭下了最后通牒，要他必须在禁捕期结束之前，把同意书给签了，否则后果自负。这让我哥有了危机感，他很怕自己藏在岛上的钱被人发现，这才萌生了离开安息岛的打算。他不知道该怎么和沈旭解释，他一直用悼念妻子的借口骗他们，而沈旭一家人待他如同亲人一样，我哥最终还是决定不辞而别，这也许是最好的告别方法了。但他不会开船，没有办法独自离开，所以就暗中取得了沈旭小舅子的帮助，趁沈旭一家前往永乐岛过中秋节，岛上无人的时机，偷偷离开。"

之后关于方叔如何离开安息岛的过程，杭先生和父亲叙述得基本一致。

"方叔也不知道安息岛是怎么消失的吗？"刘思沫依然没有找到这个问题的答案。

"是的。听到这个消息，我哥也震惊不已。"

刘思沫想了想，且不论怎么做能让安息岛消失，如果方叔的身份被人揭穿或是遭到了勒索，他就有了行凶的动机。但他独自离开，会让自己成为最大的嫌疑人，从他拜托刘绮帮忙这点可以看出，方叔只是想不为人知地离开罢了。反之，方叔的身份没有被识破，他也就没有必要令安息岛消失了。

"杭先生，有警察来问过你这件事了吗？"

"警察？哦，没想到连这你也知道。"杭先生狡黠地转了转眼珠，说道，"刚才我就是出门，在咖啡馆里和他们说了这件事。"

"警察说什么了吗？"

"呵呵，警察怎么会和我说什么呢。"杭先生说，"我把我知道的事情都告诉你了，虽然不知道能不能帮到你，如果有经济上的需求尽管和我开口，我哥临终前将所有财产托付给我管理，说如果找到沈旭的话，就把所有的钱都交给他，让他保护好安息岛。"

"可是这么多年过去了，恐怕……"刘思沫在家里不止一次听父亲说起过哥哥的父母，这么多年没有和自己的儿子联系，恐怕是九死一生了。

"我哥直到去世都在打听沈旭他们的消息，可惜也没有再见一面。他提起过，如果找不到沈旭，就把所有钱都给他的儿子。"

"所有钱？"

"没错。十几年来，我哥的资产翻了几十倍，少说也有上亿资产了。他隐姓埋名这些年，安息岛是他的故乡，沈旭才是他的家人。"说到这儿，杭先生摸了摸脸，身为方叔的弟弟，估计他很惭愧从自己的嘴里说出这样的话，但这也是不争的事实。回顾他的人生，在安息岛的生活已经成为方叔最重要的一段时光了。

"不过，沈括拒绝了。"

"我哥他……拒绝了！"刘思沫胸中一阵躁动，哥哥因为缺钱甚至卖掉最爱的玉，却不要这样一笔巨款。

刘思沫清楚哥哥来到自己家里，父母并没有给予哥哥足够的家庭温暖和支持。独自肩负自己人生的哥哥，竟然有勇气拒绝如此丰厚的馈赠。

杭先生浅浅一笑："这个世界上能拒绝这样条件的人，一定与众不同吧。"

刘思沫没有想问的了，她低头致谢，起身向杭先生告别。在杭先生的指引下走出房间，临出房门前，刘思沫双手合十，向方叔的灵牌深深鞠了一躬。

这是替哥哥行的礼。

杭先生也深鞠一躬施以回礼。

下到一楼，刘思沫没有在意保安的目光，似乎她这样漂亮的年轻女子出入杭先生的公寓，容易往不得体的事情上联想。

关于安息岛消失的疑问还没有解开，刘思沫对沈括更加担心了。杭先生说带头闹事的渔老大名叫赵文海，新闻中说永乐岛身亡的男人姓赵，难道哥哥真的为了报当年的仇而杀了人吗？

如果不是哥哥有嫌疑，永乐岛的警察也没必要千里迢迢跑来上海调查吧。

"唉哟……好烦！"刘思沫在大街上甩着胳膊，狠狠拨乱了头发，引来路人异样的眼光。

刘思沫察觉到了自己的犹豫。如果是哥哥知道自己处于这样的困境，即便明明是自己犯的错，他也会毫不犹豫地挡在自己身前。

心中已经有了决定，刘思沫打开手机APP买好了最早去登州的火车票。

我要去救哥哥，就算帮不上什么忙，在他身边陪着他也好。

这种信念比之前更加强烈，虽说有些不可思议，但父亲保守的性格自己似乎没有继承多少。

天空像铺上了一张黑色的幕布，中秋节后的月亮依然浑圆饱满，尽情倾泻着光辉。不时飘过的云朵隐去它的身影，令夜空神秘而朦胧。

第五章

　　围棋使用方格棋盘及黑白二色圆形棋子进行对弈，棋盘上纵横各有十九条直线，形成了总共三百六十一个交叉点，棋子须落在交叉点上。双方交替行棋，落子后不能移动，以围地多者为胜。

　　《围棋新手入门》的序章这样写道。

　　在沈括七岁的时候，他已经和父亲、方叔开始对局。由于实力相差悬殊，沈括通常都需要受让九子。

　　面对强大的对手，沈括每一次失败后都会总结经验教训。他总是记住对方每一次使用过的招式，力图在下次对弈中找到击败对手的方法。沈括每天都缠着父亲和方叔轮流跟他下棋。实战是进步最快的方法，他的棋艺突飞猛进。

　　晚上吃饭的时候，沈括还不忘和父亲讨论下午的棋局，这时母亲会用筷子敲敲桌子：

　　"两位棋痴，吃饭的时候不要说话。"

　　父亲对沈括做一个鬼脸，埋头扒起饭来。

　　如果说那些来安息岛祭拜的渔民是出于对鲸鱼怪的畏惧，祈福求保平安，那么年幼的沈括在岛上的时候就只有一个愿望——能够赢一盘棋。

　　就在那个难忘的中秋节前一天，沈括差一点就实现了他的目标。

那盘棋，沈括以最稳妥的布局，一点点巩固着自己的领地，始终以微弱的劣势紧咬对方不放。

中盘处，不知是沈旭轻敌还是故意放水，他的棋形露出一个小破绽，沈括毫不犹豫地从缺口处冲入腹地。

沈旭出现了从未有过的失误，引起了一番激烈的战斗。虽然最终还是以沈括败北告终，但沈旭几乎使出浑身解数，才挽回了劣势，将将赢了半目而已。

当时，对于沈括强行侵入的那步棋，沈旭给予了强硬的回击。

那手棋，沈括记忆犹新。

第79手，截断。

幡然醒悟的沈旭展现出真正的实力。以如今沈括的棋力回顾当年的那盘棋，从来不会下指导棋的沈旭，在安息岛消失的前一天突然大失水准，现在想来一定是心里有事，只是沈括尚且年幼，无法了解父亲心中的困扰。

当沈括看见那只衔着白莲花的鹿时，清楚地知道自己又在做梦了。

这镜像的世界里，脚下的石阶不知怎么变成了齿骨，黏稠的液体散发出难闻的腥味，尽头的黑洞正在有节奏地一收一缩，令人望而生畏。

这是在鲸鱼怪的肚子里吗？为什么会做这样的梦？自从听老船员和季洁说起鲸鱼怪，他就老是梦见永乐岛上的这个怪物了，一定是因为日有所思夜有所梦。

沈括努力让自己醒过来，可身体不听使唤，无力的双脚向下方的黑洞滑去，眼前什么都看不见了。他向前伸出双手，生怕会撞上什么。

倏然,他栽进水里,鼻子和嘴涌入了很多水。他几乎无法呼吸,挣扎的手和脚仿佛在慢慢脱离身体,让他无法浮出水面。被水充塞的喉咙连呼叫声都发不出来。

伴随着剧烈的咳嗽,沈括再次睁开眼睛,他捂住胸口,咳嗽让他的肺部有种轻微的撕裂感。

闻到了消毒水的味道,沈括清楚自己是在医院的病房里,身上已经换了白底蓝条纹的病服,因为尺码偏大,领口露出了半截锁骨。窗外已经放晴,沈括从病床上起身,摸摸额头,发现缠着一圈纱布,不过没有感觉到痛,应该只是处理了被郁小虎扫帚弄出的伤口。除了手脚有些擦伤外,身上没有受严重的伤。

病房里没有时钟,沈括想要看一下时间,发现床边柜子上放着自己的手机,手机旁还有一把豪华品牌汽车的钥匙,钥匙扣是一条粉红色的名牌皮绳。

沈括正要伸手,发现自己的双手被绷带绑在了床架上,动弹不得。

这时,季洁从病房外走了进来,手里拿着一只刚刚洗干净的苹果,看见在床上挣扎的沈括,一边按下呼叫铃,一边笑道:"你醒啦!"

"为什么要把我绑起来?"

"医生看你头部有伤,怀疑有轻微脑震荡,怕你翻身乱动,所以固定住你的身体。你别乱动,我现在就帮你解开。"

沈括的手机泡了水,无法开机了,便问季洁:"现在几点了?"

"快中午十一点了。"

"这么晚了。"

"你早上六点才睡下去的,只睡了五个小时而已。"

一位女护士双手插在口袋里,进门就劈头盖脸地责备道:"谁让你乱动的,出了事怎么办?快躺下!"她拿出手电筒,照了照沈括的眼睛,检查瞳孔反应。

沈括记得这位女护士叫阿雅,因为他和项北违规探视叶好龙害她被徐院长责骂,看样子气还没消。

"没什么大碍了,吃点东西再好好睡一觉,你看起来好像很累的样子。"阿雅收起手电筒,对着门外唤道,"进来吧。病人没事了。"

穿着便服的项北走了进来,脸上略带不快的表情,故意避开和沈括有眼神交流。他后面跟着派出所的前辈郁铭,老郁一身制服,颇具威严,手里拿着黑色的本子。这是沈括第一次见老郁,准确地说,应该是沈括成年后第一次看见老郁。老郁在永乐岛做了一辈子警察,但儿时一直居住在安息岛上的沈括没怎么和他见过面。年近六旬的老郁身板依然健朗,挺拔的胸部以及结实的手臂,让身上的短袖警服显得小了一号。

沈括从病床上坐起来,用枕头垫在了背后。

项北拉过一把椅子,摆在了正对沈括的床尾,让老郁坐下,自己靠着窗边的墙,正言厉色道:"请无关人员离开这个房间,有一些情况我们警方需要询问。"

阿雅第一个离开了房间,季洁拿着水果刀,削起了苹果皮。

"季洁,麻烦你回避一下。"项北说。

"没事,我不妨碍你们说话。"季洁切下一片苹果,喂到了沈括嘴边。

沈括对季洁的这个亲密动作有点意外,脖子向后一缩。

"你一天没吃东西了,需要补充点体力。"

季洁大大方方地说道，反而让沈括觉得自己想多了。

"谢谢。"沈括嘴里发出咀嚼水果的清脆声响，对季洁报以感激的微笑。

"季洁，你就别在这儿添乱了！"项北说。

"小北，你什么态度。有什么事我不能听的？再说，老郁都没说什么，你干吗这么激动？"

"我哪有激动？"项北额头上的青筋暴起。

"季洁也不是什么外人，就让她在这里照顾病人吧。"

季洁得意地朝项北挑挑眉，又给沈括喂了一片苹果。

老郁本来就是个老好人，谁也不愿意得罪，更何况他儿子郁小虎是在季洁父亲的公司工作。

项北扭开头，赌气地不去看他们俩。

老郁清了清嗓子，问道：

"沈括，我们想知道前天下午，也就是你和项北分开之后，直到今天早上我们在渡轮码头旁的邮局找到你，这段时间你在哪里？都做了些什么？"

沈括把嘴里的东西咽下去，眼神坦诚地看着老郁，将自己从码头跌落的整个过程讲述了一遍。从码头被推落海中，只因正巧掉在没有被礁石覆盖的间隙中，才幸运躲过一劫。沈括被海浪推向了渡轮码头，也不知道自己昏迷了多久。上岸后，因为手机不能使用，他也无法和其他人取得联系。

"你说有人把你推下海，看见对方是谁了吗？"

"当时我背对着他，没有看见他的脸。"

"有其他有价值的线索吗？"

沈括点了点头。当时从背后传递过来的力量，能感觉那是一双宽厚有力的手掌，应该是一个男人才对。

老郁速记着沈括所说的内容，继续问道："你在永乐岛上和谁结过仇吗？"

沈括看了眼正生着闷气的项北，耸耸肩："可能是我无意中得罪了谁，自己不知道吧。"

"你爬上岸以后，为什么没有跟小北取得联系？"老郁再次问道。

"我担心推我下海的人还关注着我的消息，暴露位置怕对自己不利。"

"大风大雨的天气，你也不能就露宿街头啊。"季洁说道，"你可以来找我啊。"

"要不是我巡逻的时候从邮局门口把你送来医院，你是不是想偷偷从岛上溜走了？"老郁问。

"我只是想保护自己，仅此而已。"沈括语气果断。

"你去我家收拾行李了吗？"项北问。

"你看我像是有行李的人吗？"沈括摊开双手，表示自己一无所有的样子。

"你见过赵文海吗？"项北神情严肃，朝沈括走近一步问。

"没有。我就是去找他才遇到危险的。"沈括故作轻松地说。

项北抿了抿嘴，缓缓说道："你再也找不到他了。"

沈括站起身来，凑近项北问道："他去哪儿了？"

"他死了。"项北低下头说道，"就在你坠海那晚。"

"他是怎么死的？"

可能没人发现，在不知不觉间，沈括开始主导这场对话。

项北看了看老郁，得到首肯的眼神后，说出了死因："初步断定，赵文海可能是意外死亡。"

"和我在同一天出事，还真是凑巧。"沈括用戏谑的口吻说，

"如果我不走运的话,也会被认定是一起失足坠海的意外事件吧。"

老郁不悦地咳了一声,对沈括的嘲讽表示不满:"就算我们是岛上派出所的民警,也不会这么糊涂。"

沈括没有理会老郁,继续问道:"赵文海在哪里出的事?"

"清之原。"

"小北,带我去看看。"

"哎,你一个病人怎么能往外乱跑呢!"季洁第一个反对。

"昨天市里的刑警已经去过现场了,尸体也被他们带回去检验了,你去了什么都看不到。"老郁说道。

沈括没有说话,从柜子里找到自己的衣服,走进洗手间换下病服,又回到床边,把手机放进了口袋里。

"阿括,你就听老郁的话,别去那地方了。"季洁着急道,"清怀山上有野猪。"季洁现在想起来还有点后怕,那天项北和老郁检查赵文海尸体的时候,在车里等待的季洁看见有几只野猪从车灯前走过,吓得哇哇乱叫。等项北赶来,那几只野猪早就不见了踪影。

"我小时候都不怕野猪,现在怎么会怕呢。"沈括笑道。

项北知道沈括的脾气,他说想去看看,就没人能阻止他。从沈括听闻赵文海死亡的那一刻,项北就从他的眼神里看见了不甘。赵文海手里很可能有能够帮助沈括找到父母的线索,好不容易燃起的希望却被浇灭,沈括的调查又要回到十五年前的死循环之中。这样巨大的心理落差,是旁人不能体会的。

"你非要去的话,我就跟你一块儿去。"季洁抓起车钥匙,毅然地说道。

老郁见项北没有劝说,便出言阻止道:"在赵文海案件还没有完全弄清之前,无关人员最好不要进入现场,以免再次发生危险。"

"郁警官,你不必担心,别忘了我可是在清怀山里玩大的。"沈括说的时候目光有意转向项北。

项北鼓了鼓咬肌,默不作声。

眼看沈括和季洁就要离开病房,老郁喊住了他们:

"还是让小北陪你们一起去吧。季洁要是出了什么意外,她爸可不会放过我们几个。"

季洁点点头,冲项北说道:"小北,你还愣着干吗,快走吧。"

"来了。"项北歪了歪嘴,一脸不情愿地应道。

之前大雨的积水还没有完全干透,清怀山上的地面布满了大大小小的水洼,季洁沿着地上的轮胎印,一路开到了上次停车的地方。

三人将车停在了树林外,项北从后座钻出来,伸展了一下身子,看了看季洁脚上的皮鞋,问道:"你确定要和我们一起进去吗?"

"我可不想待在这里再遇上野猪了。"

项北想到那天自己听见季洁的叫声,立刻从清之原跑回这里,野猪已经不见了,害怕的季洁在雨中紧紧抱住自己,哭得很大声。

项北不由自主地笑起来:"就算野猪来了,也会被你的哭声吓跑。"

"说什么呢!"季洁给了他一拳。

沈括没有去管他们俩,卷起裤管,顾不得脚下泥泞的道路,迈着大步往树林里走去，矫健的身姿不像是刚从病床上下来的人。林中凉爽的风吹过，阳光穿过树叶打在身上，印出一片光斑，温度宜人，在光合作用下，树木释放出大量的氧气，让人心旷神怡，身上的每个细胞都放松下来。可能是自己长高了的缘故，沈括印象中那些仿佛来自远古的参天大树并没有那么高大，可以透过树枝望见远方新建的建筑物，小时候可看不见这样的风景。簌簌作响的树林里，似乎隐藏着什么东西，惊得季洁揪住沈括衣服的后摆，走起路来姿势十分别扭，好几次都踩到了沈括的脚后跟上。

沈括转过身，索性一把握住季洁的手，拉着她和自己并排前行。季洁怔了一下，没有抽回手，脸颊上飞起两片红晕，害羞地低下头，顺从地跟上沈括的脚步。

十几棵被砍倒的树木堆在一起，旁枝末节都被修剪干净，虽然粗细不一却都浑圆笔直，经历长时间风吹雨打，剥落了不少树皮，露出里面白色的树干。这种树永乐岛上随处可见，不过沈括却叫不上它的名字来。

"这种树叫什么名字？"沈括问。

"这个呀，叫水杉！"季洁说道，"听我爸说，这种树是稀有植物，整个省就只有永乐岛上有，所以禁止砍伐。"

这些树木应该是以前伐木作业后，运输车装不下遗留在此处的。

"到了，到了，就在这里了。"

不知有意还是无意，项北从两人中间走过，硬生生撞开他们牵在一起的手。

季洁被撞了个踉跄，原本小鹿乱撞的心情坏了大半，她揉着手腕把项北一顿臭骂。沈括往前几步，来到项北的身边，并肩站在清之原的石壁旁,俯视布满脚印的谷底。

被雨水洗刷过的石壁仿佛上了一层清漆,显得格外光泽明亮。石缝间不少嫩绿色的青苔,与从谷顶垂下的绿色树枝相得益彰。

沿着石壁边缘的石阶,一直到谷底中心位置,地面被脚印踩出了一道浅浅的沟,能看出不少人在石壁和谷底往返,应该是市里刑警处理现场时造成的。

"赵文海的尸体是在那里发现的吧。"沈括指着脚印最密集的一块区域问道。

"嗯。"项北带着几分讥讽的口吻说道,"看来掉进海里,也没让你的脑子进水。"

对于项北的挑衅,一旁的季洁看不下去了。

"小北,你吃枪药啦!我在医院就想说了,今天干吗一直针对阿括?"

"他干了什么心里清楚。"

"他都被人推下海了,还能干什么?真是莫名其妙。"

"我莫名其妙?我看你们俩才莫名其妙!"

沈括像一尊雕像,完全屏蔽了他们两人的争论声,凝望着谷底的他,像在回忆,又像是在思考。

环视了一圈石壁后,沈括把头转向项北,问道:"为什么断定赵文海的死因是意外?"

项北拉直了胸前衣服的褶皱,一本正经地回答道:"赵文海的死因是后脑损伤导致颅内出血,首先可以排除自杀的可能性,现场没有找到遗书,而且赵文海也不像是会自杀的人。"

沈括点点头,赞同项北的观点。

项北继续说下去:"既然排除了自杀,那么只有从他杀和意外两个可能性考虑。护林员阿中是第一个发现尸体的,我和老郁随后赶到现场的时候,赵文海的尸体周围除了阿中的脚印之外,再也没有其他痕迹了。根据法医的尸检报告,赵文海的死亡时间约在前天下午的三点至五点之间,雨是从下午两点开始下的,如果赵文海或者凶手走入清之原的谷底,必定会留下脚印,同样的理由也可以排除赵文海是被抛尸至此的可能性了。那么就只剩下了意外这一种情况,就是不知什么原因,他独自一人来到清之原,因为下雨路滑,一不小心失足跌落谷底,半空中撞到凸起的岩石,落在了距离石壁稍远的地方,也就是我们发现尸体的位置。他头部的伤口和身上的擦伤,以及现场的血迹都与这个假设吻合。"

沈括提出不同意见:"我来做一个假设,同样可以符合你所说的所有条件。假设有一个凶手,把赵文海约到了清之原,凶手知道这里终年难得有人来,只要避开护林人的巡逻时间,在这里杀人就不会有人发现。凶手趁赵文海不备袭击了他,用钝器从后面敲了他的后脑勺,再将他从石壁上推了下去。"

"可是石壁上留有滑落的刮蹭痕迹。"项北指着一处颜色明显浅一些的岩石说道。

"首先无法证明这痕迹是赵文海留下的,其次它只能说明赵文海是从石壁上掉下去的,无法证明是意外还是他杀,况且凶手如果有预谋的话,这样的痕迹也是可以提前伪造的。"

"你的推测有个很大的漏洞。"项北说道,"市里刑侦队最新的尸检报告上说,赵文海后脑上的伤口与现场地面凸起的岩石形状吻合,从高处坠落撞击地面才会造成这么严重的伤势,除此之外,没有被钝器击打的外伤痕迹。"

"是这样啊……"

这个难题让沈括陷入思考，他摸着头上的绷带，忽然就有了新的思路。沈括朝项北的脑袋伸出手，作势要抓他的头发。"如果凶手将赵文海打落谷底，为了掩盖钝器击打造成的伤口，凶手抓住赵文海已经受伤的头，用力往地面上撞击，导致他头骨破裂，是不是也可以伪装成现在这样的伤痕？"

"理论上有可能做到的，但这样就产生了一个新的问题。"

"嗯。"

沈括自然也清楚，基于自己架空的推理，会产生更复杂的问题。

一直听得很认真的季洁问道："既然这样，不就可以证明有他杀的可能性了吗？还有什么问题？"

"是脚印……"沈括话刚说出口，项北抢先回答道，"如果要完成这个犯罪手法，凶手就必须走到谷底，那么必然要留下一来一去两组脚印。赵文海死亡时正在下雨，他身旁的谷底除了护林人阿中的一组脚印之外，没有发现其他任何脚印和痕迹。如果真有凶手的话，他要如何在满是烂泥的谷底行走呢？"

"原来如此。"季洁听了不住点头，"小北，没看出来啊，你还挺专业的。"

"那是当然。"项北骄傲地昂起头。

得到季洁的赞扬。项北扬扬得意起来，但他很快就克制住了这份小欣喜，他知道沈括不是一个会轻易提出问题的人。既然假设了他杀的可能性，那么沈括一定会有具备说服力的理由。

沈括沿着石壁来到石阶处，看着石阶上的青苔愣了一下，有一种恍如隔世的既视感。

想起来了，在那个梦中，也有一条望不见尽头的石阶，也许是儿时的记忆在潜意识中作祟。虽说都是石质的台阶，但两者还是有很明显的差别，在这时想起那个梦，会不会是某种自我的心理暗示？

他缓步走下石阶，脚底能感觉到青苔中饱含的水分，沈括每一步都小心地踩实，以免滑倒。

地面上的轮廓，还能依稀看出赵文海尸体的姿势，头部位置的泥土比周围的要深一些，应该是血渗进了土里。尸体的位置距离石壁有五六米的距离，抬头往上看，凹凸不平的石壁上方正是项北和季洁所在的位置。赵文海应该是坠落时撞上了凸起的石头，被弹出了一些距离，但如果被人推下来，基本上也会落在相同位置。

沈括围着石壁底部走了一圈，整个谷底只有靠近悬崖的地面比较平整。他慢慢踱步往谷底西侧走去，不料，身子一冲朝前栽去，幸好他迅速踏出一步，保持住了平衡，才没有摔个狗啃泥。

"阿括，小心！"季洁大声提醒道。

沈括朝身后竖了竖大拇指，示意没事。他低头仔细检查发现，谷底这块地面以一种肉眼难以察觉的角度往外倾斜，越往悬崖就越陡，所以即使赶上暴雨，整个谷底也不会积水，而是从西侧的缺口全部流走。沈括贴着石壁，慢慢走到了悬崖边，看见地上有两条细长的拖痕在悬崖边中断。

"这是什么？"沈括指着痕迹朝项北大声问道。

"不知道。"项北摊开手。

"你发现尸体的时候就有吗？"

项北回忆了一下，似乎不太确定："当时天已经黑了，我没注意到这块地方。不过老郁注意到了，他说那是……那是……"项北迟疑着要不要说出来。

"他说了什么？"

"他说这像鲸鱼怪前鳍留下的痕迹。"

"鲸鱼怪!"季洁张口结舌。

沈括表示不相信地摇摇头,抓住石壁上一块石头,稳住重心,好奇地探头向悬崖下张望。百米之下被雨水灌溉得翠叶晶莹的树林,如同绿玛瑙一般,撒娇似的轻轻摇曳叶片,渴望着清之原倾泻而下的甘露。

沈括眯起眼睛,看见下面的树枝顶上挂着几根白色的水杉树干,应该是被台风吹断掉落下去的。在绿色的背景下,留下一块黑色的缺口,就像鲸鱼怪张开的大嘴,朝向天空,等着自投罗网的食物。一块稍稍突出悬崖平面的岩石,在台风中遭到了损坏,露出断裂的浅色横截面。

"不可能有人从那里离开的。"项北看出了沈括的意图,提醒道。

听了项北的话,沈括收回身子,开始往回走。

确实如项北所说,这边悬崖的垂直度大于九十度,就算是最顶尖的攀岩高手,也不可能从这里爬上爬下。只要有人站在石壁上,对整个悬崖便可以一览无余,悬崖边没有可以藏身的死角。

沈括用力挠挠头皮,如果赵文海被杀的假设成立,那么这里就是一个不可能犯罪的泥地密室。

连汽车也开不进来的清之原,使用吊车或是钢丝吊索之类的可能性几乎为零,从石壁到谷底的高度,也不存在可以一跃而下毫发无损的可能,到达谷底的唯一途径就是步行走下那排石阶。

当然也无法排除其他可能,毕竟现场环境已经被大雨弄得一团糟了,线索都在大雨中被冲刷干净了。

难道真如老郁所说,凶手不是人类吗?是鲸鱼怪作怪杀人吗?

离开清之原往回走的路上,沈括低头不语,手指在半空中微微抖动,像是在心算着什么。

"还在想赵文海的事情?"季洁觉得气氛有点沉闷,开口问道。

"没有。"沈括面无表情地说道,"我只是在想围棋比赛的事情。"

季洁这才想起沈括前天要回上海比赛,现在因为坠海而耽误了时间。

"你没有及时赶回去参加比赛,不会有影响吧?"

"棋赛的麻烦已经暂时解决了,不过只能撑两天,后天我必须返回上海。"

"后天?"项北摇着头说,"你这几天都不能离开永乐岛,直到市里有了赵文海案件的最后结论。"

沈括淡淡地问:"是在怀疑我吗?"

"在没有结案之前,我不能让你离开。"

"小北,你差不多得了,今天一直为难阿括,到底是为什么呀?"季洁为沈括打抱不平。

"他做过什么自己心里应该清楚。"

"你有话就直说,别像个女人一样磨磨唧唧的。"

项北被季洁怼得脸上一阵红一阵白,连忙解释道:"赵文海的死以及我家里失窃,都是阿括来到岛上以后才发生的。赵文海如果是被人杀死的话,死亡时间内沈括没有不在场证明,他一直在找赵文海想要问清楚安息岛的事情,没准在见了面之后,他们发生了一些冲突。"

"你怀疑阿括杀人?"季洁瞪眼道。

"阿括说自己从码头坠海了,但没有任何的证人,码头下面全是礁石,能活下来简直就是奇迹。另外,能想到在清之原杀人的,一定是对岛上情况十分熟悉的人,沈括和我从小就来清之原玩耍,我只能说目前他的嫌疑最大。但让我不明白的是,现场看起来是意外,为什么阿括你非要说是有人杀了赵文海,这不是增加自己的嫌疑吗?"

沈括冷笑道:"你没发现凶手留下的破绽?"

"什么破绽?"

"你还记得赵文海尸体的穿着吗?"

项北自然是记得,但生怕遗漏了什么,他拿出手机,又看了一次现场的照片,确定并没有什么奇怪,才说道:"赵文海当时穿着白衬衫和黑色西裤,两只脚上穿着雨靴,有一只掉在了尸体周围,应该是从石壁上摔落时甩飞的。"

沈括摸摸口袋,想抽支烟,发现身上没有烟,只得舔舔嘴唇,说道:"在我的印象中,小时候看见的渔民从来没有穿衬衫的,袖口会束缚住肩膀的活动,对他们撒网和收网的动作都有影响,他们习惯穿背心。赵文海那天没有去每天光顾的赌场,而是穿了衬衫西裤出现在清怀山,应该是约了人在那里见面。赵文海对那个人十分重视,下雨天还特意赴约,可是现场缺了一件东西,就是他的雨具。"

"这就是你说的破绽?"项北不屑道,"我们岛上的人,淋个雨算得了什么事?我就经常不带雨伞出门。"

"从他穿了雨靴这点可以看出,赵文海知道会下雨或者是在他出发前就已经开始下雨了,否则穿一双其他的鞋子和这身衣服更搭。既然他对于见面的事情这么重视,怎么会穿成这样冲进大雨里?"

项北顺着沈括的思路推导出他的结论:"你的意思是凶手在杀死赵文海后,因为雨太大,就拿了他的雨伞离开。"

"不一定是雨伞,也可能是雨衣。"沈括纠正道,"穿着雨衣走在树林里,更加方便,隐蔽性也更强,没准和护林人擦肩而过护林人都没有发现凶手。"

项北用手掌顶了下自己额头,自责道:"我怎么没想到这一点,拿走赵文海雨具的那个人就是凶手。"

"凶手不会留着雨具被人发现,应该已经处理掉了。"

"那我们该怎么办?"项北口气明显软了下来。

"我们可以去赵文海家问问有没有少了什么雨具。"

"有道理。我们得抓紧时间了。"项北加快脚步,急着往季洁的车跑去,把沈括和季洁远远甩在树林里。

当沈括和季洁走到汽车旁,不见项北的踪迹,就在沈括搜寻项北的时候,季洁指着自己的车,忽然喊了起来:"哎呀!车胎没气了。"

沈括定睛一看,汽车左前轮瘪了下去,倾斜的车头压在了那只可怜的轮毂上。轮胎上裂了一道很长的口子,应该是被什么锐利的东西割开的。

"真倒霉。"季洁跺了下脚。

"这不是你倒霉,是有人故意弄坏了你的车。"沈括摸了摸轮胎上的切口,"如果是在路上被划破,这么大的口子,用不了几分钟,轮胎里的气很快就会漏完,我们下车时就会发现了。再看车胎上切口的位置,靠近轮胎上部的外侧,如果有人故意破坏轮胎,从这个角度比较顺手,一定是有人趁我们离开时划破了你的车胎。"

"小北不知道跑哪去了,该不会是他搞的吧?"季洁生气地叉起了腰。

"干吗背后说我坏话,我搞什么了?"项北束着裤腰带从树林里走出来,见季洁的脸色不对,才发现车胎坏了。他一只手搭在车顶,弯腰查看着车胎的状况。

站在项北背后的沈括突然激动起来,一把抓住项北的衣服,质问道:"你刚才到底去哪里了?"

项北被沈括反常的样子吓到了,结结巴巴地回答道:"我只是去树林里方便了一下而已。"

"你身上的锈迹哪里来的?"沈括撑开项北领口后的衣服问道。

项北扯过自己的衣领,回头看见后背衣服上有一块褐红色的痕迹,周围还遍布着一些碎屑,应该是刚刚才沾到身上的。

"咦?这是哪里来的,我刚刚跑去那边树林解手而已。"项北用手指向一片山坡。

季洁和项北看着锈迹,看不出有什么值得惊讶的地方。

"阿括,这个铁锈怎么了?"

沈括对项北说道:"那天我们去医院看望叶叔叔,离开的时候我身上也有类似的铁锈,在被叶叔抓过的那只手腕上。"

"我们岛上这么潮湿,到处都有铁锈,有什么奇怪的?"项北掸去了身上的铁锈。

"这和码头上那些铁锈不一样,你身上的锈迹中带着一些铜绿,和我身上的一样,很可能叶叔叔来过这里。"

"这不可能,他不是在海里被救起来的吗?"

"救他的人是赵文海,而赵文海又死在了这里,我去看看吧。"

沈括往树林里的山坡走去,刚才被项北拨开的树丛之间。勉强能看出一条通道的样子。往深处走,里面的小径又错综复杂,沈括不知该往哪儿走。

"跟我来。"项北跨过一棵横倒的树干，往前走了两步，拨开一片植物，不知不觉面前变成了被绿叶覆盖的山坡。项北跺了跺脚，不好意思地说道："刚才我就在这里……"

季洁捏着鼻子跨过了树干，她一身的粉色打扮，与这块闭塞的空间尤为不协调。她不知从哪儿摸出一个口罩戴上，皱眉嫌弃道："哎哟，臭死了。"

"这树林里本来就有味道。"项北辩解道。

沈括反倒不嫌臭，微微弯曲膝盖，像猎犬般嗅着味道，凑近两块很大的石头，隐隐听见有滴水的声音，石头下方的地面有不少锈迹，泥土都已经变了颜色。沈括抬头发现在大石头的上方，有一个黑漆漆的山洞，铁锈正是沿着洞口边漏下来的。洞口不高，大约只比沈括高了一头，有人故意缠了很多藤本植物来隐藏这个洞口。

沈括掀开杂乱的树枝，一股凉气扑面而来，里面没有亮光，但能感觉洞内比起洞口要大很多。沈括双手撑着洞口想要爬上去，被项北阻止了。

"你身体还没恢复，让我来吧。"

对疏于锻炼的沈括来说，他还真没把握可以爬进洞内。

季洁把自己的口罩摘下来，递过去给项北：

"你戴上这个，里面气味不好闻。"

项北戴上口罩，粗壮的手臂轻轻一搭石块，身子轻盈地挂了上去，利索地进入了山洞中。项北点亮手机，这才能够看见洞里的情况，四面的石头湿漉漉的，水顺着墙壁流到地上，往洞口方向淌去，水上漂浮的铁锈颜色和项北身上的一致。石头上有挖凿的痕迹，看起来不像天然形成的山洞。手机的照明范围有限，项北不知道这个洞到底有多深，于是以半蹲的姿势慢慢往前挪动脚步。

洞里的空气不太好，比起外面的臭味，这里面的气味几乎让人作呕，项北强忍着恶心，继续往里走去。前进了五六米之后，阴风飕飕，洞内出现了令人毛骨悚然的一幕，大约三米外竖着七八根圆柱形的铁栅栏，栅栏之间只有十五厘米左右的空隙，项北的拳头勉强可以通过。其中一根栅栏被人折断了，留下足够一个人通过的空隙。栅栏上布满铁锈，被洞顶上滴下的水冲到了地上，汇入了项北脚底的细小水流中。铁栅栏里没有其他通道，已经到了山洞的尽头，六七平方米大小的空间，地上铺着稻草和一些破烂的布条，角落里堆积着人类的粪便，这是整个山洞内恶臭的源头。画面实在太过恶心，就算隔着口罩也受不了这气味，项北连忙将光源移向别处。

这个地方显然是一间牢房，应该有人被囚禁在这里一段时间了，墙壁上密密麻麻刻着项北无法看懂的文字，但有一整面墙上反复出现了一串数字——2027。

这是沈括自小的外号，知道这个的人并不多，除了安息岛上的人之外，大概也只有项北知道了。"2027"这个外号，源自与沈括同名的北宋政治家和科学家，那位沈括被誉为"中国整部科学史中最卓越的人物"，翻看生平，他简直就是中国版的达·芬奇。他有诸多的科学发明和研究，在医药学、磁学、光学、天文学等方面都有很深的造诣和卓越的成就，几乎就是一个疯狂的天才。为了纪念他，中国紫金山天文台将一九六四年发现的一颗小行星"2027"命名为沈括星。或许沈旭希望自己的儿子也如沈括一样出色，便以"沈括"作为儿子的名字，连同沈括的小行星代号也一并拿了过来。

项北忽然明白过来,在这面墙上刻下数字的,一定就是安息岛上的人。

"阿括!你绝对想不到我看见了什么。"项北急着出去把看到的数字告诉沈括,但他身材魁梧,在洞内调转不过来,只能倒退着往洞口出来。

当他在洞口正转身跳下来的时候,一根冒着火星的树枝掠过天空,径直向洞口飞来。

沈括意识到情况不妙,大喊一声:

"快跑!"

沈括拽起项北和季洁就往一块石头后躲,但仅凭一人之力,三个人没能躲开足够安全的距离。当那根树枝飞进洞口的一刹那,洞内的沼气遇到明火,瞬间被点燃,山洞如同巨龙的嘴,喷射出蓝色的火焰,发出一声巨大的爆炸声。沈括他们的后背感觉到气流巨大的冲击力,全都被推倒在地。妖艳的火焰在洞口前晃了一晃,燃尽洞内最后的沼气,消散在了烟尘之中。

沈括第一个起身,将护在身下的季洁拉了起来,除弄脏了衣服,季洁毫发无损。最靠近洞口的项北受伤比较严重,爆炸时他护住脸的右手被飞溅来的石块划伤,倒地擦伤了右腿,整个人的右半边全是鲜血。沈括正要察看他的伤情,项北将他一把推开,说道:

"我没事,快追!"

沈括心领神会,立刻向刚才树枝飞来的方向追赶过去。

虽能听见前方急促的脚步声,但无路可循的林子里。树木交错树叶层叠,偶尔人影闪动,根本看不清要追赶的人。沈括在棋盘前久坐,四体不勤,追了一段路就渐渐地体力不支。脚步声已经听不见了。沈括扶着一棵树,剧烈地喘着气,等到呼吸平缓下来，才折回项北和季洁身旁。

项北靠着石头坐在地上，季洁正在用手帕为他包扎伤口。

"怎么样了？"沈括坐在了项北旁边，刚才的追逐让他十分疲惫。

"皮外伤而已。"项北刚毅的脸上没有一丝表情，"看见脸了吗？"

"离得太远，只知道是个男人。"

"这简直就是谋杀，我差点就被炸死了。"

"他的目标不是你，应该是我。"

项北恍然大悟："对了，可能是我戴了口罩他才分不清楚。"

进入山洞前，那人也许隔得太远没看清，误以为是沈括进去了，于是点着树枝，朝满是沼气的山洞扔了过来。

沈括长叹了一口气："看来这座岛上，真的有人要置我于死地。"

项北向沈括道起了歉："阿括，之前是我误会你了，老郁接到过一通匿名电话，说看见是你杀了赵文海，所以当你说自己坠海的时候，老郁觉得你在说谎。因为这和赵文海的死亡时间相吻合，实际上也只有你有杀人动机。"

"你居然怀疑阿括杀人！难怪你今天一直针对他，摆一副臭脸像他欠了你钱一样。"

季洁狠拉了一下手帕，痛得项北龇牙咧嘴。

"我不是在给阿括道歉嘛！你干吗一直维护他？"

"关你什么事。"

两人插科打诨起来，沈括无奈地笑道："小北哪里藏得住秘密，从他脸上早就看出不对劲了。话说回来，虽然两次袭击都是针对我的，但永乐岛上有一个这样的人，对所有人都是威胁。"

"你是说刚才那个人是永乐岛的岛民？"

沈括说："我从小在清怀山里长大，能在这里把我甩掉，说明此人对这里的地形很熟悉，我敢肯定是永乐岛的岛民。"

"你被甩开难道不是因为体力不济吗？"项北窃笑一声。

"去你的。"沈括表情变得更加严肃起来，"刚才的男人和推我下海的很可能是同一个人，他知道洞里有沼气，一定也清楚这个山洞到底是派什么用场的。"

"这个洞就是一间单人监狱。"项北把洞里的情况，以及墙上写满"2027"的事情告诉了沈括。

沈括立刻反应过来："有人把叶叔关在了这里。"

在知道沈括这个绰号的人中，只有叶好龙不识字，当项北描述那面墙的时候，沈括仿佛自己就站在叶好龙身旁，看着他用指甲艰难地一笔一画地刻出这四个数字，在绝望中依然守候着希望，而他的希望就是自己能来救他。没准，他整整等待了自己十五年，而在看到自己的时候，却连一句完整的话都说不出来。

季洁的车没法开了，她打电话让家里派车来接他们。三人留在原地，生怕刚才的男人再折回来，便坐进季洁的车里等候。

项北向郁铭汇报了在清怀山遇到的情况，郁铭虽然有点不敢相信，但他还是说会第一时间向市里汇报。

挂了电话，三个人都安静下来。沈括垮垮地靠在座椅上，任凭泄进树林的阳光打在脸上，眼睛微微有点酸，他眯起眼睛，从车窗望向远方，隐约能看见北码头，那里风景明媚，海阔天空，也是安息岛的方向。沈括期盼着能够再踏上故乡的土地，闻一闻风中大海的味道，听一听父亲严厉的声音，感受母亲温柔的胸膛。沈括从来没有放弃过希望，安息岛一直在他的心里未曾消失过，只是他也曾彷徨怀疑，也许这样固执地寻找，只是因为他不敢去面对和接受现实。但来到永乐岛之后，接连遭遇偷袭，赵文海突然死亡，这些事都令沈括坚定了自己的信念，他坚信安息岛消失事件的背后，藏着不可告人的秘密，如果能解开这些谜题，一定就能找到父母了。

"爸爸，妈妈，你们等着我。"沈括在心里对着远方说道。

二十分钟后，季洁家派来的商务车抵达，副驾驶座下来一个男人，对着季洁毕恭毕敬地鞠了一躬，替她拉开车门。季洁招呼沈括和项北一起上车，将跑车的钥匙交给了男人，男人关上车门后，前去处理跑车轮胎了。

"大小姐，是回家吗？"商务车司机从反光镜里看了一眼后排的两位狼狈的男士，问道。

"先去派出所。"季洁对项北说，"把你送回去。"

"阿括你不跟我一起吗？"项北看着沈括。

沈括舔了舔嘴唇，说道："已经连累你受伤和家里被盗，我还是自己找一家旅馆住吧。"

"旅馆怎么行？万一又有人来袭击你，一点防范措施都没有。"项北急道。

"阿括，我家地方大，还有二十四小时的监控和保安，你不如住我家吧。"季洁有所顾忌地看了眼司机，故意高声说道，"正好这几天我爸也在岛上，你可以和他见一面。"

"那我就不客气了。"沈括欣然接受了季洁的邀请。

"你还真是不怕给人家添麻烦。"项北责怪沈括道。

"行了行了，先去派出所，再回家。"季洁一声令下，商务车调转车头，向清怀山外驶去。

沈括一踏入季洁的家门，就被夸张的面积和内部装修所震撼，甚至都对自己是否身在永乐岛产生了怀疑。

"你们家房子可真够气派的。"沈括赞叹道。

"随便看随便坐，我先去换身衣服。"季洁上楼回了自己房间。

沈括应了一声，开始在屋子里转悠起来，一位管家模样的男人不远不近地跟着他，始终保持着不打扰他的距离。凭着自己大学的专业知识，沈括很快就搞清楚了季洁家的房型结构。这套独栋的别墅总共有四层，分为地下一层和地上三层，地下一层是车库，刚才沈括就是从车库进来的，穿过一间娱乐室来到一楼的客厅。客厅的面积很大，层高也很高，毫不夸张地说，足够两队人在里面打篮球了。客厅的东北角是厨房，厨房连通两个大小不一的餐厅，适用于中西餐的烹饪或者是多人用餐，在厨房的背后是两间住家员工的独立卧房，员工出入房间完全不会打扰到主人，一旦主人有需要，员工又可以及时提供服务，布局非常合理，显然是为了满足主人的需要，经过精心的设计。沿着大理石的楼梯往上就是二楼，与楼梯相接的挑空平台可以将一楼客厅尽收眼底。除了每一层都配备了洗手间之外，二楼走廊两边各有一间带有露台的套房。继续向三楼走，地板和墙面的颜色开始变得和其他几层不一样了，深色胡桃木的装饰显得沉稳了许多，这一层就是季洁父亲季石的办公室以及卧室了，沈括正要上三楼，一个穿着黑西装的男人适时出现在了他的面前，男人肩膀很宽，身上的西装绷得略紧，男人表明了自己季石秘书的身份后，礼貌地阻止道：

"抱歉，没有季先生的允许，谁也不能进入三楼。"

楼梯尽头那扇深棕色的木门紧闭，沈括能听到里面有人在说话。作为一家公司的董事长，在家里布置这么私密的办公室，或许季石是个不愿抛头露面的人。

"先生，请您赶快下来，我可以带您参观屋子里的其他地方。"秘书提高音量，再次敦促道。

秘书的声音似乎惊扰到了木门里的人，门从里面被打开，一个四五十岁的男人走了出来。他脸颊消瘦，鹰钩鼻笔挺，略显稀疏的头发整齐地梳在脑后，沈括看见目光如炬的他，脑中自动联想到了非洲草原上的秃鹫。

"这位是？"男人瞥了眼沈括，问秘书道。

虽然男人没有流露出任何的情绪，但秘书几乎将腰弯到了九十度，敬畏地回答道："这位先生是小姐的朋友，我现在就带他下楼。"

从语气和秘书对他的态度来看，这个男人应该就是季石了。

"你就是……"季石一副恍然大悟的表情。

门内闪出一个男人，打断了季石。

"季总，你要不要再考虑下？"

"我不想再说第二遍了。"季石威严地说道。

有外人在场，男人有点顾忌，低眉顺眼地告辞道："既然如此，我就先走了。"男人右边脸颊上黑色的痣，让沈括一下子认出了他。那不是别人，正是赌场里见过的那位方经理。

不知道是没有认出沈括，还是刻意回避，方经理低着头从沈括身边经过，没有说一句话。他闷闷不乐的样子，手里拿着一个厚厚的信封，一路走到门厅旁，推着一只放在门边的黑色行李箱，就像要出远门的样子。在秘书的指引下，他独自离开了这座房子。

换完衣服的季洁从房间出来，穿上一套粉红色真丝睡衣，粉红色的拖鞋露出涂了红色指甲油的脚趾，可能是卸了妆的关系，虽然模样没多大变化，不过看起来清纯了许多。季洁看见三楼的季石,亲昵地说道:"爸,难得你今天在家呀。"

季石冷峻的脸上绽开了笑容:"你要是想我,随时随地都可以见我。"

"嘻嘻。"季洁撒娇地挽起季石的手臂,歪着头靠了上去。

"看你这个样子,该不会又在外面闯祸了吧?"季石语气里没有一丝责怪,看得出他对季洁算得上是溺爱。

"有人故意把我车弄坏了,只能打电话叫家里的车来接我,我朋友也一起遭殃,差点就小命不保了。"

"在这个岛上谁不认识你的车,还敢故意弄坏?"

"你不信的话,我朋友可以作证。"季洁把沈括拽到了季石的面前,"你看阿括身上的伤就知道我没骗你了。"

"我刚才还在想这位是谁呢。你怎么把人家一个人晾在这里呢。"季石和善地跟沈括打起了招呼,"你怎么称呼?"

"季伯伯好,我叫沈括。"

"我刚才就觉得你眼熟,你就是十五年前……那个……那个谁的孩子。"季石似乎记不起来沈括父亲的名字。

"沈旭是我的父亲,您应该认识他吧。"

"永乐岛上我这个年纪的人,没人不认识你父亲,他可是妈祖庙的守护者。"季石摸了摸刮得干净的下巴,感慨道,"原来你是沈旭的儿子。一转眼,当年那件事已经过去这么久了。十五年前安息岛的事情震惊了全岛,很多人都夸赞你父亲是个好人,真是遗憾啊。"

沈括虽然从小和季洁一起玩耍,却对季石的印象不深。季石早年就开始做生意,长年在外东奔西走,留在岛上的时间不多。

"季伯伯,当年的事情您知道些什么吗?"沈括追问道。

季石干咳了一声,皱着眉头避开了沈括的直视,说道:"差不多开饭了,让季洁先带你去收拾一下,等会儿让秘书来请你去餐厅,我们边吃边聊。"

沈括看了看自己身上脏兮兮的衣服,也就听从了季石的安排,跟着秘书来到了二楼的客房。客房的装修现代感十足,有自带的洗手间,在陌生的环境里洗澡,沈括倒是完全没有陌生感,他甚至没有拉上窗帘,就将衣服全部脱光扔在床上。口袋里掉出一张从上海到登州的火车票,沈括捡起来,捏成一团,在房间里找了一圈没有发现垃圾桶,于是就随手往地上一扔,用脚踢进了床底下。

光着身子走进透明玻璃的淋浴房内,沈括将头上的纱布解开,牵动左边眼眶的伤口一阵撕裂的疼痛感。打开龙头,让喷出的水柱冲在伤口上,很快就麻木得没有痛感了。凉水顺着身体往下流,身上所有的外伤十分刺痛,沈括龇着牙挤了一些沐浴液,将伤口清洗干净。每一滴水珠都带走一分疲劳,冲入下水道,身上像卸下了一个包袱,细胞又重获活力,全身清爽了许多,头脑也恢复了冷静。白色地砖间的黑色线条,让沈括有种在围棋棋盘上洗澡的感觉。

远在上海那盘下到一半的棋,一下子浮现在沈括的脑子里。在给江元打了那通求助电话之后,沈括就再也没时间去思考这盘对局,永乐岛上的事件占据了他整个脑子。

沈括抬起头,任凭冷水冲洗着自己的脸,被水覆盖的耳朵听不见任何声音,整个世界一下子安静下来,沈括沉下心来,认真回顾这几天发生的事情。

从叶好龙被救,沈括抵达永乐岛,许多事情就变得怪异起来。叶好龙被单独隔离在医院的病房里,在探望了叶好龙之后,沈括遭到了袭击,死里逃生捡回一条命。随后,救起叶好龙的赵文海离奇地死在了清之原，而追查过去的沈括一行人，又在树林里遭到二次袭击，项北差点丢了性命。制造这一系列事件的幕后真凶，不知到底是出于什么目的下如此毒手，但至少遇袭的人都和叶好龙有过接触，很可能叶好龙手上有凶手的把柄。只可惜他神志不清，沈括在和他的交谈中并没有获得任何有价值的线索。但凶手或许并不知道这一点，所以才袭击和叶好龙见过面的人，害怕自己的秘密泄露出去。在安息岛消失的同一天，叶好龙再也没有出现过，假设凶手就是将叶好龙囚禁在清怀山上的人，那么无疑凶手和安息岛的事件也有着极大的关联，抓住凶手应该就可以知晓安息岛消失的秘密了。

沈括抹了把脸上的水，自己的这个想法仍有说不通的地方。既然凶手害怕叶好龙会泄露自己的秘密，当年为什么不直接杀掉他，而要一直囚禁他，不但需要花费大量的精力，还要冒着被他逃脱的风险，岂不是多此一举吗？叶好龙是在大海上被救起，如果他从清怀山逃出来，就算他神经错乱，也绝不可能跳入大海游出这么远。如果是凶手将他扔下海想置他于死地，跑去这么远的海域实在有点得不偿失，那片海域在禁捕期内经常有海警的船巡逻，万一被拦截盘查，很难解释清楚。如果要杀人灭口、毁尸灭迹，没有比囚禁叶好龙的清怀山更适合的地方了。凶手明明知道这一点，却没有这样做，沈括想不明白。只有弄清楚这些事件中的矛盾之处，凶手的身份才能水落石出。

沈括关掉水龙头，将头侧向一边，单脚立地跳了两下，耳朵里的水甩了出来。忽然，他听见有人在洗手间外说话。

是季洁，她推开洗手间的门，正探头进来，看见浑身是水、赤身裸体的沈括，季洁"哇"的叫了一声，连忙缩回了脑袋，小声责备道："叫了你半天也不回句话，还以为你出事了呢。"

"这就好。"沈括裹着浴巾走了出来,"我能出什么事。"

季洁羞涩地不敢抬头:"哎哎哎,我帮你拿了换洗的衣服放在床上。"

"谢谢。"

"那我先出去了。"

"等一下。"沈括喊住了季洁。

"你快把衣服穿起来。"

"你是在害羞吗?小时候我们和小北不是还一起赤膊游过泳。"沈括满不在乎地说道。

"说什么呢!我不记得了。"季洁有点生气了。

沈括嘟了嘟嘴,拿着衣服躲进洗手间里换了起来。

看着洗手间玻璃门里沈括晃动的影子,季洁心里想起了那件事。上学前的那个夏天,要不是多亏了沈括的急中生智,季洁可能已经不在这个世界上了。当时虽然烈日当空,依然挡不住他们三个孩子在海边沙滩玩耍的热情,因为海里危险,大人们不允许他们下海,他们只得在沙滩上玩挖沙子的游戏。他们各自在沙滩上刨了一个坑,将自己埋在其中,再覆盖上沙子,只露出一个脑袋在外面。不知道为什么,季洁所在的沙坑突然开始下陷,身下仿佛有一个洞。沙子不断地塌陷,她越是挣扎沙子变得越紧,身体像被压了一块很重的棉被,无法挣脱。季洁大声呼救,沈括和项北立刻赶来救援,他们用手拼命往外刨沙子,可没有丝毫的作用,反而因为他们靠近沙坑,加快了沙子的流速。沈括和项北不得不退开一点距离,以免自己也陷入其中。季洁的脖子慢慢埋入沙中,她已经不敢做任何的动作,甚至呼吸也变得小心起来,就算这样,过不了几分钟,沙子也会完全没过她的头顶。

着急的沈括和项北大喊大叫,可沙滩上除了他们没有其他人,没人能听见他们的呼救声。沈括二话没说,拔腿飞快地跑开了。项北还以为他是去找人求助了,但离沙滩最近的房子也需要十分钟的往返时间,就算找到大人前来,恐怕也来不及了。

但没想到,沈括很快就回来了,他手里抱着一根长约一米,手臂粗细的枯树枝,他跪在沙坑旁,将树枝夹在膝盖之间,不顾一切地扑向了沙坑里的季洁,季洁整个人已经被沙子覆盖,沈括奋力刨着沙坑,上半身也栽入了沙坑中。

沈括勉强从沙坑里抬起头,朝项北大喊道:"快拉树枝!"

项北连忙抓住沈括脚上的树枝,像拔河一样使尽全力往后拽,沈括充当着两人之间的纽带。沙坑里的季洁被拖回了地面,她不停咳嗽,吐着嘴里的细沙。沈括四仰八叉地躺在沙滩上,因为埋在沙子里憋了太多的气,脸已经涨得通红,虚脱般地喘着气。流沙慢慢填满了那个噬人的沙坑,沙滩又恢复了原样,仿佛刚才那场惊心动魄的救援从来没有发生过一样。

那是季洁唯一一次去海边玩耍。不知为什么,那时候小伙伴都不愿意和季洁玩,她没什么朋友,就只有沈括和项北愿意和她玩。季洁一直都记着这件事,当时要不是沈括,自己可能已经不在这个世界上了。

季石知道了这次险情之后,再也不允许季洁去海边了。

没等洗手间里的沈括换好衣服出来,季洁就往门外走去:"我去餐厅等你。"

"先别走,有件事我只能跟你说。"

"嗯?什么事?"

沈括走到门口,朝走廊里左右张望了一番,确认没人以后,关上了门,对季洁正色道:"现在只有我们两个人,你是我在永乐岛上唯一信任的人,我马上就要知道赵文海被杀的真相了,只想让你一个人知道。"

"真的吗？我是你唯一信任的人。"季洁眼睛一亮，兴奋地抓住了沈括的手臂。

"我没在和你开玩笑。"沈括拿出一张纸，"你先看看这个。"

季洁接过纸，发现纸被人撕去了一半，上面歪歪扭扭写着一行字：

> 我知道是谁杀死了赵文海，如果你想知道，今晚……

剩下的内容不见了，季洁查看纸的反面，什么都没有。

"怎么只有半张纸？"季洁问。

"就在刚才，有人趁我洗澡的时候，从门缝下塞进来的。"

"你是说我家里有人知道真相？"

"你觉得会是谁呢？"

季洁对这张神秘纸条的出现倍感意外，她扳着手指头说："除了我和爸爸，能够自由上下二楼房间的人，就只有秘书一个人了，可是这笔迹看起来不像是他写的。"

"刚才我还看到了一个人，从季伯伯的书房里离开了。"沈括简单形容了一番方经理的外貌，季洁立刻反应过来。

"你说的这人可能是方毅，我管他叫方叔。"季洁向沈括简单介绍了一下方毅，他是和季石公司最早有生意往来的一批业务员，后来辞去了原本的工作，自己做起了生意，逢年过节就来家里送礼，算得上和季石有一点交情。

季洁的话反而加深了沈括对方毅的怀疑。从他管理地下赌场可以看出，能在永乐岛违法经营地下赌场，显然是有一定背景支撑的，除了岛上最大的房地产开发商，还能有谁敢冒这样的风险？而赵文海又是赌场的常客，他的死或许和方毅有关。

"阿括，你还记得小北说他怀疑你，是因为接到了一通匿名电话吗？会不会也是那个人故意制造的烟幕弹，来阻碍你的调查？"

沈括摇头否定道："既然是要阻止我调查，为什么只留半张纸条呢？用假消息把我骗出去不是更好的办法吗？"

"你觉得这个告密者会是方叔吗？"

"不好说。"

"你都想不出来，我就更不知道了。"季洁转念一想说，"不如把纸条给我爸看看，说不定他能帮上忙呢？"

"季伯伯？他会愿意帮我吗？"

"放心吧。我爸一定会帮忙的，他还记着小时候你在海边救我的事情呢。"季洁主动拉起沈括的手，"走，他在餐厅等着我们吃饭呢。"

沈括满脸温柔地被季洁抓着手，一同前往楼下的餐厅。

餐厅位于一楼西侧，临近的厨房里厨师们正忙碌地将一道道菜端上桌子。能坐十二个人的长桌上，整齐有序地放置着洁白的碗碟和闪闪发亮的餐具，所见之处尽是琳琅满目的美味菜肴。坐在桌子一端的季石腰板挺得笔直，他并不年轻的脸上透露着一种威严，那双褐色眸子里的神情和往常一样平淡如水，却又冷若冰霜。季洁慌忙松开沈括的手，走路的姿态也变得拘谨起来。

秘书双手交叠身前，恭敬地站在季石的右后方，看见季洁走来，替她拉开了位于季石右手边的椅子，安排她坐下。沈括则挨着季石的左手边落座，隔着桌子和对面的季洁对视一眼，两人偷偷笑了笑。

"阿括一定饿了吧。我们开饭吧。"季石宣布道。他热络地给沈括夹菜，不一会儿沈括面前的盘子上就堆满了鸡腿、牛肉、虾等各种菜品。沈括确实饿了，他也不客气，两边腮帮子塞得满满当当，卖力地咀嚼着。

季石摇晃着杯中的红酒，看着沈括狼吞虎咽的样子，开起了玩笑：

"阿括，你慢点吃，一点都不像是城里来的。"

"我本来就不是城里人。"

"对啊。阿括是我们永乐岛人嘛。"季洁说。

沈括把嘴里剩余的食物一口咽了下去，一字一顿地更正道："我是安息岛人。"

听见"安息岛"三个字，季石摇晃酒杯的手停了一下，浅酌了一口，叹息道："好像已经好久没有人在我面前提起这座岛了。"

"阿括这次回来就是想弄清楚安息岛和他父母的事情。"季洁替沈括说道。

"目前有头绪了吗？"季石转头关切地问沈括。

沈括神情沮丧地说："这么多年都没有解开的谜团，光凭我一个人也做不了什么。不过，也不能说一点收获也没有吧。"

"你有收获？"季洁问道，"我怎么不知道？"

"没准我已经掌握了重要的信息，只是自己不知道。我接连受到两次袭击，就能说明一定问题了，偷袭我的人大概误以为我掌握了什么重要信息，才不惜要杀人灭口。从另一方面来说，或许安息岛消失真的另有隐情。"

季石小酌了一口杯子里的酒，叹息道："岛上的治安真是越来越差了。"

"季伯伯，您见多识广，关于安息岛和我父母的消失您有什么看法吗？"沈括向季石讨教道。

季石抿了抿嘴唇，说："看法谈不上，但这件事我印象深刻。永乐岛上大多数人都和我一样，是在第二天，也就是农历八月十六才知道发生了什么事情。"季石讲述了当时的情况，虽然沈括已经听好几个人说过，但还是端正身子，认真地听他说下去。

农历八月十六，台风在靠近永乐岛沿海时转向，中心向东北方向偏移，虽然依然下着雨，但风力明显减小。清晨五点三十分，一个由七人组成的省文化调研小组坐上了前往安息岛的船只，他们想要对岛上妈祖庙的文化和建设情况做一番深入的了解。

船只载着他们行驶在深蓝色的海面上，借着风势，雨点打在脸上也有点疼，所幸雨不大，不影响出海航行。从船舱里面看出去，四周全都是灰蒙蒙的一片，旭日的光线被晨雾包裹，只照亮了远处的海平面，映出一条淡淡的橘红色。

可是令整个调研小组都意想不到的事情发生了，在船只驶出两个小时之后，他们仍然没有抵达安息岛，调查组的人开始向船员抱怨。

"出发前明明说只有一个小时的行程，为什么到现在还没有靠岸？"

"照理应该快到了呀。"船员也无法给出合理的解释，在海上又寻找了将近一个小时，依然没有抵达安息岛的码头。和调研小组一样感到困惑的船员，在说明情况之后，驾船返回了永乐岛。

此次出航的是永乐岛上经验最丰富的老船员，往返两座岛之间的路线走了不下数百次，自信不会出错。回来以后，驾驶员汇报了这件事情，大家都以为是船上的导航系统出了问题，于是开始联系安息岛，却发现岛上的通信中断了。于是永乐岛又派出了两艘船前往安息岛巡查,依照原有的航线抵达安息岛所在的位置附近,却一无所获。

出动了几批船反复确认之后,永乐岛上的人们才确定了一件事情。

安息岛居然不见了。

这让遭受台风侵袭过后的永乐岛陷入了加倍的混乱之中。而这个消息也通过调研小组传遍全省,成了那一年人们茶余饭后谈论的焦点。政府相关部门前来调查核实安息岛消失一事,经过反复确认后,最终官方宣布从行政区域图中彻底删除安息岛。

在民间,因为寄托平安的妈祖庙消失,一些迷信的说法盛行起来,鲸鱼怪吞噬安息岛的说法就是那时候传开的。鲸鱼怪的传说由来已久,经过几代人的口口相传,永乐岛上的人就如同信奉神明一样,对鲸鱼怪的存在深信不疑,正是源自这份对鲸鱼怪的恐惧,大家才依赖安息岛上的妈祖庙。然而庇护所有人的安息岛消失,永乐岛上甚至有人预言将会发生可怕的灾难。

恰恰就是同一天,永乐岛镇长项京在家中自杀。

说到项京,季石的眼眶里泛起了泪光,他们曾是熟识的朋友,当年项北尚且年幼,项京的葬礼都是由季石一手操办,所有的花销也是季石出的。

"季伯伯,您对项京自杀的原因怀疑过吗?"沈括看见季石显露一丝不悦的神情,连忙补充道,"我看项北一直放不下这件事,他不相信自己的父亲会自杀,所以也想听听您的看法。"

季石一口喝掉了杯子里的酒,脸上尽是苦涩的表情:"过去这么多年,再来议论当年的事情有点不太礼貌,但项镇长的自杀可能跟他的失职有关。"

"您是说台风防范措施未到位,致部分岛民丧生的事情吗?"

"也有传闻说他利用职权做着不法勾当牟取利益,因为有人匿名举报,他害怕自己的行为曝光,便选择了自杀。当然啦,这些传闻我一概不信,项镇长在我心里永远是一个正直的人。"

"他在安息岛消失的同一晚自杀,您觉得这两件事之间会不会有关联呢?"沈括抚着下巴,进一步问道。

"对哦,这两件事也太巧了。"季洁拍了下手掌,赞同沈括的猜测。

"呵呵,你们年轻人的想象力还真是丰富。"季石笑道,"但关于项镇长的事情我记不太清了。"

"以前我也没往这方面想过,但这次回到永乐岛让我觉得有许多不对劲的地方。"

"哦?说来听听。"季石饶有兴趣。

不知是这些天受尽了苦难,还是喝了点酒,让沈括打开了话匣子,他一股脑将这几天的悲惨遭遇都在季石面前说了出来。说完之后,他整个人也轻松了,脸上泛着酒后的红晕。

"如果你在岛上需要任何帮助,尽快找我开口,我一定尽自己所能帮助你。"季石承诺道。

"那我再敬季伯伯一杯,有了您的帮助,我相信很快就能查出真相了。"沈括话锋一转,"不过季伯伯,有件事真的需要您帮忙。"

"什么事你尽管说。"

沈括拿出刚才捡到的半张字条,递给了季石。

季石接过字条,惊诧地低吟了一声。

"这张字条是刚才塞在我房间的门缝下面的。"沈括说道。

"在我家?"季石有点不相信。

沈括和季洁不约而同地点点头。

季石用怀疑的目光瞥了一眼沈括，问道："你看到塞字条的人了吗？"

"我进房间的时候开门时发现的，当时门外没有人。"

季石搓搓鼻翼，把字条平放在桌子上，没有还给沈括的意思。字条顶部的边缘很毛糙，是有人用手撕掉了原本印在纸上的抬头，即使如此，纸张的尺寸和材质季石也十分熟悉，他知道这是家里的便笺纸，每个房间都有。写这张字条的人应该就在这所房子里，但他认不出上面的笔迹属于谁。

沈括喝醉了，说话也有点大舌头，说着说着就抵挡不住睡意，索性趴在了桌子上，脸颊感受着大理石桌面传来的冰凉，眼皮耷拉下来。

季洁和季石在低语什么，沈括的身体很快被一副有力的身躯架了起来。

"沈先生，我送您回房间休息。"是秘书的声音。

沈括想要睁开眼，但灯光直射眼睛，他只得用手遮挡住光线，闭着眼一路向秘书说着关于赵文海的事情，惹得秘书不耐烦地将头扭向一边，躲过他嘴里难闻的酒气。

被送回床上大约几秒钟后，沈括就沉沉地睡去了。

秘书退了出来，按灭了灯，轻轻关上房门。

听见门舌卡入门槽的声音，沈括睁开了眼睛。他根本没有喝醉，仔细听着秘书的脚步声远去，从床上坐了起来。

暗中摸索到门边，耳朵贴在门上，确保外面没有人之后，沈括用手掌压着门舌缓缓打开门，闪身来到了走廊上。楼下还亮着灯，能听见有人走动和交谈的声音，此时所有人应该都在楼下。

沈括抓住楼梯扶手，蹑手蹑脚地走上三楼，尽头是一扇深棕色的木门。按下把手，门没有锁，用力一推就开了。

房间里很黑，沈括不敢开灯，只能依靠手机的光亮，在房间里慢慢摸索、搜寻起来。看见赌场的方毅出现在季石家里时，沈括的心里就产生了疑问。吃饭时对季石的试探，加深了这份怀疑。已经过去十五年的事情，季石却像在说上个星期的事情一样，思路清晰，如果不是对他意义重大，那就是他有超人的记忆力。沈括不相信他说自己不记得项京之死的细节，所以才决定装醉，偷偷潜入这个禁止入内的办公室看看。

季石虽然只是个生意人，但他在永乐岛的地位无人可比，拿出真金白银为地方上做出了不小贡献。可以说永乐岛有今天，要归功于季石，他在岛上的权威甚至可以和镇长相提并论。

等到眼睛适应了黑暗，借着窗外依稀的月光，沈括观察起整个房间的布局，靠窗摆着一张木质的写字台，看质地就知道价值不菲。写字台后是一把高大的转椅，写字台右手边的墙壁上挂着几幅字画，水墨画的竹子以及龙飞凤舞的毛笔字，下部还有各种印鉴。写字台正对的墙上贴着一张永乐岛的地图，沈括走近后发现，地图上画了一个小小的问号，正是原来安息岛所在的位置。

靠墙的柜子上摆着各式古玩，某件古玩旁摆着一个相框，里面是季石抱着婴儿时期的季洁，炎炎夏日下站在大海边戏水的照片。照片里的季石用手掌替季洁挡着阳光，在镜头前遮住了她的半张脸。

柜子旁的地上摆着一堆古玩杂志，沈括随意翻看起来，里面夹杂了一本破旧的色情杂志。想到季石丧妻多年一直没有再婚，沈括蹲下来重新将它塞进了杂志最底层。沈括发现柜子的构造有点奇怪，用手指推了推最下层的板，似乎有点松动，柜子最下层居然有一个暗格，里面放着一个黑色盒子。

盒子有点眼熟，不过因为暗格内太暗看不清，沈括想抽出来看一看，没想到盒子有点分量，用上两只手才将它拿起来。盒子是木质的，表面打磨得不是很光滑，摸上去很粗糙，打开盒盖，里面放着两个圆形的白瓷棋盒。

是它！

居然是爸爸的棋盒。

沈括用手指触摸它的表面，盒盖的白釉下，微微突起流畅的线条，刻着一条盘踞整个棋盒的龙。龙头张口昂立在盒盖顶部，四肢龙爪围绕棋盒，这独一无二的纹路，沈括记忆犹新。

沈括激动起来，为什么爸爸的棋盒会在季石的办公室里？这地方也许还有关于父母的线索，沈括嗅到了安息岛的味道。

沈括将棋盒照原来的样子放回原位，起身来到季石的办公桌旁，把手机叼在嘴里，腾出两只手在桌上的文件里翻寻起来。

办公桌上全是公司的财务报表、写满数据的地质勘查报告、资源开采计划书、一些没有签署的合同，以及许多盖了公章的批文，满满几摞几乎占据了大半张桌面。

沈括试着拉了拉抽屉，都锁上了。

就在沈括打算寻找钥匙的时候，门外突然有了动静，吃完饭的季石不知为何又返回了办公室。他迈着酒后沉重的步伐上楼，沈括能听见他轻声咳嗽的声音。眼见他就要进来了，沈括一侧身，躲进了窗边厚厚的窗帘后面，吸气收腹，大气也不敢喘。

沈括刚藏好，季石就开门进来了，房间里的灯被打开，明亮的灯光甚至能够穿透窗帘，沈括觉得自己随时都有被发现的可能。季石在墙边的柜子前停了下来，右手握拳，抵在唇边，肩膀颤抖起来。沈括从背后看不见他的表情，但是能听见"呜呜"的哽咽声，季石竟然在哭。

很快,季石就平静下来,擦了擦眼泪,目光落到了那堆杂志上,倒吸了一口气,将杂志整摞抱了起来。

沈括身体一紧,难道季石发现有人动过杂志了?

季石只是把杂志放到了书架的空隙处,随后他抽出了那本色情杂志,走到写字台前,拿出钥匙,打开了那个上锁的抽屉,将杂志放了进去。沈括就在季石的侧后方,他借机探出半张脸,想要偷瞄一眼抽屉里的东西。

季石坐在写字台前,从抽屉深处拿出厚厚一沓照片,在手里倒腾了几下后,将所有照片从中间一撕为二,一把扔进了垃圾篓里。一张碎屑落在外面,飘到了窗帘旁,季石从黑色的转椅上起身,由于喝了酒,动作有些迟钝,但还是缓缓朝沈括的方向走来。只要他靠近窗帘,就一定会发现窗帘后还藏着一个大活人。

沈括屏住呼吸,生怕发出一丁点响动。一步,两步,三步,季石越来越近,都已经能闻到他身上的酒味了。要是自己被发现,该怎么向他解释?房地产公司老板的办公室里,一定有许多商业机密,沈括肯定解释不清,要是追究起来,估计要被关在派出所十天半个月,耽误棋赛就完蛋了。更重要的是,假设季石和安息岛事件有关,就等于打草惊蛇,一旦被发现就前功尽弃了。

可是,现在沈括什么也做不了。也许是命运的安排,一个声音救了他。

"爸!你下来一趟,我有事找你。"

从声音判断,季洁是在二楼。

"又怎么啦?"季石的声音里充满了溺爱。

"哎呀!你下楼就知道了。"

"来了来了!"季石顾不得地上的碎屑,急忙走出办公室下楼去了。

沈括从窗帘后闪出，擦擦额头上的汗水，活动了一下僵直的身体。

写字台上的台灯都没关，季石应该马上就会返回。

沈括快速捡起地上的碎屑，是半张照片，看起来像是偷拍的，拍摄的地方有点眼熟。沈括从垃圾篓里又翻出几张碎片，拼凑起来发现拍的是方毅的那家赌场，其中好几张方毅的特写。

沈括不明白这些照片的用途，将碎屑扔进垃圾篓，慌忙地离开了季石的办公室，下楼时还能听见季洁在向父亲抱怨自己损坏的跑车。

回到自己的房间，沈括发现灯居然是亮着的，可自己离开时明明没有开灯。

有人进来过了？灯都来不及关，难道这个人还在房间里？

想到这，沈括随手找了件称手的铜质摆设，贴着墙根，轻缓地挪动脚步，尽量不发出声响。卧室一览无余，没有可以藏人的柜子，床下也没有空隙，沈括特别注意了窗帘后，窗帘的下摆离地面有一段距离，要是有人躲在后面一定会露出双脚。

那个人只有藏在洗手间里了。

沈括轻轻握住洗手间的门把手，用力推开，里面也是空无一人。

虚惊一场，沈括放下了手里的摆设，将房门反锁后，去洗手盆里洗了一把脸。关了灯，躺倒在床上，身体的疲惫有所缓解，但脑子依然飞快运转。

父亲的棋盒为什么会在季石这里？安息岛消失的那天下午，沈括和父亲还用这副棋子下过棋，这也就意味着，从自己离开安息岛到第二天安息岛消失的这段时间里，季石和父亲见过面。

印象中，父亲和季石虽然认识，但仅仅是点头之交，将自己常用的围棋赠予他，十分不合常理。此外，那些偷拍的赌场照片和悻悻离开的方毅又有什么关联？还有，为什么季石要偷偷躲进书房里流泪？

想着想着，对于季石的怀疑如同滴入水中的墨汁，在沈括心中慢慢化开。

第六章

二〇一六年八月二十三日。

早上不到七点,沈括被自己的手机来电铃声叫醒,项北一改平日里嬉戏的语气,在电话里简短地通知,让他立刻赶去医院。

"你现在来一趟医院。"听得出项北也是刚刚起床。

"出什么事了?"

"叶好龙死了。"

"死了!"沈括从床上弹起来,"怎么会呢?不是在治疗中吗?"

"他是自杀,不过……"项北欲言又止,"你来了再说。"

"我马上过来。"

"你昨晚是在季洁家过夜的?"

"是啊。我睡在她家的客房里。怎么了?"

"没事没事,你快来吧,我在医院门口等你。"

沈括顾不得洗漱,穿上衣服跑下楼,在餐厅撞见了季洁。

季洁盘着头发,一身居家打扮,正在摆放着早餐用的餐具。看见沈括蓬头垢面的样子,她不禁笑道:"阿括,这么早就醒啦!再过五分钟早餐就准备好了。"

"恐怕来不及吃了,小北急着找我去医院。"

"去医院干什么?"

"我也不清楚。"

叶好龙自杀的事情,沈括认为没必要让季洁知道。

"季伯伯呢?早上没看见他。"

"我爸一早就出门了,明天岛上有一个楼盘的开工仪式,今天应该会忙一整天。"

"是老孟书店那片地区吗?"

"对。你头上的伤就是在那里弄的。"

"郁小虎没有为难老孟吧。"

"怎么会,我爸公司做的可是正当生意,当然是和老孟谈好了动迁费用。行了行了,我们别聊这个了,你不是赶时间吗?我开车送你去医院吧。"

"你就别去了,昨天刚从清怀山回来,今天就在家好好休息吧。"

昨天的经历让季洁仍心有余悸,也就没再坚持,让家里的司机开车送沈括去医院。

从季洁家去往医院,一路都是上坡,走路比较辛苦,坐车就轻松了许多。反光镜里映出一小块海面,错叠成反光的阶石,随着海洋的呼吸上下律动。沈括望得出神,忽然想起小时候叶好龙带着自己去安息岛北边的海滩,等待海水退潮后,水洼中会留下不少鱼,叶好龙徒手把鱼抓进塑料桶里,那些鱼在桶底挣扎时,身上的鱼鳞像极了现在的画面。

车轮还没在医院门口停稳,项北就迎了上来,他没有穿制服,看得出也是刚起床就赶来的。

"叶叔叔呢?"沈括问。

"尸体在病房里,老郁正在找工具进去。"

"为什么进不去?"

"叶好龙把病房的门反锁了以后,在里面上吊自杀了。"

沈括听了之后,不由背脊发凉,腋下一滴冷汗滑过肋部。相同的场景他曾听项北说起过,项京也是在反锁的房间里上吊自杀的。一种不祥的预感从沈括背后升腾起来,这难道仅仅是巧合吗?还是有人在背后捣鬼,制造了横跨十五年的谋杀案?

两人小跑来到二楼走廊。病房门口站着院长徐庶和护士阿雅,脸上写满了惶恐不安,躲得远远的。项北昨天受了伤,沈括先他一步赶到,正好听见阿雅向徐院长汇报发现叶好龙尸体的过程。

"早上六点,我例行查房,上楼时听见一记沉闷的响声,像什么重物磕在地上,我就一路找了过去。来到二一四病房门口,发现有点不对劲,门上的玻璃被白布从里面挡了起来,什么都看不见了。我推了推门,发现门卡住了,就用力顶了几下,挡在玻璃上的白布被震了下来。我看见病人倒在病房的地板上,额头破了还在流血,起初以为是他起床滑倒了,但我看见他脖子上有一道紫色的勒痕,以及一根垂在他上方的绳子,我才觉得不对劲,跑下楼去叫人来了。"

"没想到今天刚把守门的人撤走,病人就自杀了。"徐庶懊恼道。

稍后赶来的项北安抚了一下阿雅的情绪:"阿雅,你先下去休息吧,等会儿可能需要你录一下口供。"

阿雅点点头,独自回到了一楼的接待台。

走廊另一头,郁铭手里握着一个挂点滴的铁架走来。没有称手的工具,只能用铁架来破门了。他来到门口,示意大家退至安全距离,然后举起铁架,一下就击碎了门上的玻璃。将残留在门上的碎渣清理干净后,郁铭将手伸进门内,想解除里面插上的插销，可是他身高不够，踮起脚来，手还是够不到插销。

"小北，你人高手长，你来开门。"郁铭把位置让给了项北。

项北把袖口撩到了肩膀处，轻舒手臂，打开了病房的门。

进门就看见叶好龙的尸体躺倒在地，布满血丝的眼球几乎爆出眼眶，伸出一截的舌头紧贴着下嘴唇，脸已经发青了。他的身旁倒着一把折叠椅，是病房里用来给探视家属坐的。

作为医者，徐庶率先走过去，用两根手指搭在叶好龙脖颈处的动脉上，又撑开眼皮，用手电筒照了照瞳孔。

"人已经走了。看他脖子上的伤痕，应该是上吊自杀的。"徐庶说道。

"他为什么要自杀，况且还是在医院里？"项北质疑道。

沈括看了眼地上的叶好龙。他面目狰狞，手指扭曲成不可思议的形状，因为失禁，身上的病服湿了一片。沈括又仔细看了看尸体脖子上的勒痕，喉结处的皮肤印着纱布打结的纹路，是绳结抵在喉咙上令他慢慢窒息的。

沈括突然意识到，这可能是见叶好龙的最后一面。第一次直面尸体，他没有丝毫的畏惧，可实在不忍心看到叶好龙这么不体面的死状，便取了一条床单，将尸体从头到尾盖了起来。

项北走到沈括身旁，见他眼眶微红，拍拍他的后背。沈括若有所思，嘴里碎碎念着：

"都是我的错，都是我的错。"

"这事也不是你能控制的。"项北宽慰道。

沈括将两根手指举到眉角，向叶好龙的尸体行了个礼，就像小时候将叶好龙送到码头时，自己告别时致的礼。

随后沈括揉了揉眼睛，收拾起波动的情绪，开始检查整间病房。

几天前来过这间病房一次，对这里的结构也有了一定的了解。此房间大约二十平方米，有一扇固定玻璃的大窗户，为了安全起见，窗户没办法移动或者打开，只是在它的上方有一道气窗用来流通空气。因为病房里一直开着空调，气窗只打开了一根手指宽的缝隙。沈括看见窗框内侧下沿有一道擦痕，像是被什么东西剐蹭过，痕迹很新，应该是最近才留下的。他试着推开气窗，开到最大也只有不到二十厘米的空隙，就是小学生也不可能通过。房间唯一的出入口就只有那扇门了，门是从里面锁上的，无法从外面打开。

沈括检查了被郁铭打碎玻璃的病房门，门锁没有被动过手脚的痕迹，插销是项北亲手拉开的，也不存在虚掩的可能性。

再看尸体的情况。叶好龙将绷带缠绕在一起，挂在天花板的一个圆环上，圆环是用来悬挂理疗器械的，叶好龙踩在折叠椅上将头套进了绷带中，踢倒折叠椅上吊自杀，但可能因为太痛苦，他在半空中挣扎了一番后死去。绷带承受不住他的体重，突然断裂，他的尸体重重砸在了地板上，摔破了额头，阿雅听见的应该就是尸体摔落的声音。此时，悬在挂钩上的白色绷带两头散开，像极了古代皇帝赐死的白绫，微微飘荡。

叶好龙的自杀看起来毫无争议，但和项京的自杀一样，动机成谜。

对于这起上吊自杀事件，沈括和项北的心中有着同样的怀疑。

"小北，你说他自杀前为什么要把窗户挡起来？"沈括问项北。

"怕被人看见，自杀不成吧。"项北答道。

"早上六点谁会在走廊里？"

"应该是怕护士查房时发现。"这次回答沈括的人变成了徐庶。

"间隔多久查一次房？"

"我们医院规定，一个小时巡查一次。"

"刚才看到走廊里有监控摄像头，调取视频画面看一下就知道了。"

院长摇着头说道："前天台风的时候监控室进了水，线路都短路了，正在维修。"

"还真是不巧啊。"沈括讽刺道，指了指墙壁上的挂钟，"护士查房的时间是固定的，而病房里也能看见时间，真要上吊自杀，半个小时就足够了，完全可以避开一个小时一次的查房时间，没必要蒙上玻璃吧。"

"病人神志不清，做出不合逻辑的举动也不足为奇。"

"一个意识不清醒、身体虚弱的人，还能想到用绷带来自杀？"

"难不成还有人杀了他？"

"不排除这个可能性。"

徐庶冷笑道："你也看到了这间病房的情况，要是真的有人杀了他，那凶手怎么离开这里呢？"

"这个我还没有搞清楚。"沈括坦率地承认，"我只是不相信叶叔会自杀。我们昨天在清怀山上发现了一个山洞，叶叔很可能长期被囚禁在那个洞里，在那样的环境中都没有自杀的人，怎么会刚到医院没几天就自杀了呢？"

"光凭你一张嘴说可不行，凡事要讲证据，否则坏了我们医院的名声。"徐庶疾言厉色道。

"人死在医院里，你们院方也有责任，况且他还是解开安息岛消失之谜的关键证人。"

"那就请你拿出他是被人谋杀的证据来！"徐庶将一只手掌摊开在沈括面前。

"我和小北一起经历了袭击，他也可以作证。"沈括指着项北右腿上的伤说道，"攻击我们的人设下了陷阱，想要置我们于死地，这个人一定有着不可告人的秘密。"

沈括一直等着项北开口，可项北听到山洞的话题，什么话都没说。

倒是郁铭帮着自己的同事项北说起话来："昨天小北已经和我说了这件事，但是永乐岛派出所的警力有限，没办法展开调查。我已经向上级反映了情况，现在就等市里的刑警过来了。"

"至少派人保护一下现场吧。"

"我们警察的工作不需要你来指导。"郁铭话锋一转，"再说了，谁允许你私自跑去清之原的？"

沈括一挑眉毛，反问道："在我回到永乐岛之后，赵文海和叶好龙接连死去，警方不觉得蹊跷吗？"

郁铭一摆手，怒道："要不是看在你父亲的面子上，你在永乐岛上散布不当谣言的行为，我可以立刻抓你回派出所关起来。"

"好了好了，大家消消气，眼下最要紧的还是处理这里的死者。"项北张开双臂，将沈括和其他人分隔开来，劝解道，"徐院长，麻烦你等我拍完照片后再挪动尸体，保持这间病房的现状，没有得到派出所允许之前，任何人都不许再踏入一步。"

将二一四病房作为现场保护起来的提议没有人反对，大家从病房里退出去，项北将刚才用来砸玻璃的支架立在了病房门口，充当临时障碍物。

项北闭口不谈昨天在清怀山的事情。沈括看得出他受制于郁铭，想必是郁铭对他私自前往清怀山调查的事情做出了警告。

沈括质问项北道："你刚才怎么不说昨天的事情？"

"有什么好说的？我们又没有证据，只会加重岛民们的恐慌情绪。"

"那叶叔的死你也相信是自杀吗？"沈括直直地盯着项北。

"不然呢？"

"如果你爸不是自杀的话，那么他和叶叔可能是被同一个人杀掉的。"沈括说得很认真，就好像亲眼看见一样。

"你知道凶手是谁了？"项北急忙问。

"不知道。"

"有证据吗？"

"现在还没有。"

"我是警察，一切都要讲究真凭实据，否则我什么都做不了。"

"十五年前我和你什么都做不了，但现在如果什么都不做的话，真相是不会自己跑出来的。我会把证据摆在你面前的，在此之前，我要先去一个地方，你要守好这个现场。"

"现在这种时候，你要去哪儿？"项北担忧道。

"去找一个岛上最会打水手结的人。"

"水手结？到底是怎么回事？"项北挠挠头，一头雾水地看着沈括。

"这个你就没有必要知道了。"

沈括的傲慢突然就惹火了项北。"我现在是以警察的身份让你提供线索。"

"这件事可能会和命案有关，负责的刑警还没来这个小岛上吧？"

"小岛？你少瞧不起人。"

"我只是实事求是罢了。"

"那你最好还是回去你的大都市吧。"

"这个不用你操心。"

"怎么？你还想赖在季洁家不走了吗？"

"这个和你没关系。"

"你该不会是看到季洁家有钱，想在永乐岛吃软饭吧。"项北讥讽道。

沈括脸色骤然一变，咬牙反击道："我看你想吃软饭，还没有这个机会呢？"

"你说什么呢！"

两人你一句我一句，面红耳赤地互相触及对方的雷区，争得不可开交。

项北忍了很久的情绪终于宣泄出来。旁人劝说着两位儿时的好友，争吵最终以沈括先离开而收场。

沈括从医院出来，深深地吐出一口气，仿佛要将胸中的郁闷一并吐出。本来打算探望叶好龙，谁知道连最后一面都没有见到。沈括还有些关于季石的事情想问问他，可现在人死了，这条路也被堵死了。

沈括没有告诉项北，自己在叶好龙的尸体上有所发现。颈部勒痕所呈现出来的绳结沈括曾经见过，这种打结的方式被称为水手结，通常是船员在绳子不够长的情况下，用来拼接两根绳子的打结方法。以前叶好龙在空闲时经常练习这种绳结，一直不得要领，打得不太好，他告诉过沈括，这种结得最好的人是渔老大，也就是赵文海，他以前曾经接受过专业的海员培训，凭借一纸专业证书最终当上了永乐岛的渔老大。赵文海一向孤傲自负，从不将自己的经验传授给其他人。虽说大家都会打水手结,但像赵文海打得那么平整,衔接处如同一根绳子般的人屈指可数。叶好龙脖子上的绳结印子,看起来就像赵文海打出来的结一样,现在绷带已经散开,绳结无法考证,但是赵文海前两天已经死了,他又怎么打绷带的结呢?抑或是岛上还有其他人能打这个结?但大部分渔民都外出打工,就算留在岛上的老年人会打水手结,他们能有杀人的力气吗?

一连串的疑问在沈括心里涌起,他一时间难以理顺,决定先去赵文海家中求证。

赵文海家的房子是从他爷爷那辈传下来的,主体是用木头在坚硬的岩石上搭建而成,屋顶上盖着褐色的茅草,一圈石墙围起的院子里,能看见高出地面的地基,层叠起来的石块像饱经沧桑的老人,古朴深沉。屋子周围的杂草很久没有清理过,疯长的草眼看就快要攀上墙头了。

敞开的院子大门两旁,栽种着两棵小叶桉树,白色的细长树干高耸入云,布满了结疤的树皮让沈括看得头皮发麻。他移开视线,看见门框上扎着对比强烈的绸带制作的黑花,提醒人们这家正在办丧事。门头上贴着红色的避邪符,沈括知道这种符主要是用来驱散鲸鱼怪的,每一个出海的渔民以前都会来安息岛求这样的符,以保出海时不会遭受海怪的袭击。就算是搬进公寓楼的岛民,依然还会延续这样的传统,对鲸鱼怪永远保持敬畏之心。这张辟邪符上的字迹都快褪色了,应该是很多年前的了,自从安息岛消失以后,再也没有地方求符了,没准这张符还是父亲亲笔画的。

沈括正想着,屋子里传来女人骂骂咧咧的声音,听起来是赵文海的妻子张梅珠。她似乎是在筹划葬礼的事宜,由于赵文海的尸体送去尸检，无法确定下葬时间，张梅珠一直在和负责丧葬的部门进行沟通，显然沟通得不太顺畅。

沈括握着空心拳放在唇边，故意咳嗽了一声，朝屋子里走去。

骂声戛然而止，取而代之的是朝门边走来的脚步声，以及一声"谁啊"的叫问。

"是赵文海家吗？"沈括语气恭敬地问道。

门被很粗暴地打开，张梅珠认出了沈括，没好气地问道："又是你这个记者？怎么跑到我家里来了？"

"我知道赵文海去世了，想来给他上炷香，希望您可以节哀。"

"哦。"对于前来吊祭的客人，张梅珠虽然没给好脸色，但也不便轰走人家，一时不知道该说些什么。两个人在门口僵持。

"其实我不是记者，我是安息岛人。"沈括对张梅珠坦白了。

听见"安息岛"三个字，张梅珠怔住了，问道："你是那个……沈旭的儿子？"

没想到张梅珠依然记得父亲的名字。

"是的。我就是沈括，因为在新闻上看到有一个名叫叶好龙的人被赵文海从海上救起来，他曾经也是住在安息岛上的，我才特意赶来调查这件事。"

张梅珠眼神开始闪烁，不耐烦地回绝道："关于这件事我什么都不知道，你还是别来问我了。"

说完，张梅珠就要关门，沈括眼疾手快，伸出一脚抵住了门。

"就耽误你几分钟，我只是了解一点情况。"

"有什么问题你自己去派出所问吧。"张梅珠一用力，沈括的腿被夹得生疼，他大声喊出来："我怀疑你的丈夫是被人杀死的！"

张梅珠忽然松了劲,沈括收不住惯性,门被重重地推开撞在墙上,发出一声巨响,又弹了回来。

在张梅珠身后的客厅,靠墙的桌子上铺着红布,摆着烛台和几盘供品,一张赵文海的黑白遗像赫然入目,两边的香炉冒着缕缕青烟。在桌子旁,一位肤色比项北还要黑的孩子,正蹲在地上将锡纸折叠成一只只元宝的样子,他以为沈括想要破门而入,怒视着沈括,面容看起来和赵文海有几分相似,刚哭过的眼睛略显红肿,但依然能看见眼中燃烧着一团火焰。沈括联想起了刚转学去上海的自己,被几个冤枉他偷钱的同学逼在墙角,看着他们乱翻自己书包时,也是同样的眼神。

沈括站在原地,看着失去家中顶梁柱的母子二人,忽然间什么话都说不出来了,这个时候去问他们一些赵文海生前的事情,太过残忍。沈括一时间不知该做什么,张梅珠趁机一把将他推远:"你给我出去!"然后重重地关上门,从里面插上了门闩。

沈括悻悻地离开了赵文海家。张梅珠给他的感觉很奇怪,她似乎知道些什么,就算说出赵文海可能是被杀这样的话,她也没有情绪失控,反而显得过于冷静,依然三缄其口,这到底是为什么呢?

来到十字路口,沈括有些分不清东南西北,也不知该往哪走。头顶上的太阳躲在灰色的云层后面,海面看起来影影绰绰,几只洁白的海鸥掠过,停在了远处渔船的桅杆上。海风卷起几片树叶,穿过建筑物发出呜呜声,看来今天不会是个好天气。

有人在背后叫道"等一等",沈括转身看见一个孩子正朝自己跑来,定睛一看,竟然是赵文海的儿子赵昆。

沈括环顾身旁没有看到其他人,他指着自己的鼻子问道:"你是找我吗?"

"你就是沈括吧?"赵昆气喘吁吁地跑到沈括面前,侧头用戴着黑色袖章的袖子擦了擦汗。

"你知道我名字?"

赵昆拨了拨贴在额头上的湿发,说:"我听岛上的人说,有一个人怀疑我爸爸是被人害死的,还跑去调查,所以我去问了你的名字。"

"可惜没人相信我。"沈括双手插兜,耸耸肩。

"我相信你。"赵昆说出自己的理由,"最近这几年打鱼的收成一直不好,但是那天我老爸难得好心情,所以我记得很清楚。应该是有人约他出门,他特意换了身衣服,不是去山里的打扮,他还告诉我说,我们家很快就要有钱了。"

赵昆说的和沈括早先的推测基本吻合。以赵文海的体格和身手,再加上身为本地人对清之原的熟悉程度,发生这样的意外实在缺乏说服力。

"你爸爸有没有带雨具出门?"

"嗯。我提醒他会下雨,他特意带了雨衣,生怕弄湿了衣服。"

"你知道是谁约了他吗?"

赵昆摇头道:"不知道。"

"这个约你爸爸出去的人,很可能就是凶手。"

赵昆瞳孔一缩,问道:"你能抓住凶手吗?"

沈括轻轻点了下头权当回答,直截了当地说:"我现在需要你的帮助。"

赵昆回头看了看自己的家,为难地问道:"帮你什么忙?我妈一个人在家,我是偷偷溜出来的。"

"我想看看你爸打的水手结。"沈括说。

赵昆想了想，对沈括说："跟我来吧。"

天空出现一道闪光，接着轰隆一声。

仰望天空，黑压压的乌云聚拢在一起，又一道白色耀眼的闪电划过，像是有人用斧头在天空劈出一个裂口一样，眼看就要下雨了。

"快走吧。"赵昆朝码头跑去。

去往海王号的路上，赵昆心想：身后这个皮肤白皙、外地口音的哥哥说自己是岛上的人，可怎么看都和自己不一样。虽然他样子有点痞，但说话给人一种沉稳的感觉。赵昆对这个陌生人有种没来由的信任感。

自从上次赵文海出海，救起叶好龙回来后，海王号就一直停靠在码头，像一名忠诚的仆人，等候主人的差遣。

雨水让码头和船甲板都变得湿滑，一不小心就会滑倒。赵昆熟门熟路地领着沈括上了船，船身微微有些摇晃，两个人一路抓着栏杆，走进了驾驶舱。

风云突变的天气，让驾驶舱里光线不足，赵昆打开灯，开始翻找起来。

"你在找什么？"沈括问。

"我记得船上有根我爸接起来的绳子，打的就是水手结。咦？放哪儿去了呢？"

沈括点起一支烟，倚在仪表盘上看着赵昆忙碌。门旁的角落堆着生锈的工具箱，已经变形的盖子敞开着，能看见里面各种各样的维修工具。地上散落着不少被踩扁的烟蒂，烟蒂上还有雨靴的脚印。墙上挂着手套、雨衣等物品，在最显眼的位置有张拿镜框裱起来的照片，照片里年轻的赵文海站在海王号的甲板上，怀里抱着一个婴儿，贴近地上的一条大鱼在做比照。

"这是我爸捕获的最大一条鱼，特意拍照留念了。"看见沈括在看这张照片，赵昆指着那条鱼，回忆道，"那时候我才一岁大，我爸天天带着我出海打鱼，说要把他会的都传授给我，让我成为他的继承人。"

"你也想成为渔老大吗？"

"嗯，像爸爸一样威风。"赵昆垂下眼帘，说道，"可惜后来老爸就再也没有捕到过这么大的鱼了。"

沈括看赵昆最多也就十岁的样子，也正是在他出生后不久，受到岛上的工业和房地产业兴起的影响，永乐岛上渔业开始走下坡路。许多以捕鱼为生的岛民不得不外出去往大城市打工，曾经的渔老大也风光不再，只是赵昆年纪尚小，对这些事情还一知半解。

沈括抽了口烟，岔开话题："绳子找到了吗？"

"好像不在这里，我去甲板上找找。"

零星的小雨已经变大，身上的衣服不一会儿就全湿了，风也变大了，吹在身上令人瑟瑟发抖。海王号钢质的船身随着波浪一起一伏，就像在呼吸一般。沈括嘴上的烟头很快就被雨水浇灭了。海王号布满了横七竖八的斑驳伤痕，见证了与赵文海一起经历过的无数次惊涛骇浪的洗礼，把所有的失与得都细细记录下来，这些故事将会由赵昆来拼凑出最后的章节。

"找不到啊。"赵昆找遍了每个能存放东西的角落，一大卷绳子按说一眼就能看见。

"会不会被人拿走了？"

赵昆模棱两可地摇着头，忽然眼睛一亮："对了，还有一个地方。"说完，他就往船尾走去。

海王号的船尾还有一个舱。海王号已经是多年的老船了，各种电气设备老化严重，所以备有一个手摇发电机，紧急时刻用来维持无线电使用。

钢板做成的舱门，以赵昆的力气提不动，他向沈括求助道："你过来帮我一下。"

沈括在裤子后兜擦了擦湿漉漉的手，和赵昆一起握住了舱门的把手。

"一、二、三！"

拉开船舱的门，一股难闻的腥臭顿时一涌而出。沈括连忙捂住鼻子，甲板上的水一股脑倾泻进了舱里。

一道闪电照亮了整个船舱。

"咦？"赵昆疑惑地看着空空如也的船舱，"怎么回事，原本放在里面的发动机也不见了？"

沈括朝舱底看去，里面除了一些积水，就只有漂浮在水面上的树叶了。忽然，沈括看见船舱布满油污的墙面上，歪歪扭扭地刻了几个数字：

2027

沈括认出了这个熟悉的笔迹。

"叶叔！"叶好龙居然曾被关在这么狭小腥臭的空间里，但即使遭受了难以想象的苦难，他依然挂念着沈括。

突然，一个大胆的设想在沈括脑海中闪现，所有的谜底似乎都要揭晓了。

从清怀山那个囚禁叶好龙的山洞内的情况来看，也许在安息岛消失后没多久，他就一直被关在那里。就在几天以前，赵文海把他带上了海王号，关在了不易被人发现的船尾货舱里，为了给叶好龙腾出地方，赵文海事先搬走了存放在舱内的手摇发电机。赵文海这么做的目的是什么？为什么出海之后，叶好龙又会在海里被救起来呢？

沈括抹了把脸上的雨水，继续想下去。

叶好龙是安息岛消失的当事人之一，赵文海带他出海，一定是和安息岛有关，按照这个逻辑推理下去，难道是因为只有叶好龙才知道如何抵达安息岛吗？难道是赵文海想去安息岛而不知道怎么去，所以带上叶好龙来做向导？就在这个过程中，叶好龙找到机会摆脱了赵文海的控制，但长期被囚禁的他没有自救的能力，神志可能也不清楚，不幸落海，才有了赵文海自编自导的海上救人戏码。

也就是说，安息岛没有消失，而是被藏了起来。

在永乐岛与安息岛之间的海域，海底遍布暗礁，通常只有两个岛上的人才会驾船互通。即便如此，每年依然会发生多起搁浅事故，正因为如此，安息岛上的妈祖庙才会香火兴旺。为避免触礁沉船，所有船只都不敢冒险，都只沿固定航道行驶，从永乐岛的北码头抵达安息岛的码头。这条大部分人每年只走一次的航道十分复杂，岛上能记住航线的人不会超过五个，只有每天往返的叶好龙烂熟于胸，有时叶好龙甚至会为其他船领航。而这条固定的路线，如果只掌握在少数人手里，一旦航线被人为篡改，那么受思维局限的制约，从北码头出发，相同的路线和方向上不见了安息岛，人们自然得出岛屿消失的结论。永乐岛稍带一些弧度的海岸线，即使出发时方向上稍有偏离，也不会有人发觉，但航向却会越来越偏离安息岛，从而抵达一片什么都没有的海域。由于到处是暗礁，不能派出所有船只贸然进行大范围搜查，再加上安息岛外围是重要的海军要塞，搜查可能会受到军方严格的管制，所以数次搜查才会无功而返，因为根本就是找错了地方。这样一个周全又庞大的计划，肯定不是一个人能够实施的，但是能在永乐岛运作这么大动作并且十五年无人发现，这样的人并不多。季石那张秃鹫般深不可测的脸浮现在沈括眼前。

虽然尚未知晓这起事件背后的真正动机，可是沈括感觉自己掀开了盖在真相上黑幕的一角，已经触摸到真相的边缘了。

沈括将舱门关上。就让叶好龙的苦难封存于此吧。

冷雨中，沈括感觉有两行暖流混着雨水顺着脸颊淌下。

"现在还能找到愿意出海的船吗？"沈括看着码头上其他停泊的渔船问赵昆。

"许多渔船很久都没有启动过了，叔叔伯伯们不打鱼很久了。"

"那还有什么办法能出海吗？"

"现在这样的天气，除了我爸，没人能出海。"赵昆接着问道，"下这么大的雨，你要去哪里？"

沈括重重地呼了口气，说道："安息岛。"

赵昆偏头看沈括："那座岛不是已经消失了吗？"

沈括摇头说："不，它并没有消失。"

"那它在哪儿？"

"应该就在你爸救人的那片海域附近，我出海就是想要找到它。"

赵昆眼珠一转："那现在就只有一个人可以帮你了。"

"谁？"

赵昆昂着头，用力地说出一个字："我！"

"你？"沈括连连摆手，"我没法带着一个小孩子去冒险。"

"只有我才能帮你找到安息岛，我爸救人的时候我也在，是我跳进海里把人捞上来的。"

"你知道具体位置吗？"

"是不是找到安息岛，就能找到害死我爸爸的凶手了？"

如果赵文海是被人谋杀的话，动机无疑和安息岛有关。

"可以这么说。"沈括回答。

"雨越来越大了，我们赶紧出发吧！"赵昆转身钻进了大雨中。回到驾驶舱后，他学着父亲的样子点火启动，船身开始抖动起来，由缓转急，船舱里的灯泡忽明忽暗，发出"呲呲"声，几秒钟之后，发动机响起了轰鸣声。玻璃窗上的水珠也如同舞蹈般跃动起来。在赵昆的指挥下，沈括手忙脚乱地解开缆绳，手动拉起了铁锚，收回登船跳板。

船上其他部位的灯也打开了，整艘船变成了码头最明亮的物体。

沈括看见船侧下面的水流涌动，船头慢慢开始转向，对准了未知的前方。赵昆不太熟练地操作着船舱，乘风破浪向前进发。

沈括迎着疾风骤雨，抓着栏杆一路走到了船头，每一滴雨打在身上，都仿佛要刺穿皮肤直达内脏一样痛。探照灯将前方的半空打出一片惨白，他在雨中极力睁开眼睛，看向远方。那是安息岛的方向，那是父母的方向，是家的方向。

所有的谜底正等待他揭晓。

"你是哭了吗？"赵昆不明所以地看着回到驾驶舱的沈括问道。

"没有，眼睛里进了雨水。"沈括否认道，侧过脸在自己肩膀上蹭去水珠。

稳住了方向，赵昆离开舵盘给沈括拿来一条毛巾，让他擦一擦被雨淋湿的头发。

"安息岛周围很危险,你最好还是别离开你的舵盘。"沈括提醒道。

"没关系,那个地方老爸带我去过不止一次了。"

"你们经常来?"

"老爸说从那里捕上来的鱼又多又大,卖得出好价钱,只是很多人不敢去打鱼,据说那片海域鲸鱼怪时常出没。"

又是鲸鱼怪。在永乐岛上,这个词沈括耳朵都快听出老茧来了。

"你说鲸鱼怪真的存在吗?"沈括问。

"当然是真的。"赵昆毫不犹豫地回答道,"所有遇到鲸鱼怪的人都会遭遇不幸。岛上有不少人都死在鲸鱼怪的嘴里,所以大家才会非常害怕它。"

"一个传说中的怪物能有多恐怖?"

"我听我爸说,有个男的被吓得乱跑,跑到马路上被车撞了,救到医院的时候人一直抖个不停,过了好久也没有恢复正常,最后死在了自己的噩梦里。"

沈括嗤之以鼻:"遇到鲸鱼怪的人都死了,不就没有目击者了吗?"

"有很多人看到过鲸鱼怪,我爸就看到过。"赵昆争辩道,"就在我救人的那地方。"

"你看到了吗?"

"我可没有,我也不想看见它。"

从船离开码头的时间来看,应该已经到了禁止捕捞的海域,赵文海说看见过鲸鱼怪,有可能只是制造恐慌,实际目的是不想让其他人来这里而已。讽刺的是,他自己的死也被其他人和鲸鱼怪联系到了一起。

在永乐岛这样一个小地方，对于神明的信奉程度就能折射出他们对于鬼怪的恐惧程度，安息岛络绎不绝的香火证明了这一点。在有岛民不断目击和死亡的情况下，整个永乐岛的居民都相信鲸鱼怪的存在，这种恐惧根植在了每个永乐岛人的心中。

一个大浪拍上甲板，发出震耳欲聋的声音，海王号一起一伏地行驶在海面上，船头吃水很深，偶尔一头栽入海中，盛起一片汪洋。驾驶舱的玻璃被雨帘所覆盖，除了流动的水纹，什么都看不见了。赵昆牢牢抓住比他高出一头的船舵，可身单力薄的他，总会被惯性甩到一边，但他很快就会回到船舵前，把握船头前进的方向。与其说是在驾驶海王号，不如说是任凭它自己在惊涛骇浪中前行。

沈括在心里默默祈祷千万别撞上暗礁。几支铅笔掉在地上滚动，从一个角落滚到另一个角落，在湿滑的地板上和脚印混作一片。沈括看着铅笔的一道道拖痕，突然联想到了清之原里赵文海的尸体。他这个来得迅速而又出乎意料的想法，还来不及细细琢磨便被打断，海上一道暴风雨中的雷电，劈开黑幕重重的天空，海面像是翻了个身似的，无尽无止的漫天大雨，仿佛要洗净整个世界的污秽。船颠簸得更厉害了，下落时双脚甚至都要离开船体了，眼看赵昆就要失去对海王号的控制。

赵昆心里也没了底，他和沈括一起穿上救生衣，各自扣好胸口的搭扣，将下摆的两根绳子固定在了大腿上。

"还有多久能到？"面对极端恶劣的天气，沈括担心海王号撑不了多久。

"应该就是这里了！"赵昆说道。

"这里？"

外面滂沱大雨，除了一浪高过一浪的惊涛骇浪，什么也看不见。风声、水声以及不知道船上哪里的金属零件碰撞声，所有的声音混杂在一起，即使沈括距离赵昆不足一米，也要扯着嗓子喊对方才能听见他在说什么。

"这里什么都没有。"沈括大声喊道。

"我就是在这里救的人，可是我没有看见过有什么岛。"

"你再仔细想想，就在附近的话，你不会看不到的！"

赵昆回想着当时营救叶好龙的情况，咸到发苦的海水，刺眼的太阳光，一望无际的海平面上没有任何的参照物，他甚至连永乐岛的方向都搞不清楚。

"你让我现在跳进海里救人，都比想这个容易。"赵昆几乎抓狂。

"不要去想岛的位置，看看有什么细节可以回忆，让那些细节来帮我找到安息岛。"沈括循循善诱。

"细节……"赵昆紧闭双眼，沉下心来，耳边的嘈杂声慢慢变成了浪涛的声音，仿佛又回到了救起叶好龙的那一刻。叶好龙的面容在眼前闪动，赵昆咬紧牙关，托着他慢慢向海王号游去，父亲扔下的救生圈就在眼前，赵昆一把抓住，给叶好龙套了起来。远远能看见父亲正在放下软梯，等着他们游过去。父亲才去世几天，他的样子就变得模糊起来，赵昆没法往下想了。

"那天的大海和平时一样，非要说有什么特别，就是在我下海的时候，喝了几口海水，海水的味道很酸，和以前的感觉不一样，到了嘴巴里滑滑的，有点微辣，我甚至有点想呕吐。"

"海水不是咸的吗？怎么会是酸的呢？"

"我不知道。"赵昆看着船舱外升起的骇浪，像一座座滚滚而来的小山，以各种变幻不定的形态冲向海王号，毫无畏惧地撞个粉身碎骨，白色的泡沫退去，能闻到残留在船上海藻的霉腥味。赵昆已经无法驾驭海王号了，它就像一片叶子，在风暴中随波逐流，摇摇晃晃的船体随时可能被海浪倾覆。

不知是哪里出了故障，船舱里的灯闪了几下之后，突然熄灭了，电子仪器也全都失灵了。黑暗中，赵昆害怕地靠向沈括，强忍着不让自己哭出来。父亲曾经对他说过，他们靠海吃饭的人，是绝对不会死在海里的。

他俩蜷缩在角落，竭力不让自己被甩出舱外，赵昆一语不发，但沈括能感受到他因为恐惧而发抖的身子。他的鼻孔张得好大，鼻翼一张一翕，用力地喘着气。

"我想爸爸。"赵昆在黑暗中带着哭腔说道。

沈括后悔让赵昆带自己出海，他虽然比自己懂得航船，但终究是个孩子。沈括拍拍他的后背，安慰道："如果你爸知道你这么勇敢，一定会把渔老大的位子传给你。"

赵昆嘴唇嚅动两下，却什么话也没说。沈括的心也跟着沉了下去。

海王号发出一声巨响，船身终于经不住反复的冲击，出现了一道裂痕，无孔不入的海水钻进船体，船身开始倾斜，沈括和赵昆支持不住滑出驾驶舱，冲向栏杆。汹涌的海水立刻包裹住他们，沈括将赵昆环抱在怀里，用身体护住他，自己的背部狠狠撞在了栏杆上。沈括只感觉天旋地转，眼冒金星，还来不及反应，整个人就被海水吞没了。

海水灌进耳朵，狂暴的世界忽然安静下来，沈括的鼻腔感觉到了水的压力，涌上一股子血腥味。身旁的赵昆不知所踪，沈括展开双手在水下摸索，什么都没有触摸到，手掌只感受到水流的冲力，身体在水里不由自己，被卷入漩涡之中。

沈括试着睁开眼睛寻找赵昆,一个熟悉的轮廓出现在不远的前方,蔚蓝色海面之上一片绿色的隆起,随着波浪的浮沉,时隐时现。沈括奋力划水向它游去,不知什么时候,暴雨停了下来,整个天空乌云散去,焕发出宝石般的蔚蓝。

和风吹过天际,这场暴风雨过去,终于迎来了太阳。

越来越靠近了,绿色慢慢延伸,满眼的翠绿如此鲜活,将单调的蓝色天海点缀得生动有趣。

安息岛。

我的家乡。

忽然,鲸鱼怪张着血盆大口从黑暗的海底冲向沈括,沈括被激流顶出海面。漫天的疾风骤雨并没有停止,沈括的体力也在挣扎中逐渐耗尽,再也没有力气让自己浮起来了。

是要死了吗?

沈括心里没有一丝恐惧,只是可惜到最后还是没有找到安息岛,还连累了赵昆。刚才在海王号上,沈括已经解开凶手伪造赵文海死亡现场的手法了,还来不及把真相告诉赵昆。

肺里最后一点空气被挤了出来,沈括的意识模糊起来,身体往大海深处沉去。

沈括感觉到有一种粗糙质感的毛发正在摩挲他的脸颊,像是父亲的胡子。不知从哪传来一个声音,像是呻吟,又好似在呼唤:

"阿括……阿括啊!"

也许是在水下的缘故,声音听起来有些稚嫩,但语气却又像是父亲。

"爸……爸。"沈括吐出最后一口气。

水中升腾起一串水泡,水泡一路向上,还没抵达海面,就被翻涌的浪潮吞噬了。

海面之下,暗流涌动。

在医院的一整个上午,项北筋疲力尽。叶好龙的尸体已经在医院的停尸房里安置妥当,其病房全都拍了照片留档,以便日后查阅。

项北和郁铭在二一四病房门口支起临时警戒线,暂时不允许任何人出入。

不到十一点,胃里的早餐已经消化殆尽,项北揉了揉饥肠辘辘的肚子,问老郁有没有吃的。

"年轻人还真是胃口好。你想吃什么?"

"韭菜馅的饺子。"

"你可真是百吃不腻。"郁铭放下手里的活,出去给项北买午餐。

走廊里只剩下项北一个人,他在走廊的座椅上坐了下来,眼神空洞地望着某个焦点。方才还明亮的窗外,光线逐渐黯淡,病房里没开灯,屋子中央的绷带变成了黑色剪影,忧伤地垂在空室中,和父亲用来挂在梁上自杀的那根绳子很像。

不知道为什么,今天目睹了叶好龙的自杀现场,让项北原本对父亲自杀的怀疑降低了许多。小时候因为不能接受父亲的离世,他才在毫无根据的情况下,坚信父亲不是自杀的。

对立志于要保护家乡的项北来说,这几天深受打击,接连死亡的赵文海和叶好龙、沈括的遇袭以及自己在山洞遭遇的一系列事件,让他觉得自己身为永乐岛的警察,却对发生在岛上的事都无能为力。而沈括来永乐岛短短几天,就已经找出了上吊自杀的破绽,自己好胜心作祟,才会和沈括起了争执。另一方面,季洁对于沈括过于热情的态度，也令他心生嫉妒。

季洁算是项北唯一的异性朋友，小时候一起玩沙子的时候，她遇到了危险，差点就没命了，幸好化险为夷。但那天之后，季洁对沈括的态度有了微妙的变化，受到父亲季石的限制，她很少出来和他们一起玩了。再后来见到季洁，总觉得她的样子发生了很大的变化，总体来说是变漂亮了许多。小时候的季洁长得有点奇怪，具体记不清楚，但不知道为什么，看到叶好龙的时候总觉得他和季洁有点像。

之后没多久，就发生了安息岛消失的事件，沈括和项北的家里都有了重大变故。沈括去了上海，和他们俩很久没有再见面，长大后的项北和季洁独处时间多了起来。后来项北离开永乐岛去读书，也一直和季洁保持着联系，项北不知道对季洁的感情算爱情还是友情，只是原以为自己和季洁关系更加密切，直到沈括再次出现，季洁对他的态度让项北有了落差感。

项北拍拍自己的额头，这个时候怎么净想这些乱七八糟的事情。

不过冷静下来，项北在想沈括能找到什么证据来证明叶好龙不是自杀呢？如果不是自杀，必然是被人谋杀的，虽然不知道凶手在杀人后如何离开屋子，但很可能父亲和叶好龙是被同一个人杀死的，而且这个人应该就是永乐岛人，将死者伪装成密室里自杀的样子，案件才不会被追查下去。凶手杀害父亲和叶好龙的动机还不得而知，而且时间相隔了十五年之久，两人也不算熟识，难道他们的死都和安息岛有关？

依照这个假设，父亲的死和安息岛消失是在同一个晚上，叶好龙的死刚好发生在沈括寻找安息岛之际，两者之间看似有某种联系。

究竟安息岛的消失隐藏着什么样的秘密？会不会是凶手想杀了沈括的父母，才制造出一系列的事件呢？但就算再怎么厉害，也不可能为了杀人让一个岛都消失吧。看沈括的态度，好像真的有这样一位凶手存在。

"可恶，竟然败坏父亲的名声。"项北咬着后槽牙说道。

安静的走廊里响起了项北的手机铃声，是已经离开一段时间的郁铭打来的。

"老郁，东西买回来了吗？"

"小北，你回派出所一趟，有人找你。"

"找我？"项北疑惑道。岛上大多数人都认识项北，会直接打电话给他。

"说是从上海来的，你赶快回去吧。"

项北在门上贴了封条，确认无误后，骑车赶回了派出所。

在派出所里，项北见到了这辈子见过的最美丽的女子。

回到派出所的时候，外面下起了零星小雨，项北把自行车靠在派出所门外的树旁，用树荫挡雨。派出所的木质门牌年纪比项北还大，上面的字是手工雕刻的，需要用毛笔描黑字体，淋雨时间长了字就会褪色。几十年来，这块门牌一直守护着派出所，而这间只有两名警察的派出所守护着永乐岛。

派出所墙上的空调吱呀吱呀地工作着，但几乎没有什么制冷效果，只能在座位旁摆上一个大风扇解暑。

女人坐在派出所的长凳上，低头专心致志地刷着手机。她高高的鼻梁上架着一副墨镜，遮住了大半张脸，黑色的镜片衬托出她嫩白的肌肤，饱满的嘴唇像涂了口红一样艳丽。她身着一条棕红色带白色圆点的连衣裙，恰到好处地包裹住凹凸有致的身体，脚上踩着黑色后系带的高跟鞋。周身散发出的美艳气质令人窒息。

项北一进门，就闻到了她身上的香气，清新甜美的味道。

"小北，你回来啦！"先到一步的老郁朝长凳上的女人努努嘴，提醒项北道，"就是这位小姐找你。"

女人一看就不是永乐岛本地人，项北也从来没有见过她。

"小姐，你找我什么事？"项北骑车回来的路上没有穿雨衣，身上被小雨淋湿了一片，他脱去了外面的制服，用手甩着短袖T恤的下摆。

"你是项警官？"女人迷惑地看着项北。

"没错，就是我。"

女人摘下墨镜，清泓般透彻的双眼令项北内心一颤。她再次确认了一遍项北的身份，露出了失望的神情。

"这里还有其他姓项的警官吗？"

"我们整个岛上，就只有两个警察。"项北问，"你到底是谁？"

"忘了自我介绍，我叫刘思沫，是沈括的妹妹。"

项北没想到沈括居然有一个这么漂亮的妹妹。如果说季洁是大美女的话，那么刘思沫简直就像女明星一样。项北张着嘴，半天说不出话来。

"你是从上海过来的？你是大刘的女儿吧。"郁铭寒暄道，"你爸身体还好吗？"

"叔叔，您认识我爸呀！"

"我和你爸小时候穿一条裤子长大的，小时候你来外婆家才这么点高。"郁铭在大腿处比画着高度。遇见旧友的女儿，郁铭显得很高兴，家长里短地询问着刘绮在上海的近况。"没想到一别就是十几年过去了，你记得要替我向他问声好。"

"其实，我爸不知道我来永乐岛，我主要是为了我哥来的。"

"你哥？"项北问，"阿括怎么了？"

刘思沫把两名永乐岛警察前往上海调查的事情告诉了他们，那两名警察显然是假扮了项北和老郁，借着沈括涉嫌杀人的缘由调查了刘绮。听了刘思沫对两人外貌的描述，项北怎么也想不起来永乐岛上有这样两个男人。他们对沈括的诬蔑，让人不得不将他们和沈括在海边的遇袭事件联系到一起。

"你说有人要害我哥？"刘思沫从座位上蹦了起来，"他现在人在哪儿？"

"上午还和我们一起在医院呢。"项北答道。

"医院？他怎么了？生病了吗？难怪让我帮他去比赛。"

项北假装没听见她的问题，走开去给自己倒了杯水，他还在为医院的争吵而生气。

"放心吧，阿括没事。"郁铭道，"你说的比赛是什么？"

"我哥正在参加一场棋赛，如果后天赶不回去的话，比赛就要输掉了。"

"这事没听他提起过，看他没有要回去的打算，可能放弃比赛了吧。"

"怎么会？我哥的队友还指望他赢得比赛呢。"刘思沫有些着急了，"我哥现在到底在哪儿？"

"这我就不知道了。"郁铭耸耸肩，"永乐岛说大不大，说小也不小，找一个人还是要花点时间的。"

"外面下这么大的雨，他能跑去哪里？"

经刘思沫这么一说，坐在座位上的项北抬头，才发现雨势渐大。雨幕中，一辆摇摇晃晃的自行车朝着派出所而来，骑车的人身着雨衣，看起来十分匆忙，把车挨着项北的车旁，连脚撑都没有放下,迈步向派出所里走来。

一进派出所,张梅珠摘下雨衣的头罩,哭丧着脸,大呼小叫道:"老郁啊!那个外地来的小子,把我儿子拐走了!"

"你说阿括?"

"我不知道他叫什么名字,就是从上海来的。他刚才来了一次我家,我儿子就跟他一起走了。"

"他们能去哪儿?"郁铭不以为然。

"我看他们往北去了,我一直找去码头,发现我们家老赵的船不见了。"

项北听了之后,连忙问她:"你儿子会开船吗?"

"他爸一直说要让他继承他的事业,两个人没事就泡在那艘船上,你说他会不会开?"

郁铭和项北面面相觑,依照现在外面的雨势,估计摆渡船都停了,一个十几岁的孩子驾驶渔船出海是非常危险的。

"我给应急指挥部打个电话,看看能不能找到他们。"郁铭站起身来去打电话。

刘思沫听出他们在说的人是沈括,眼泪不由自主在眼眶里打转,避开张梅珠偷偷问项北:"我哥不会出事吧。"

项北也不知如何应对这事,只能故作镇定地说道:"你哥那聪明的脑袋,还能让自己出事嘛!你就别担心了。"

"你知道他这次来永乐岛的目的,为达目的他会不惜任何代价。"

项北想到沈括在医院临别前坚决的眼神,不免有些担忧。

经过一番联络,老郁从指挥部处确认,海王号在一个小时前驶离了码头,驶向了东北方向尚处在禁捕期的海域。老郁将这个消息告诉了张梅珠,张梅珠急得双脚乱跳,吵着闹着让老郁开船去找他们。

项北再也无法强装镇定,忧心忡忡地搓着手。

刘思沫紧张地俯着身子,问:"事情很糟糕吗?"

一下靠过来的刘思沫,香味扑面而来,项北的脸唰一下就红了,好在皮肤黑看不太出来。

"快告诉我!"

项北被逼得连连后退,咕噜地咽下口水说:"他们应该是去原本安息岛所在的位置,那片海域的暗礁很多,出过不少事故。"

刘思沫听得掌心直冒冷汗。

郁铭松了松自己的衣领,和指挥部依然保持密切联络。他们已经派出搜救船只,根据GPS的定位,前去那片海域找寻海王号。但海上的天气条件十分恶劣,搜救船不敢贸然进入那片海域,有进一步消息指挥部会及时反馈给派出所。

不依不饶的张梅珠还在纠缠,一道亮得让人睁不开眼的闪电点亮了这片天空。接踵而至的雷声响彻云霄,吓得刘思沫捂住耳朵,躲到了项北背后。

暴风雨似乎要将整座岛撕成碎片,天地都为之颤抖,对于永乐岛上的每一个居民而言,这又是一个令人不安的雨夜。

晚上九点,外面的雨势转小了,不过指挥部依然没有海王号的消息。郁铭好说歹说,把张梅珠劝回家等消息。尽管张梅珠不太情愿,但家里还设有灵堂,一堆事情等着她去做,她喊着明天还会再来,要是找不到赵昆,她就天天来派出所守着。

刘思沫来得匆忙,只背了一个包,什么都没有准备。回去的轮渡已经停运了,她晚上没地方住,项北就联系了季洁。听说是沈括的妹妹,季洁就安排刘思沫住进了季风海鲜酒店,还派了车来接她过去。

不知道为什么,项北在和季洁说这件事的时候内心有负罪感,觉得自己背叛了季洁。果然男人一看到漂亮女人,就会心旌摇曳。

总算把事情都安排好,项北肚子发出"咕噜"的声音,他才发现老郁给自己买的饺子还没有吃。项北吃饱肚子,伸了个懒腰,准备下班回家。郁铭已经先走一步,项北独自锁好派出所的门,骑了自行车回家。

路灯引导下的一条路,绕着山丘而建,蜿蜒曲折。

右脚的伤骑车还会隐隐作痛,项北就推着自行车步行一段,原本应该夜阑人静的永乐岛,这个时间还有地方灯火通明,远远能听见施工的声音。项北知道是季石新开发的楼盘明天正式动工,正在搭建明天发布会的舞台。

这块地因为老商户不肯搬迁,一直和动迁组谈不拢,郁小虎时常带人去骚扰,项北出面调解过好几次,但是没过几天,郁小虎又会过去。几次一弄,几家商户也就没了客人,但即使在威逼利诱之下,老商户们态度强硬,始终不愿意和动迁组达成协议。那片商业区的经营者大多是继承上一辈人的祖业,拆迁后虽然可以分配到商品住房,但总觉得在永乐岛上的根没了,和那些外地来买房子的人没有区别了。

除了那片老商户的房子还保留原样,周围都是全新的房子,蓝顶白墙,像极了照片里希腊圣托里尼岛的建筑群,店铺也都起了五花八门顺应潮流的名字,招牌上安装了各式各样的霓虹彩灯。原来的酒坊卖起了咖啡,原来卖菜的铺子卖起果汁,琳琅满目的橱窗里摆的也是各个旅游胜地大同小异的商品。但是每家每户门口都摆放着驱魔辟邪的小神龛,项北知道这是大家害怕鲸鱼怪而供奉的神明，永乐岛上的岛民都是听着鲸鱼怪的传说长大的，就如同城里人的各种鬼故事一样，要是说起鲸鱼怪，哭闹的小孩子立刻就吓得不敢哭了。而大人们的恐惧程度有过之而无不及，每年都会有关于鲸鱼怪的离奇事故，大家都怀着畏惧之心，相信世界上真的有鲸鱼怪这样可怕的怪物。项北不禁苦笑起来，不知这算是风土人情，还是封建迷信。

不知不觉，穿行在这条路上也完全没有了小时候的感觉，项北才有了几分怀旧的伤感。

老商户的经营者大多数是年长的岛民，对他们来说，以前的永乐岛才是最好的，也许那是他们最美好的时光，也许他们并不想改变自己的生活方式，才会对近些年来的现代化建设十分反感。

如果有选择，项北也更愿意回到小时候，自己在父亲的爱护下无忧无虑地生活，身边是最亲密的朋友，不需要坚强地去守护什么。

回到家里，项北整个人都放松了下来，他倒了杯水，一饮而尽，准备再倒一杯的时候，看见水瓶底下压着一张写满字的纸片。项北心中一紧，他确定昨天没有见过这张纸片，难道家里又进人了？

项北早上走得仓促，忘记自己有没有锁门了。检查了一圈屋子之后，项北回到纸片面前，鼻子突然一酸，干涩的眼眶里感觉到了久违的眼泪。

纸片上苍劲的字体，和项北藏在铁罐里的便条一样，是父亲留下的。项北看见起首写着"小北"两个字，父亲和大家一样，都是这样称呼他的小名。项北眼泪忍不住了，一下子就想起了父亲。

他认真地逐行阅读，眉毛慢慢拧成一团，仿佛看了一堆不会解的数学题，脸上堆满了困惑不解的表情。看完之后，项北似乎不太确定，屋子里的灯光有点昏暗，他拿起纸到灯下又看了一遍。

终于，他确定了纸上写的内容，回到昏暗的角落里，一屁股坐在沙发上，整个人笼罩在阴影之中。

从镜子里可以看见贴在门上的父亲项京的照片，那激昂的表情，仿佛在说我要为了永乐岛奉献一切。

如果父亲是被人杀害后伪造成自杀的，安息岛的消失也是此人一手策划的话，那么正是这名凶手让沈括和自己在同一天里变成了孤儿。

项北从书柜最下面的抽屉里取出了警用腰带。腰带还是崭新的，没有佩戴过几次，项北站在镜子前，将腰带调整到合适的长度，扣在了腰际。腰带上插着手铐、警棍、辣椒水喷雾，微弱的光就让它的金属外壳熠熠生辉。项北原以为自己会和老郁一样，在平和的永乐岛上当一辈子警察，根本用不上这些装备。

深沉的夜色如墨，浓稠得化不开。

项北关掉了房间里所有的灯，睁开眼睛和闭上眼睛感觉是一样的。

他一夜未眠。

第七章

二〇一六年八月二十四日。

项北没等闹钟响就起床了，全副武装以后，一直看着手机发呆，他有预感电话很快就会响起。

果不其然，项北很快接到了郁铭的来电，沈括和赵昆被救到了医院，两个人虽然受了伤，但神志清醒，没有生命危险，现在徐院长正亲自治疗两位病人。

赵昆被救起来的时候，说是海豹救了他们，它从水里将他们顶起，推到了一块浮木旁边，让他们得以被发现。

听到沈括平安的消息，项北绷紧的神经才松弛下来，他一边吃着煮熟的鸡蛋当早餐，一边想着昨晚那张纸片上的内容。虽然内心一直坚信父亲不是自杀，但现在真的有人要对他说出真相了，项北心里却一时五味杂陈。

最终，他下决心一般将剩下的鸡蛋一口塞进嘴里，扣上警帽，骑车出门了。

昨晚淋湿的地面已经风干，路旁植物的枝叶被打得东倒西歪。擦去自行车坐垫上的雨水，项北左脚踩住踏板，右脚一蹬，划出一个自然的弧度，轻松地骑上了车。

项北没有依照平时上班的路线骑行，也没有去医院的方向，而是到了路口向北拐，稍远处就是季风房地产开发公司为今天的奠基仪式搭建的舞台。

大红色的舞台背景上，印着季风房地产开发公司的LOGO、项目的名称以及今天的日期，在背景靠右侧的地方，还有一张季石意气风发的照片。背景上方飘浮着六只灯笼形状的气球，气球下飘着写有各种贺词的彩带。舞台很大，将后面已经搬空的破旧老房全部挡在了视线之外。铺着大红地毯的舞台上，摆着一张桌子，桌子上放着一个透明的小箱子，箱子上开了一个足够手伸入的圆孔，箱子里是一个红色的按钮。

项北到达的时候，距离仪式开始还有半个小时。现场来了不少观众，人声鼎沸。工作人员各就各位，舞台下摆着十几排折叠椅，已经有不少穿着季风工作服的员工入座了。第一排座位的椅背上贴着名牌，季石的座位是空的。项北穿梭在人群中，寻找着季石的身影，突然一只纤手从后面拽住了他。

"小北，你怎么在这儿？"一身黑色晚礼服的季洁从身后走来。

项北刚想揶揄几句，想到有事在身，立刻问道："你爸在哪儿？"

"我爸？他在后台准备待会儿的演讲稿呢。"

"知道了。"项北径直朝后台走去。

"你今天干吗穿成这样啊？"季洁还是第一次看见项北穿这么正式的制服，甚至还戴上了警帽。

季洁觉得项北今天有点奇怪，说话惜字如金，追问道："哎，小北，你找我爸有事啊？"

"对。"项北头也不回地走开了。

他快步来到一堆人簇拥的季石面前。季石的秘书看见来势汹汹的项北，一个箭步挡住了他的去路。

"项警官，请问有何贵干？"

项北没有理睬他，用威严的口吻对季石说道："季先生，请您跟我回去协助一起案件的调查。"

没等季石回答，秘书抢先说道："典礼快开始了，季先生马上要上台。"

项北面无表情地重复了一遍刚才的话。

季石给了秘书一个眼色，秘书点了下头离开了，向远处人群集聚的地方走去。季石向前一步，脸上堆满笑容对项北说：

"小北，能不能给我一个小时的时间，等我读完演讲稿就跟你走。"

"这恐怕不行，你必须马上跟我走。"

人群里爆发出一阵嘈杂，郁小虎领着几个手下冲了过来，显然刚才秘书去请了"救兵"。他们将项北团团围住，并让他离开这里。

项北对郁小虎的威胁嗤之以鼻，义正词严道："你现在是在妨碍公务，请立刻停止这种行为。"

"我爸郁铭是你顶头上司，你回去问问他，我算不算妨碍公务？"郁小虎梗着脖子耍狠道。

众人也是一阵哄笑。

"季先生，请你不要离开。"项北隔着人朝季石喊道。

可是季石装作没听见，往反方向走去。眼看季石要在郁小虎的掩护下离开，项北抽出警棍，大吼一声：

"季石，我现在以永乐岛派出所民警的身份，将要对你采取强制措施。"

"那你试试看！"郁小虎和他的手下叫嚣道，"你一个岛上的小小片警，真把自己当个人物啦。"

双方起了争执，项北凭着自己健硕的体格，挤开一条路揪住了季石的衣服，死死不放。但毕竟项北只有一个人，势单力薄，推搡之下警帽都不知丢哪儿了。不知谁踢了一脚项北腿上的伤处，痛得他松开了手，龇着牙单膝跪地抱住自己的右腿。

郁小虎一群人对他拳打脚踢起来，项北无法反击，只能护住头部，左右闪避。

"你们干吗呀？"季洁跑来推开了郁小虎，"快住手！"

"我们替董事长教训他呢！"郁小虎说。

"有话好好说，怎么能打人呢？"

季洁想要去搀扶受伤的项北，可项北并不领情，而是走到了舞台上，用话筒对着在场的所有人说道："季风房地产公司的董事长季石，涉嫌十五年前谋杀上一任镇长项京……"

"你发什么神经？"季洁夺过项北手里的话筒，当胸推了他一把。

"他是清白的话，就应该跟我去证明自己。"

"小北，你不看看现在是什么场合吗？"

"今天如果我带不走他，那么这个典礼也别举行了。"

"你没必要一定今天来搞事情吧。"

"因为今天才有了他杀死我爸的证据。"

"你说我爸杀了你爸？"

看着项北一脸悲愤的表情，季洁知道，长久以来项北对父亲的自杀心存怀疑，如果不是掌握了重要的证据，他是不会这样做的。

季洁转头看向季石，父亲也正向她投来目光，似乎在期盼她的信任，可是在场的观众却抑制不住地骚动起来。在场大多数人都是永乐岛上的居民，大家当年都受到过前任镇长项京的照顾，听闻项京是被谋杀的，纷纷支持起项北来。

秘书看情势不对，在季石耳边劝说放弃典礼的演讲。

季石摆摆手，将刚才被项北扯乱的西服整理好，不顾秘书和郁小虎的反对，稳步来到项北的面前，说道："既然项警官态度这么坚决，那我一定配合。但如果你的调查完全是污蔑，最好有人为今天的损失负责。"季石虽然语气温和，但完全是一派居高临下的姿态，并且把后果说得很严重，在众人面前挽回一些颜面。如此一来，项北将背上沉重的思想包袱。

项北淡定地说道："可能要占用你一些时间，我看典礼可以继续进行，没必要等你回来了。"

"我们怎么过去？"季石指了指项北的自行车，讥讽道，"该不会坐这个吧？"

一番话引得人们哄堂大笑。

项北这才想到，自己没考虑到这一点。

"爸，我送你们过去吧。"季洁拿出车钥匙，按下了遥控开关。

季石看着季洁走向汽车的背影，不由得愣住了，季洁看起来格外积极，像是比项北更想知道事情的真相。

季石的喉结在皮肤下蠕动。他咽了口唾沫，润了润发干的嗓子。

项北没有让季洁往派出所开，而是去医院。季洁问起原因，项北说了句"到那儿就知道了"之后，就窝在后座上一语不发。

三人一路无话。

十几分钟后，他们抵达了医院。

项北让季洁离开，但季洁执意和父亲一起下车。项北拗不过她，就领着他们俩上了二楼，叩了叩二一四病房的门。

原本安静的病房里一阵热闹。

"小北,你终于来啦!"来开门的是郁铭。

项北发现病房里还有另外几个人。除了老郁之外,还有正在病床旁查看赵昆情况的徐庶,赵昆躺在病床上,身体已无大碍,太过疲劳的他已经睡着了。刘思沫站在窗边,依然还是昨天的一身衣服,盘起的头发显得干练不少,她身旁是换了病服的沈括。加上刚到的项北他们三人,一共七个人,不大的病房一下子变得拥挤起来。

"怎么这么多人?这是怎么回事?"季石原以为会去审讯室,没料到会有这么多人在场。

"我也不清楚。"项北也蒙了。

"不是你让我在这里等你吗?"徐庶说道。

"是啊。小北,你把这么多人叫过来想干什么?"郁铭费解道。

项北用下巴朝沈括的方向抬了抬:"你们问阿括吧,是他留言让我把季石带来医院的。"

就在众人一头雾水之际,站在窗边的沈括转过身来,开口说道:"之所以让大家都来这里,是我想和大家说一说有关安息岛以及赵文海与叶好龙之死的情况。经过一番调查之后,这十五年来积压在我心头的谜团,总算是有答案了。"

"如果只是听你说这些的话,我就不奉陪了。"季石说,"项警官,你应该知道我今天的仪式有多重要。"

"我只是来治疗你们两个出海落水的人,这些事和我也没什么关系。"徐庶收起听诊器,准备离开病房。

"不,今天在座的各位长辈,都和当年的事情有关。"沈括逐一扫视着每个人的脸,最后目光停留在季石身上,"季伯伯,好不容易把大家聚到一起,就请听听我的愚见吧。毕竟这关乎我父母的失踪以及小北父亲自杀的真相。"

季石眉头紧蹙,双手在胸前交叠,稍稍叉开腿,站定在原地:"那我就给你半个小时。"

徐庶抿着嘴,也在病床边坐了下来。

"小北,麻烦你把病房的门关上。稍后要说的内容,也许连我自己都难以接受,所以恳请大家耐心听我说完。"沈括慢慢走到病房的中央,他背光的脸显得深邃而又肃穆。沈括如舞台上的主角,所有人都在等待他的发言,十五年前延续至今的安息岛事件,终于有人掀起它尘封已久的面纱。

沈括用不带丝毫感情色彩的声音,开始说道:

"一切都从我回到永乐岛开始说起,因为赵文海救起了叶叔,才让我对安息岛消失事件又重燃希望。当年随着安息岛一起消失的叶叔其实并没有消失,作为安息岛消失一事的亲历者,他一定知道其中的秘密,所以才会被人囚禁在清怀山的山洞里。他在石壁上刻下密密麻麻的印迹,记录下每一天被囚禁的时间,十五年来虽然受到了非人的对待,但他一直活到了现在,说明有人一直为他提供食物。他就像野兽一般,被喂养在荒野的山洞里,为了避免有人接近他所在的地方,囚禁他的人开始散布清怀山上有鲸鱼怪的传说,让人不敢靠近那片区域。显然,赵文海早就知道叶叔的下落,是他将叶叔带到了海上,再将他丢进海里,自编自导了一出救人的好戏。就在他救起叶叔之后,他告诉儿子马上会得到一笔钱,但随后就在清之原意外身亡。救人这样的好人好事,性格一向直爽的赵文海却一反常态让妻子不要多嘴,不愿表露功绩,身亡当天他穿戴整齐,显然是要去见什么大人物,可为什么最后会跑去泥泞的清之原呢?这里面的诸多疑点,让我联想到这可能是一起因为勒索而产生的谋杀案,赵文海借用抛出被隐匿多年的叶叔这个办法,来对永乐岛上的某人进行勒索。就像是在说

'别以为我不敢把当年的事情抖出来'这样的狠话，而那位大人物为了守住秘密，不得不让赵文海闭嘴。

"虽然我并没有证据证明赵文海的死是一起谋杀案，但我被人推进海里，以及叶叔死在这间病房里、伪装成上吊自杀，都可以证明这个幕后大人物的存在。叶叔被送入医院之后，虽然没有了生命危险，并且长期禁闭的生活令他精神错乱，但在我来探视的时候，依然遭到了阻挠，有人担心叶叔会在不经意间泄露他们的秘密，他这样出现在大家面前，对某些人是一种威胁，我想这就是他遇害的原因。而我一直不明白自己被偷袭的原因，直到叶叔遇害，我才明白过来，袭击我的人是担心叶叔给我的那张纸上透露了当年的秘密，但其实那张纸上只是他的一些胡乱涂鸦罢了。幕后的人为了守住秘密，才不得不对我下手。究竟是怎样的秘密，不惜以牺牲人命去隐藏？"

沈括说到这里，眼眶泛红，握拳的双手在身侧微微颤抖。

季洁不由得看了一眼父亲，在场的人中，在永乐岛上称得上大人物的就只有一个人。季石正睁大眼睛，一动不动地看着沈括，认真地听他说下去。

"好在叶叔混乱的记忆还是给了我一些帮助，他写下的数字'67'，是以前拿我舅舅刘绮名字的谐音开的玩笑。"

"原来那个警察是你！"刘思沫惊呼起来，在上海酒吧里的那位年轻警察有过同样的推断。

沈括点头承认："我在落海时侥幸活命，上岸后本想去找小北，但又恐袭击我的人也盯上他，便借机先回了一趟上海。我学你平时的化妆，做了一点伪装，还叫上棋牌室的老聂帮忙，假装是永乐岛的警察，从舅舅那里套出了方叔的下落。"

方叔的弟弟杭先生对刘思沫所说的一切，在她之前就已经全都对沈括说了一遍。而沈括在酒吧已经发现了偷听的刘思沫，所以杭先生才对刘思沫的到访并不意外。

"思沫，很抱歉要你替我去下棋，因为时间紧迫，我没办法赶去比赛，才出此下策。"

"好在江元和章磊帮了很大的忙。"刘思沫做了个加油打气的动作，"你记得回去赢下比赛报答他们就行了。"

"是你去我家拿走了行李，为了赶回上海？"项北明白过来。

"没错，我顺便看了看项伯伯的房间，想了解下当年他自杀的现场情况。"沈括转过身对郁铭说，"老郁，你可能以为我死了，才谎称有匿名电话，说目击了我杀死赵文海的过程，想要嫁祸给我。

"言归正传。回到上海的那番调查让我知道了一件事，当年永乐岛要发展石油开采，希望开发安息岛，但是遭到了我父亲的拒绝。安息岛消失前一天晚上，方叔看见赵文海带着项伯伯去了安息岛，当晚项伯伯就被人杀害了。那晚他去安息岛上究竟做了什么，说了什么，现在已经没有证人了，但显然他的死和安息岛开发有关。他也许是知道了某些阴谋后，前往安息岛告诉我父亲或是实行劝说，却被开船送他的赵文海告密，被灭口。安息岛的消失恰好让石油开采企业如愿。安息岛所属的海域可以由身为渔老大的赵文海支配捕捞，这些事件背后的获利者，正是季伯伯你的季风集团。"

沈括将矛头直指季石。季洁吓得捂住了嘴，惊恐的眼神在沈括和季石之间来回飘移。

季石似乎早有准备，他双手插进裤袋，不慌不忙地反问道："抛开你的阴谋论不说，你有什么证据说当年项京是被谋杀的？那可是警察都定性为自杀的案件。"

"我当然有证据。"沈括自信满满地说道,"项京和叶叔的被杀方式十分相像,凶手都是在密闭空间里,将被害人伪装成自杀的样子。"

"阿括的意思是这两起自杀案其实都是密室杀人。"项北向大家解释道,"也就是说凶手使用了某种方法,使案件看起来是自杀的不可能犯罪。"

"某种方法?"众人不解。

沈括走到原本躺着叶好龙尸体的位置,指了指自己的脖子:"是叶叔尸体上的勒痕给了我启示,他是被打了水手结的绳子勒死的,现场发现的绷带已经散开,看起来是被受害人扯断的,但其实它原本就是那样,勒死叶叔的是另一条绳子。凶手事先将绳子套在叶叔的脖子上,绳子两头穿过天花板上的圆环,再从气窗的小空隙拉到窗外,这样一来,凶手只要在外面拉动绳子,当绳子收紧就会将叶叔吊起来。脖子被卡在绳子和圆环之间,叶叔窒息而死。等到叶叔不再动弹,凶手松开绳子,护士阿雅听见的声音,就是叶叔的尸体从半空中摔落的声音。杀死叶叔后,凶手抓住绳子的一头,将绳子抽出室外,窗框下沿的擦痕就是这样造成的。绷带和椅子都是事先放在地上的,等大家破门进去的时候,看到的就是一个自杀现场。十五年前项伯伯在家里,也是被凶手用同样的方法杀害后伪装成自杀的。"

"是谁杀了我爸?"项北已经怒不可遏。

"因为凶手要在室外杀人,那条用来杀人的绳子必须足够长、足够结实。这绳子起码要二十米,很难找到这么长的绳子,所以凶手用两条绳子接起来,打了水手结固定——"

项北打断道:"我知道了,凶手是赵文海!只有他会打水手结,难怪那时候你说要去找会打水手结的人。"

"等等！"老郁提出了异议，"如果赵文海杀了项京时间还对得上，但叶好龙死的时候，赵文海已经死了啊。"

沈括答道："杀死叶叔的另有其人，这人用了当年的那条绳子，用相同的办法，在十五年后杀了叶叔。"

老郁反驳道："你说凶手将绳子套在叶好龙脖子上，然后从外面拽绳子勒死他，那么病房的门是怎么从里面反锁的？凶手又是怎么将绳子套在他脖子上，叶好龙难道自己没有感觉吗？现场可是没有任何打斗痕迹的。"

沈括仿佛早就知道有人会这么问，流利地回答道："你说得没错，要实施这个杀人计划，凶手必须是两个人才行。叶好龙身体虚弱，凶手趁他睡觉之际，先将绳子套到他脖子上，等待时机到来，一人站在病房门外，用叶叔最害怕的鲸鱼怪恐吓他，并且提醒叶叔赶快锁上门，紧张之下，他顾不得脖子上的绳子，先起身到门旁从里面锁上了门，害怕的他甚至用白布遮住了门上的玻璃。这时病房外的人给同伙发去信号，在外面的凶手立刻拉紧绳子，从病房门到吊起他的圆环之间没有任何物品，就算他剧烈挣扎也碰不到任何东西，所以现场才没有挣扎的痕迹。杀害叶叔和赵文海的凶手应该是同一个人，凶手将赵文海骗至清之原，用钝器从身后袭击了他，导致他跌落谷底，为了制造假象，凶手再抓住他的头磕向地上的石头，覆盖同一个部位上的钝器击打伤。当时天在下雨，凶手还带走了赵文海的雨衣，也可能是雨衣上沾了血迹，留在现场会成为证据。赵文海人高马大，要向他动手，凶手必定是一个熟悉永乐岛地形而且身强体壮的人。"

"你说的这些如果有证据的话，我们立刻逮捕凶手。"郁铭说道。

"要拉动这么长的绳子，再加上叶叔的体重，就算戴了手套，凶手的手掌也会因为过大的摩擦留下擦伤。"沈括突然问向郁铭，"我能看看你的手吗？"

郁铭不自然地把手背到了身后，瞪起眼睛问："你是在怀疑我吗？"

"你不单单杀了赵文海和叶叔，还袭击了我两次，把我推下海未果之后，又在清怀山将戴着口罩进入山洞的小北误以为是我，向充满沼气的山洞里丢了火源。这两次事件发生时，小北都告诉过你我的去向，只有你才有作案的时间和条件。"

"哈哈哈！"郁铭用宽大的手掌摸摸脸，干笑起来，"你说我杀了赵文海？清之原现场的情况你应该看过吧？赵文海就是失足跌落而死，他的尸体周围除了护林人的脚印之外，再无其他人的脚印，凶手是怎么离开的呢？"

"这个简单，我来证明给大家看。"沈括向徐庶走去，说道，"徐院长，麻烦借用一下你的笔。"

徐庶拔出插在白大褂胸前口袋的笔，递给沈括，不知道他要用这支笔写出什么样的证明。

沈括走到一张空的病床前，拉出床尾底部的摇杆，将床头稍稍摇起一些角度，抚平床单上的褶皱，用两根手指在床单上压出一个个凹陷，然后解释道："假设床单就是清之原的泥地，这些小凹陷就是脚印，我手里的这支笔好比是一个树干，凶手利用了清之原倾斜的地面，在杀死赵文海之后，将水杉的树干推下清之原。树干顺着坡度如同压路机一般，一路上将脚印全部抹平，最后滚下悬崖了无痕迹。清之原有许多水杉树干，只要选根长短足够覆盖掉脚印的树干，一个人完全可以搬动它。"说完，沈括拨动床单上的笔，笔从凹陷上滚过后，床单变得一片平坦。最后，笔掉下床沿，被沈括一把接住。

"树干本身也并非平整,所以在它的滚动轨迹上留下一些小痕迹,现在清之原的地面泥土已经凝结,还保留着树干两头形成的拖痕,搜查落下悬崖的那棵水杉树干,就能够对比出痕迹作为证据。"

郁铭被说得满脸通红,朝季石投去求助的目光,而季石无动于衷地凝神思索着。

沈括把笔还给徐庶的同时,意味深长地问他:"徐院长你觉得呢?"

突如其来的问题让徐庶措手不及:"我怎么会知道?"

"站在病房外,用鲸鱼怪传说吓唬叶叔的人应该就是你吧?我第一次来探望叶叔的时候,看得出叶叔对你十分信任,如果是你让他从里面锁上门,他一定会照做的。案发当时恰好二楼走廊的监控发生故障,要是有人存心为之,没有人比身为院长的你更便利了吧?"

徐庶苦笑一声:"怎么说着说着,好像我们每个人都有嫌疑了呢?"

"你们每个人都参与了当年安息岛消失的事件。"沈括一字一顿地说,"也包括你,季伯伯。"

"阿括,你说什么呢!"季洁第一个跳出来反对道,"我爸怎么会杀人!"

沈括说:"还记得我在你家时门缝下的纸片吗?"

"记得,是有人要告诉你杀害赵文海的真凶。"

"其实那是我自己写的。"

"什么!"季洁对沈括骗自己很不解。

"上海的一番调查后,我产生了怀疑,才想试探一下,没想到害了叶叔。"沈括沮丧地说道。他觉得因为自己写了这张纸,才让他们决定杀死叶好龙灭口。

"原来你到我家来是这种目的,亏我这么信任你。"季洁对沈括喊道。

"其实你早就知道了吧。在你家那晚我偷偷溜进了季伯伯的办公室,正是你替我解了围,我回到房间后发现灯亮着,知道有人来过,才明白一定是你发现我不在房间,知道我去了季伯伯的办公室。"

季洁掩面而泣,她不是因为自己帮助了沈括而哭,而是对自己怀疑父亲感到惭愧。季石张开双臂,把她拥入并不宽阔的胸膛中,父亲什么话都没有说,季洁已经在他怀里哭成了泪人。

"对不起,我利用了你。"沈括向季洁道歉,随即话锋一转,"但是我必须要继续说下去,正是他们三个人加上赵文海谋划了当年的一切,才会让我和小北失去亲人。十五年过去了,相比其他三个人,永乐岛的渔业每况愈下,赵文海的收入越来越差,心理不平衡的他可能以当年一起做的丑事相要挟,勒索其他人,遭到拒绝后,还搬出叶叔来逼迫他们就范。"

"老郁和徐院长也都有份?"项北难以接受。

"当年勘察项伯伯案件的警察是老郁,为项伯伯验尸的人是徐院长,想必当年自杀的疑点证据被他们两个人藏了起来。"

"老郁,阿括说的是真的吗?"对于项北的提问,郁铭沉默不语。项北从他的表现已经知道了答案。没想到自己敬重的前辈,竟然是害死父亲的凶手之一。

"你骗了我这么多年,到底是为什么!为什么要这么做?"项北抓住郁铭的肩膀,用力地摇晃着。

这时,病房关着的门被人踹开,郁小虎出现在门外,他看见项北抓着老郁,立刻上前为父亲解围,一把推开项北,恶狠狠地警告他:"你再动一下我爸试试!信不信我废了你。"

项北拿出警官证,上面的国徽闪闪发亮,正对着郁铭宣告道:"我现在代表永乐岛派出所,正式拘留郁铭、季石和徐庶你们三位。"

郁铭和徐庶两个人不约而同地低下了头,而季石的嘴角却露出一丝不易察觉的微笑。

"就凭你!"郁小虎指着窗外说,"你觉得你能走出这间医院吗?"

刘思沫往窗外一看,惊呼道:"楼下怎么来了这么多人呀?"

这些人都是郁小虎从典礼现场带来的,显然是有人通风报信。他们收到郁小虎的信号,冲进医院朝二楼走来。

项北知道单凭自己一个人,无法控制这样的场面,他举着证件的手缓缓垂下。他心里清楚,一旦让他们离开,凭季石的实力,可能就永远也抓不到他了。

一个身影冲到了门口,沈括张开双臂堵在了出口处,说:

"从爸妈和安息岛消失的那天开始,我就一直在等待这一刻,无论是生是死,我想知道他们到底在哪?"

"滚开!"郁小虎当胸一脚,沈括一个趔趄,又站在了门口。

"除非我死了,你们才有可能离开。"沈括颇有视死如归的气概。

郁小虎又是一拳,沈括顿时嘴角迸裂,鲜血直流,但他依然没有后退一步。

"快别打了!"刘思沫想要拉住郁小虎阻止他,无奈力量悬殊,被甩到一边。

楼下的人都已经来到门口,沈括用身体死死顶住他们,雨点般的拳脚落在他身上,沈括被打倒在地。但他死死抓住面前一人的脚腕不松手,他们都堵在房间外面。

"阿括!"项北大喊一声,抽出警棍冲向人堆,拼命推开围殴沈括的人们。

郁小虎抄起一把椅子,从后面接近项北,对准他的后脑勺就要狠狠地砸下去。

"都给我住手。"季石拽住郁小虎手里椅子的一条腿,对众人命令道。

季石的声音不大,但足以震慑住每一个人,所有人就像被按了暂停键,都停在了原地。

项北把沈括从地上搀扶起来,满脸是血的他还没站稳就重又张开双臂,没有丝毫的畏惧。

季石摇了摇头,叹息道:"赵文海说得没错,都是劫数啊。"季石发号施令,命令这些人全部离开医院,返回典礼现场继续仪式,还让郁小虎把季洁送回家去。

众人退去,待一切又重归平静,季石取下眼镜,对镜片哈了口气,擦干净后戴回鼻梁上,慢悠悠地对沈括说:"我想是时候把十五年前安息岛事件的真相告诉你了。"

"老季!"

徐庶站起来劝阻,但是季石按住了他的肩膀,拍了拍说:"这里我的年纪最大,就由我来说吧。这件事憋在我心里的时间实在太长了。"

这是季石第一次,或许也是最后一次说起他们三人共同掩埋多年的真相。

当年,季石费尽心思办理下来矿藏采挖证书,在限期内若是没有开展采挖工作的话,证书将被吊销。他们遇到的难题,就在于勘察后确认的开采位置是在安息岛海域内,但是与安息岛上的沈旭夫妇协商未果，双方始终无法达成一致意见。不知出于何种原因，无论多优厚的条件，沈旭夫妇始终不肯在协议上签字。无奈之下，季石只得将加工厂建在永乐岛上最靠近安息岛的岸边，不过这个权宜之计很快就出现了问题。由于开采位置有所偏差，开采量不足，有碍永乐岛长远的建设发展。于是身为镇长的项京出面游说，可再次遭到了沈旭夫妇的婉拒。平日里凡事都好商量的沈旭，唯独在这件事情上不留情面地一口回绝，毫无回旋的余地。项京和季石多次问起他拒绝的原因，沈旭都闭口不答，问多了之后就推说是会影响妈祖庙的风水。在这个过程中，赵文海、徐庶以及郁铭也加入进来，他们都希望沈旭同意采挖的协议。其中关于海域的划分，有利于赵文海扩大捕捞面积，他的收成会大大增加。而季石答应投资重建的医院，因为工厂的亏损而不得不搁置。中秋节之夜，项京带着他们众人的期盼再度拜访安息岛，希望可以说服沈旭，赵文海自告奋勇提出一同前往。当晚与刘绮擦肩而过的旭日号上总共有三个人，方叔只看见了叶好龙和项京，并没有看见赵文海。

那晚，沈旭依然没有同意，但赵文海早有预谋，他把沈旭夫妇反绑起来，用布条塞住嘴，反锁在了沈括的房间里，让他们好好考虑一晚上。赵文海知道沈括已经去了永乐岛过中秋节，就算叶好龙找不到他们两个人，也不会去沈括的房间搜寻。

赵文海说明天一早会过来听他们的答复，如果还不同意，就不会手下留情了。

项京目睹了全过程，他没有帮忙，也没有阻止。他以为赵文海只是让他们吃点苦头，吓吓他们，明天就会为他们松绑，也就默许了这种行为。

在回永乐岛的船上，赵文海表明了他的杀意，如果沈旭明天早上依然不同意,他就会把他们扔进海里,这样就没人阻止开发计划了。项京没想到赵文海竟然想杀人,和他起了争执,想要折回安息岛解救沈旭夫妇。但当晚台风接近,海上狂风恶浪,返航实在危险,无奈之下,项京让赵文海答应明天一早来接他一同前往安息岛。如果他敢肆意妄为,让沈旭夫妇受到伤害,项京一定会报警检举他的行为。赵文海口头上答应,但心里打定主意,让项京替他背黑锅。赵文海送他到家后,偷偷潜入他的房间里,把窗户的锁打开。半夜里,趁项京睡着,带着准备好的绳子从窗户进入房间,套在他的脖子上,然后从里面反锁上房门,再带着绳子从窗户爬出去,用鲸鱼怪吓醒项京,让他赶紧关窗,从而为他的密室杀人完成最关键的一步。

当然,之后发现项京尸体的时候,郁铭和徐庶都发现了疑点,尸体脖颈上的勒痕以及毫无自杀动机等,这让他们都对赵文海产生了怀疑。但是第二天安息岛突然消失,让他们暂时搁置了对于项京自杀的调查。找不到沈旭夫妇的叶好龙向永乐岛求救,接到求救信息的人也正是赵文海,叶好龙被骗到码头后就落在了他手里。因为安息岛的消失,之前所有的阻力一下子全没了,当加工厂以及医院等事情都顺利推进时,赵文海主动前来邀功。这时,大家都已经骑虎难下,为了各自的利益,只得被动地替他瞒下了杀人的罪行。

"那我爸妈呢?赵文海是怎样让安息岛消失的?"这是沈括最关心的事情。

季石表情痛苦地说道:"赵文海第二天前往安息岛的时候,他也不知道为什么岛消失不见了。这些年我一直都在暗中调查这件事,专业人士分析后的结果,让我终于明白罪魁祸首其实正是我。加工厂主要是将开采的石油精华提炼,而其中需要用到稀盐酸,由于缺乏环境保护的意识,我的厂一直将工业废水直接排入海中。安息岛很可能是由珊瑚礁组成的岛屿,稀盐酸对它长期的腐蚀,导致在狂暴的台风中,整个岛土崩瓦解,沉没在了巨浪之下。当台风转向时,海底的残留物被冲向了海洋深处,沈旭和刘清被绑着无法逃脱,应该在这场灾难中遇难了,也许就发生在几分钟之内。"

沈括想起儿时方叔时常带他去沙滩玩耍,沙滩上的石头很松软,稍微手劲大一点的人,有些石头甚至可以徒手掰断。沈括看过相关书籍,安息岛地质组成可能是火山喷发物质以及死亡的珊瑚,经过几十甚至上百年堆积而成,底部和海底基石连接不够坚固,随着洋流不断的冲击,再遭遇到稀盐酸的腐蚀,安息岛终于在台风之夜从世界上消失了。当年根本不会有人往这方面去想,就算有遗留的线索,限于当时的搜索条件也是很难发现的。资源开采导致海洋污染,让许多生物的生存受到威胁,但沈括没想到,自己和赵昆居然会被绝迹已久的海豹救起来,这让他心里多了一份慰藉。

季石如释重负地说完这一切。眼角因为微笑而皱起的淡淡纹路,让人觉得他亲切了不少。

项北看向沈括。对沈括而言,他自幼就知道父母生还的希望渺茫,但他觉得哪怕有万分之一的希望,都要活下去,因为死了的话,就是百分之百见不到他们了。正是抱着这样的信念,沈括独自成长起来,如苔花盛开在冷酷的岩石间一样,努力在陌生的城市中扎根。可是项北看见的却是一个无动于衷的沈括,他没有任何反应,甚至眉头都没有皱一下,就和他下棋时的表情一样。

"有一件事,我不是很明白。"沈括镇定自若地问道,"为什么当年赵文海没有杀掉叶叔?"赵文海对叶好龙显然没下狠手。

"因为我的反对。其实我就是那个把叶好龙抛弃在安息岛上的人。"季石惭愧地说道。

"你就是叶叔的父亲？"

沈括看到在场所有的人都惊讶地张开了嘴。

"当年因为他天生兔唇的生理缺陷，让他看起来跟其他人不一样，季石无知地以为是鲸鱼怪的诅咒，担心给全家人带来厄运，就偷偷抱他去安息岛，留在了妈祖庙附近。没想到沈旭一家并没有嫌弃他，而是把他抚养成人。当季石看到成年后的叶好龙时，季洁已经出生。创业伊始的季石，如果被曝出抛弃亲生儿子的丑闻，恐怕事业将遭受巨大的负面影响，于是打消了与叶好龙相认的念头。沈括现在知道那晚季石在办公室里哭的原因了。他办公室里和季洁的那张合影，女儿的脸故意挡住下半部分，是因为季洁曾经也天生兔唇，但后来通过手术完全治好了。项北印象中小时候的季洁哪里怪怪的，是因为她的长相关系。

正是沈括伪造的那张纸片令季石产生了危机感，季石找到徐庶和郁铭商量这件事，为了自保，他们决定由郁铭出手徐庶配合，用赵文海当年的杀人方法，把叶好龙灭口，消除这个唯一的隐患。虽然季石狠心地让赵文海将叶好龙长期囚禁在山洞之中，但好歹保住了他一条性命。

可是这一次，季石不得不再一次抛弃自己的亲生儿子。

"沈括，我很敬重你的父亲，他是我见过的最好的人。我这么说并不是因为他替我把叶好龙抚养长大，而是他甘愿付出一生来守护他的信仰，保守安息岛上最大的秘密。"

经季石这么一说，沈括心里累积起来点点滴滴的小疑问，如水中的涟漪，慢慢扩大开来。

"安息岛上的秘密是什么？"

"就是你啊!"季石指着沈括说道。

"我?"

季石问:"你知道这座安息岛上所藏的财富吗?"

除了那块已经变卖的玉石,沈括从没有觉得家里有过什么金银珠宝。沈括茫然地看着季石,他的所有疑问依然没有答案。

"看来你父亲没有告诉你。"

"什么?"

"我曾经为妈祖庙捐赠一笔钱,你父亲为了感谢我,送了我一副围棋,看起来像是古董玩物,我也没有当回事,以为只是普通的香客回礼。后来公司财务上出了点状况,我为了筹款,便把这副围棋拿去变卖,居然换来了一大笔钱。后来我赎了回来,特意找人做了鉴定,确定了这是北宋时期的文物。我也算玩古董一段时间了,棋盒上所雕刻的四爪龙纹,只有皇室宗亲和皇帝特许的大臣才能使用,而这样的棋盒并不多见,是一位北宋大人物的偏好之物。"

沈括明白了,那副围棋可能父亲并不止一副。母亲送给自己的那块玉如此抢手,想必也不是普通的传家宝。

"所以,现在你知道自己为什么叫沈括了吧。"季石的问题如同击中靶心的箭,刺穿沈括的身体,直入灵魂。

沈括脑中如同海上的暴风雨一样,掀起了巨大的波澜。

这位同名的北宋沈括大人,是著名的官员和科学家,他在众多领域都有非凡的成就,天文地理军事医学几乎无所不通,被誉为"中国整部科学史中最卓越的人物"。他所著的代表作《梦溪笔谈》,理念超前,更是被称为"中国科学史上的里程碑"。

"难道你是说……"

季石说:"没错。你们家很可能就是那位大人的后代。"

沈括简直不敢相信这样的结论，只是季石正一步步让这个结论变得合情合理。

"你觉不觉得妈祖庙很奇怪，这个偏堂特别像祭祖的祠堂？我猜那就是你父亲要守护的东西。"季石帮助沈括回忆道。

沈括对那个屋子印象深刻，那是安息岛上父亲唯一不允许他擅自进入的地方，每年只有两天可以进去，现在想起来应该就是清明和冬至。父母会在偏堂放好桌椅，摆好香炉以及各种水果和食物，桌子上的木牌放着沈括当年不认识的字。父母并没有告诉沈括太多关于这个祭拜仪式的事情，每次父亲都会郑重其事地让他叩拜，就仿佛是什么神秘的宗教仪式。这不为人知的秘密背后，竟被季石挖出如此惊人的真相。

穿越十五年的海风拂来，沈括仿佛能听见父亲在念诵经书的声音，安息岛曾经的模样也在脑海中清晰了起来。码头的路笔直向前，朱红色的砖墙正中是一扇庄严肃穆的大门，门头上"妈祖庙"三个耀眼的赤金大字赫然在目，父亲每年都会用金粉描新这三字。门前分立两尊石狮子，昂首挺胸，做出欢庆跳跃的姿势。黑瓦屋顶的檐边，左右对称的青龙张牙舞爪，令人望而生畏。

迈过高高的门槛，四四方方的庭院内，偏堂门前两根圆柱上分别刻着：

一代司天监，千秋说梦溪。

沈括一皱眉，猛然意识到这巨大的秘密正是自己。一代代人至死不渝的守护，正是为了这祭奠先祖而设立的祠堂。

这座安息岛不单单供奉着保佑风调雨顺的妈祖，更有先祖的在天之灵。

此刻，沈括才真正理解这座岛为什么取名为安息岛。

窗外传来铺天盖地的警笛声，一早接到沈括报案的警察，从市里调遣了警力终于赶到。沈括目不转睛地看着红蓝闪烁的警灯，静静地等待一切尘埃落定。

"阿括，你能不能放过我们，我们也是为了让永乐岛变得更好而已。"自知大势已去的郁铭央求道。

沈括看着病床上熟睡的赵昆，病房里这么大的动静，依然没有搅扰他的睡梦。他闭着眼睛，翻了个身，哑哑嘴巴蹦出两个字："爸爸。"

"我放过你们，谁来放过他呢？"

郁铭被堵得说不出话来，眼神里露出一丝怜悯。

徐庶替赵昆盖好被子，低吟道："赵昆、小北、阿括还有郁小虎，几乎这个岛上的年轻人都是我亲自接生的，但是小北和小虎的母亲都因为医疗条件太差，在分娩过程中去世了，能母子平安的都算是幸运儿。当时永乐岛交通十分不方便，医院的物资匮乏，医生缺少能够有效救治患者的药物，老郁只能眼睁睁地看着妻子在自己面前痛苦地死去。而叶好龙和季洁的兔唇我也没办法帮他们治好，曾经永乐岛的医院里有太多这样的事情发生，而我却无能为力，我只是希望能够有最好的设备，让更多人不会无谓死去。老季为了改善医院的设施，不断地投钱，甚至连他的公司都差点破产，尽管我们犯下了不可饶恕的罪行，但依旧还是支持老季的决定。不过我们已经老了，就算没有我们，相信永乐岛也会变得越来越好的。"

季石报以感激的笑容，说道："我们走吧。别让警察上来了。"吐露出心中所有的秘密，季石轻松了不少，率先走出了病房。

沈括踱步来到窗边。从安息岛的方向射来阳光，透过玻璃照射在脸上，暖洋洋的，和某年某月某日的某个下午，沈括看完父亲和方叔下完一盘围棋时一样。

那盘棋的胜负已经忘了，父亲和方叔谈笑风生地把棋子收入棋盒，沈括只记得父亲告诉了方叔生姜可以解晕船的方法。

远望永乐岛连绵的海岸线，这片曾经带给岛民食物和财富的大海，现在却成了阻拦他们与外面世界交流的屏障。不便的海路运输，不仅让永乐岛的发展成本昂贵，更是难以吸引投资。尽管岛上也变得现代化了，但和大城市相比，总有一种拼命追赶的仓促感。各方面硬件变好了，却总觉得和永乐岛格格不入。岛上是否会像徐庶说的那样变得越来越好呢？沈括不得而知，只是为此付出生命的代价，是绝对不会被允许的。

刘思沫的手机响了，她接起来简短地说了一句后，就拿给了沈括。

"哥，找你的。"

来电显示是江元。

"喂，沈括吗？你办事还顺利吧！"

一接起电话，江元的声音立刻传了过来。

"嗯。"

"我是打来提醒你比赛的事情……"江元担心未完的棋局。

沈括知道，这局棋的胜利是江元成为职业棋手的关键，他执着的信念正是为此。如果有可能的话，他一定希望亲自和日方选手再战一场，而现在只能将自己的未来托付给沈括。自视甚高的江元，态度竟也低声下气起来。

"你放心，明天我会准时坐在棋盘前的。"

江元本想多说几句，但只是憋出了几个字"那棋馆见"，便挂断了电话。

东方海面映射如霜清辉，像极了母亲送给沈括的那块白玉。那是安息岛的方向，仿若父亲和母亲的声音在沈括耳边渐渐隐去，燥热澎湃的心静了下来，转眼他已泪湿满襟。

再见了，安息岛。

再见了，我的故乡。

尾声

二〇一六年八月二十五日。

闹中取静的上海棋院突然爆发出一阵喝彩声。不明就里的路人被吓了一跳，怯怯地从旁边走过。

中日高校围棋交流大赛第三局，日本主将武宫秀利无奈地看了对手一眼，坚持许久的他做了个手势，于238手投子认输。

将近半个小时的复盘后，沈括率先起身，朝武宫秀利鞠躬告辞。武宫秀利的目光停在那步打挂的棋子上，久久没有挪开。

他用手指点了点那枚棋子，轻声用日语说着什么，沈括看出他似乎难以理解这手棋的用意。沈括无法和他解释。这步棋中的意味也只有沈括自己能体会了吧。

沈括走进电梯，戴上墨镜遮住脸上的伤口。当电梯门打开的一刹那，记者们的闪光灯照得沈括眼睛都睁不开，只得用手挡住脸。

"大家让一让！"江元和章磊从人群中挤出来，冲进电梯关上了门，回到了四楼的观察室。

"这下你可一战成名了！"章磊兴奋道，但他发现其他两个人丝毫没有喜悦之情，"你们俩就不能高兴点吗？"

"可别高兴得太早了，要赢得比赛，还有两局棋。"江元竖起两根手指。

有人敲了敲门。刘思沫靠在门框上,朝着沈括没心没肺地笑着。

"哥!我特意来祝贺你的!"

"你怎么进来的?"江元冷冷地说,"这里只有棋手才有资格进入。"

"我也是棋手,别忘了我可是替我哥下过一步棋的。"

"呵呵。"江元冷笑道。

"笑什么笑,你这个主将还不是靠我才赢了比赛。"

"你瞎说什么呢!"江元板起了脸。

沈括咳嗽了一声,替他们解围道:"思沫,你来这里有事吗?"

刘思沫热络地挽起了沈括的胳膊:"哥,我给你带来个人。"

"谁啊?"

刘思沫朝门外招招手,一个男人从阴影中向沈括走来。

高大的个子,强壮的肌肉线条,沈括愣了一下。

"阿括。"项北轻声唤道,露出不好意思的笑容。

"小北?你怎么来了?"沈括摘下墨镜,有些意外。

"我休假了,出来走走。"

"你还好吧?我们上次的争吵别往心里去。"

"我没事,倒是季洁可能不会原谅你了。"

沈括咬着嘴唇,用力点了下头:"她应该会理解的。"

"我还有个消息要告诉你。"

"嗯?"

"我申请调来上海的部门了。要是成功的话,我可以搬到你家来住了。"

"你也打算和我一样背井离乡吗?"

"对了,告诉你一件事,岛上的赌场居然自己关门了。"

沈括回想起从季石办公室走出来的方毅,终于知道他为什么懊丧了。季石用那些照片作为要挟,逼他离开并且关闭赌场,否则照片交给警察的话,便是确凿的证据。

季石在用他的方式守护着家乡。

沈括想起一件事,问道:"小北,你有时间陪我去个地方吗?有些事情我想去核实一下。"

"好啊。反正我也没什么事。"项北双掌一拍,握在身前。

"下一局比赛是在什么时候?"沈括扭头问江元。

"明天下午一点。"

"那应该来得及赶回来。"

"你又要去哪儿?"江元紧张起来。

沈括沉默良久,吐出两个字:"镇江。"

"镇江?有什么好玩的?"项北不解。

"梦溪园。"

后　记

很幸运《再见，安息岛》可以成为我在新星出版社出版的第四本书，这篇小说最初动笔在二〇一六年，参加了第五届岛田庄司推理小说奖，止步入围阶段没有进入决选。在听取了评委玉田诚老师的意见之后，我决心对这篇小说进行修改，前前后后修改了四遍，直到今年才有勇气付诸出版。现在的故事已经和初稿有了很大的不同，最初安息岛消失之谜的解答也与现在书中的不一样，愿诸位读者朋友会喜欢现在这个版本的故事。

说来距离我的上一本小说出版已过去将近四年，其间虽然坚持写作，但也遇到了不少困难，最后得益于朋友和家人的帮助，才让我完成了一部部作品，依靠这些帮助，我的写作之路才不至于这么孤单，也让我有所改变。以前的作品从不写后记，倒也不是怕麻烦，而是觉得和读者的交流仅限于作品之中就够了。不过《再见，安息岛》有所不同，今后或许会创作以沈括作为主角的一系列故事，本作将会是他的第一本书，希望可以在未来的故事中和他一起走下去，看着他继续成长。当然也欢迎各位读者与我交流，提出宝贵的建议。

我的太太给了我这个故事最初的灵感，谨在此对她表示感谢。构思伊始，单纯想制造一个庞大的消失之谜，一趟列车或是一座摩天大楼，但觉得既然要构思庞大，那索性就更大一点，一个岛的消失吧。无意中太太提供了永乐岛和安息岛的原型，整个故事慢慢孕育出来，渐渐成为现在的样子。

  陈悦桐老师以及乔雪和子愈两位女士，在我修改过程中给予了很大的帮助，向她们表达深深的谢意。

王稼骏

二〇二一年一月十二日

图书在版编目（CIP）数据

再见，安息岛 / 王稼骏著. -- 北京：新星出版社，2022.1
ISBN 978-7-5133-4707-5

Ⅰ.①再… Ⅱ.①王… Ⅲ.①长篇小说－中国－当代 Ⅳ.① I247.5

中国版本图书馆 CIP 数据核字（2021）第 266824 号

再见，安息岛

王稼骏 著

责任编辑：王　萌
责任校对：刘　义
责任印制：李珊珊
封面绘图：KEN
装帧设计：Caramel

出版发行：新星出版社
出 版 人：马汝军
社　　址：北京市西城区车公庄大街丙3号楼　　100044
网　　址：www.newstarpress.com
电　　话：010-88310888
传　　真：010-65270449
法律顾问：北京市岳成律师事务所

读者服务：010-88310811　　service@newstarpress.com
邮购地址：北京市西城区车公庄大街丙3号楼　　100044

印　　刷：北京天恒嘉业印刷有限公司
开　　本：910mm×1230mm　　1/32
印　　张：8.25
字　　数：139千字
版　　次：2022年1月第一版　　2022年1月第一次印刷
书　　号：ISBN 978-7-5133-4707-5
定　　价：45.00元

版权专有，侵权必究；如有质量问题，请与印刷厂联系调换。